아담이 눈뜰 때

아담이 눈뜰 때

지은이 장정일
펴낸이 임상진
펴낸곳 도서출판 넥서스

초판1쇄 인쇄 2025년 1월 20일
초판1쇄 발행 2025년 2월 5일

등록 2011년 10월 19일 제406-251002011000302호
주소 10880 경기도 파주시 지목로 5 (신촌동)
전화 (02)2088-2013
ISBN 979-11-94462-01-9 03810

저자와 출판사의 허락 없이 내용의 일부를
인용하거나 발췌하는 것을 금합니다.

가격은 뒤표지에 있습니다.
잘못 만들어진 책은 구입처에서 바꾸어 드립니다.

엔드리스(Endless) 시리즈는 도서출판 넥서스가 '문학의 영원함'을
캐치프레이즈로 삼아, 탁월한 한국문학 작품을 엄선하여 재출간하는
프로젝트입니다.

Endless 07

아담이 눈뜰 때

장정일 소설집

&

차례

아담이 눈뜰 때 ——— 7

펠리컨 ——— 161

아버지를 찾아가는 긴 여행 ——— 191

해설 ——— 270

내 나이 열아홉 살, 그때 내가 가장 갖고 싶었던 것은 타자기와 뭉크 화집과 카세트 라디오에 연결하여 레코드를 들을 수 있게 하는 턴테이블이었다. 단지, 그것들만이 열아홉 살 때 내가 이 세상으로부터 얻고자 원하는, 전부의 것이었다.

아담이 ─── 눈뜰 ─── 때

◆

 내 나이 열아홉 살, 그때 내가 가장 가지고 싶었던 것은 타자기와 뭉크 화집과 카세트 라디오에 연결하여 레코드를 들을 수 있게 하는 턴테이블이었다. 단지, 그것들만이 열아홉 살 때 내가 이 세상으로부터 얻고자 원하는, 전부의 것이었다. 그러나 내 소망은 너무나 소박하여 내가 국립 서울대학교에 입학하기를 원하는 어머님의 소망이나, 커서 삼성 라이온스에 입단하기를 꿈꾸는 어린 사촌 동생의 소망보다 차라리 더, 어렵게만 느껴졌다.

 만약 그때 나의 소망이 타자기나 화집 내지 턴테이블과 같이 사소한 것이 아닌 거창한 것, 예컨대, 대통령이 되는 것이었다면 나는 탱크를 몰고 M16을 난사하여 그 소망을 쉽게 이룰 수 있었을 것이다. 아니라면, 몽정 때의 사정과도 같이 그 소망을 한밤의 꿈속에서 이룰 수도 있었을 것이며 아예 깨끗이 포기함으로써 즉, 그 욕망을 버림으로써 그 욕망을 이룰 수도 있었을 것이다. 욕망으로부터 자유로워진다는 의미에서 소망의 깨끗한 포기는 소망의 성취에 다름 아닌 것이 되었을 테니까. 그리하여 자신의 모든 욕망을 비워낼 줄 알게 된 이는 어느새 자신을 완전히 다스릴 줄 아는 완전한 자유인, 곧 내 자신의 독재자가 되는 것이다.

그해 나는 어머님이 원했던 대학의, 내 자신이 원했던 과에서 미끄러지고 재수를 하고 있었다. 부유하지 못한 가정에서 자식을 대학에 보내는 것도 힘든 일이지만, 재수생의 뒷바라지를 한다는 것은 더더구나 힘든 일이었다. 재수에 필요한 학업 경비도 그렇지만, 가끔씩 찾아드는 가까운 친척이나 한 울타리에서 사글세를 얻어 사는 이웃들의 입방아를 머리 뒤꼭지로 듣는 일은 정말 견디기 힘든 일이었다. 그 당시 어머니는 시내 지하도의 상가에서 청소부 노릇을 하고 있었다.

7~8점 차이로 어머님이 원했던 대학의 영문과에서 떨어지자 나는 내 고향의 지방대학 아무 곳에나 장학생으로 들어갈 생각도 하였지만 형의 충고를 받아들이기로 했다. 형의 충고가 설득력을 가졌던 까닭은 형 또한 일 년을 재수한 끝에 내가 가고자 했던 대학의 상대에 들어갔기 때문이다. 뿐 아니라, 나는 내가 세운 오기가 완성되는 것을 보고도 싶었

다. 그 목표란 애초부터 어머님에 의해 강요된 것이긴 했지만, 세상에 태어나 자신을 낳아준 부모의 청을 어찌 하나쯤 들어주지 못한단 말인가.

재수생이 된다는 것은 외로워진다는 뜻이다. 옛 여인네들의 시집살이가 삼 년 벙어리, 삼 년 장님, 삼 년 귀머거리 행세라지만 재수 생활도 그와 다르지 않은 것이었다. 나는 내 수험번호가 합격자 명단에 끼이지 않은 것을 보는 바로 그 순간에 그것을 알아버렸다. 낙방한 순간부터 세상과 나는 서로 소원해져 버렸다.

발표가 난 한 달 간 나는 은선이와 만날 수 없었다. 그녀의 전화조차 받기가 두려웠다. 정확히 말하자면 그 두려움은 부끄러움이라 해야 할 성질의 것이지만, 십대의 나이에 이성에 대한 공포는 곧잘 부끄러움에서 기인하는 것을 안다면 그 두려움도 이해하기 쉬울 것이다. 그 애와 나랑은 고등학교 2학년 적부터 사귀어온 흉허물없는 사이였는데도 대학에 낙방했다는 부끄러움은 지울 수 없었다. 하긴, 그 처음 한 달간 내가 피하고자 했던 사람들은 예외 없이 나와 가장 가까운 사람들이었다. 어머님과는 한 밥상에 둘러앉는 것조차 힘이 들었다.

합격자 발표가 난 바로 다음 날 나는 재수학원이 모여 있는 도심의 한 학원에 수강신청을 했다. 삼 년간, 아니 고 삼의 마지막 일 년간 거의 초주검이 되다시피 공부에 매달렸던, 공부 중독증의 생활 감각을 잃고 나면, 어쩐지 폐인이 될 것 같은 느낌이었고 잠시라도 책과 노트에서 눈을 떼면 왠지 불안하고, 초조한 무력감에 빠져들었다. 뒤에 안 일이지만, 발표 다음 날 곧바로 재수학원에 수강신청을 한 대부분의 낙방자들은 나와 꼭같은 피해망상증의 신경증을 가진 치들이었다.

내가 문을 두드린 학원엔 이미 어제부로 재수생이 된 많은 동료들이 수강신청을 하고 있었고 그제서야 나는 나 혼자만이 대학에서 떨어졌다는 자괴감에서 벗어날 수 있었으며, 인생의 출발점에서 그 첫걸음부터 경쟁자들에게 뒤졌다는, 밑이 닿지 않는 막막한 패배감에서도 놓여날 수 있었다.

은선이의 전화를 받고 그녀가 만나자는 약속에 응한 것은 재수학원에 두 달째 다니고 난 다음의 일이었다. 겨우 한 달 반쯤밖에 다니지 않았지만 재수학원에는 진절머리가 났다. 저절로 욕이 튀어나왔다. 고등학교가 우리를 대학에 넣기 위한 가내공장이었다면, 재수학원은 컨베이어가 쉴 새 없이 돌아가는 대규모 기계화 공장이었다. 거기엔 학생도 선생도 없었다. 나는 처음으로 배운다는 것에 회의를 느꼈다. 단지 외워짐과 반복되는 연습문제로 만점을 받을 수 있는 내 배움이란 대체 뭔가?

다방에서 은선이를 만났다. 그녀는 그사이에 꽤 우아하게 다방에 앉아 커피를 마시는 법을 배워 가지고 있었다. TV에 나오는 커피 광고에 출연한 여배우처럼 절도 있게 잔을 들어, 우아하게 마시고는, 부드러운 미소를 머금었다.

"이것 좀 봐줄래? 나 이번 여름 안으로 추천을 받고 싶어."

은선이와 나는 둘 다 고등학교 2학년 때, 은선이네 학교 문예반에서 주최한 시화전에서 만났다. 그때나 지금이나 고등학생들의 시화전은 고등학생 신분으로 이성과 교제할 수 있는 공인된 명분을 만들어주는 몇 안 되는 케이스 중의 하나였다. 나는 거기서 예쁘고 참한, 눈에 번쩍 띄는 시 한 편을 발견했었다. 은선이가 쓴 것이었다.

"〈열등생〉이란 시 네가 쓴 거니?"

"응, 그래."

시화전에 나를 초대했던 그 여학교의 문예반장에게 가르쳐 달래서 만난 은선이는 이름도 얼굴도 처음 대하는 초면이었다.

"썩 좋은 신데?"

"다들 베낀 거라고 하던걸."

내가 은선에게 다가가 처음 말을 건넸을 때, 그녀는 심드렁하게 내 말을 받았었다. 시화전엔 별 재미를 못 느끼는 듯해 보였고, 조금 짜증이 나 있는 듯했다.

"프레베르의 〈열등생〉 말이니?"

"그래."

나는 그녀가 짜증이 나 있는 이유를 알 것 같았다. 그러나 그 시는 제목만 프레베르의 것과 유사했을 뿐이었다. 아니, 은선이가 쓴 것과 프레베르가 쓴 〈열등생〉은 뉘앙스에서도 서로 비근한 것이긴 했다. 그러나 은선이의 것이 좀 더 솔직하고, 강렬했다. 현대적이라고나 할까. 그리고 그런 느낌은 프레베르의 그것과 비교해서도 그랬고, 지금껏 내가 보아왔던 모든 다른 고교 문사들의 개바른 시 나부랭이와 비교해서도 그랬다. 나는 그녀와 함께 그녀의 작품 앞으로 되돌아가 그것을 다시 읽었다.

> 산수시간에 시를 쓰고
> 선생에게 머리를 쥐어 박힌다
>
> 자연시간에 시를 쓰고
> 선생에게 손바닥을 맞는다
>
> 사회시간에 시를 쓰고
> 선생에게 조롱당한다

국어시간에 시를 쓰고

선생에게 참견받는다

나는 선생이 싫어

세상의 모든 선생들이 나는

미워 죽겠어, 라고 쓰는

열등생

"괜찮은데. 더 솔직하고, 강렬하고, 현대적이야."

은선이는 자존심이 아주 센 편이었다. 그녀는 조심스레 건넨 나의 촌평에 몹시 기분 나빠했다. 그녀는 바로 이것 때문에 화가 나 있었던 게 분명했다.

"프레베르 것에 비해서? 맙소사. 난 프레베르 따윈 읽어보지도 못했어!"

"알아. 그걸 봤다면 넌 그것보다 더 잘 쓸 수 없었을 거야. 서로 소개할까? 난……."

"네 이름은 벌써 알고 있어."

나는 어깨가 들썩여졌다. 나는 그 도시의 고교 문단에서는 이름이 난 고교 문사였었다. 그러나 뒤이어 찾아온 부끄러움이 내 얼굴을 붉게 만들었다. 그건 내가 모르는 상대방이 내 정체를 알고 있다는 것에서 오는 당황스러움이었다.

"요사이는 백일장에 안 나가세요?"

나는 백일장 전문의 고교 문사였다. 나는 각종 대학에서 고교생을 대상으로 개최하는 백일장과 각 시도에서 주관하는 백일장에 거진 격월로 참여하고 있었고, 고교 잡지의 문학상에도 응모를 했었다. 한창 날리던 때의 내 성적은 4할 5푼 대쯤 되었을까? 그녀가 갑자기 존댓말을 하길래 잠시 대화가 어색해졌다.

"공부해요."

"학교 공부?"

그녀는 눈을 동그렇게 떴다. 처음으로 마음 놓고 그녀의 얼굴을 뜯어보았다. 이마가 약간 짱구인 것 같았고 눈엔 쌍꺼풀이 져 있었고 눈썹이 짙었다. 입술과 코는 스페인인과 남미인의 혼혈인 것처럼 도톰하고 오똑했다. 미녀는 아니었으나 미녀형에 가까웠고 특색 있는 얼굴이면서 보기 싫은 특징은 가지고 있지 않았다. 그녀는 열일곱 해 동안 내가 만나본 여자애들 중에 가장 매혹적이었다.

"평론 공부."

"고교생이?"

실제로 문예반 친구들에게 평론 공부를 한다고 공갈을 쳐놓았지만 진짜 평론을 쓰고 있지는 않았다. 친구들은 내가 정말 멋있는 평론을 쓰길 기대하고 있었지만 평론을 쓴다는 건 핑계였다. 나는 매일같이 학교를 대표해서 백일장에 끌려 나가는 일에 진력이 나 있었고, 쉬고 싶었던 것이다. 게다가 글을 쓰느라 대학에 낙방하고 싶지는 않았다. 수업을 빼먹고 백일장에 가서 시를 쓸 때마다 원고지 칸칸 속에 어머니의 얼굴이 떠올라 왔다.

"어때? 이것 가지고 되겠어? 어디 보내면 좋을까? 아무래도 시 전문지가 좋지 않을까?"

그녀는 작년 겨울과 올해 겨울 사이에 쓴 대략 이십여 편의 시를 나에게 보여주면서 낚싯바늘이 네 개나 달린 질문을 해왔다.

"빨리 추천받아서 대학 생활을 재미있게 보내고 싶단 말이야. 얼마나 멋있어? 대학교 1학년 때 시인으로 등단한다는 것 말이야."

완벽한 이기주의와 허영은 짝이 잘 맞지 않는 것이다. 어떤 종류의 완벽이든, 완벽과 나사 풀린 허영은 서로 어울리지 않는 것이기 때문이다. 그러나 지방의 고급 공무원집 막내딸인 은선에게 이기주의와 허영은 제 살에 붙은 피부처럼 서로 잘 어울리는 것이었다.

"글쎄, 이거 너무 기성의 냄새가 나는데?"

우리가 처음 만났던 날 나는 그녀에게 프레베르의 문고판

시집을 사주었었다. 프레베르의 이름에는 우리가 처음 만난 날의 풋풋한 추억이 깃들어 있다. 그런데 벌써 싫증이 난 걸까. 그녀는 지겹다는 듯, 힐난조로 물었다.

"또 프레베르야?"

"아니야. 몇 편 빼고는 모두가 최승자 스타일이야."

애초부터 나는 그녀 시의 비밀을 알고 있었던지도 모른다.

은선이는 고등학교 이 학년 때의 그 시화 전시장에서부터 최승자 시집을 들고 있었고, 지금까지 한 번도 손에서 떼지 않았다. 고교생이 최승자를 읽는다는 것은 물론 여간 귀한 일이 아니다. 보통의 고등학교 문예반 애들은 남자일 경우에 신경림이나 김지하 등의 시집을 들고 다니기 예사였고, 여자일 경우에는 강은교가 고작이었다. 그 외의 여자애들은 이해인이나 그 외에 말하기 곤란한 시집들을 읽고 다녔다. 고교생 중에는 아무도 최승자를 읽지 않았다. 결코 그렇지 않음에도 불구하고 또래들은 평범하고 단순한 것으로 최승자를 이해했다. 그렇다고 해서 내가 최승자를 다 이해한 것도 아니지만, 나는 그들이 들고 다니던 시집을 그들이 그때 옳게 이해하고 있었으리라고는 지금도 생각하지 않는다.

"뭐야? 내가 쓴 것들이 죄다 최승자 스타일이라고? 재수하게 되더니 너 머리가 어떻게 된 거니?"

나는 빙긋이 웃었다. 대개의 국산 영화에서처럼 이런 순간에 아주 멋있게 그녀의 뺨을 한 대 때려줄 수도 있었지만, 은선이는 원래 그런 애였다. 그리고 대낮에 여자의 뺨을 갈기기엔 아까부터 너무 좋은 음악이 흐르고 있었다.

"미치도록 좋은 노래가 나왔어. 아까부터 네 배꼽이 보고 싶어지는 그런 노래가 나오고 있어."

손님의 대부분이 대학생이거나 고교생 정도로 보이는 어두컴컴한 지하다방에서는 아까부터 고막이 터질 듯이 커다란 록 음악이 쏟아지고 있었다. 대개가 테드 뉴젠트나 블루 오이스터 컬처, 또는 에드가 윈터 그룹 따위의 고전적인 록 넘버들이었다.

"나가자. 재수생이 저녁을 사줄 테니."

언젠가 신문의 연재 소설에서, 여자의 허벅지를, 아니 여자의 허벅지였는지 젖가슴이었는지 엉덩이였는지는 확실치는 않지만 여자의 흰 살을 가리켜, 박꽃처럼 허옇다라고 표현한 것을 본 적이 있었다. 그런데 대입학력고사를 마친 작년 12월 저녁, 나는 그 표현이 꽤 정확한 것인 줄 알게 되었다. 맨 살갗으로 침대에 들어가 이불을 뒤집어쓴 은선의 나신은, 박꽃처럼 허옇게 빛났었다. 건드리면 지문이 묻어날 만큼 하얀 그녀의 몸뚱어리는 너무 희어서 차라리 푸르스름하게 보일 정도였다.

"가만, 하나 물어볼 게 있어."

옷가지를 벗어 던지고 이불 깔린 침대 속으로 파고 들어가 은선의 가녀린 몸을 안았을 때, 여관에 들어선 뒤로 한 마디 말도 하지 않았던 은선이 처음으로 내게 건넨 말이었다.

"여자하고 자본 적 있어?"

나는 손끝으로 그리듯이 은선의 도톰한 입술을 집게손가락으로 쓸어보았다.

"한 번도."

그러나 그것은 거짓말이었다. 고등학교 3학년이던 때, 모교를 졸업한 문예반 선배를 따라 단체로 사창가에 간 적이 있었다. 난생처음으로 어머니가 아닌 여자에게 옷을 벗기우고, 잔뜩 긴장해 있는 내 것에다 서른이 훨씬 넘는 여자가 익숙한 손놀림으로 콘돔을 끼우자 나는 맥을 쓸 수 없게 되어 버렸다.

"아니, 거짓말을 했어. 미안해."

나는 솔직하게 사창가에 갔었던 일을 그녀에게 말해 주었다. 은선은 웃었다.

"각자에게 맡겨진 시간은 십 분씩이었어. 그런데 콘돔을 뒤집어쓴 내 것은 시간이 다 가도록 일어서질 않았어. 한참 끙끙대고 있는데 선배가 방문을 두들겼어."

"그게 다야?"

"응, 난 화장실로 달려가서 수음을 했어."

은선이는 이불깃을 이빨로 물고 한참 웃었고, 두 팔을 벌리고 나를 불렀다.

"이리 와, 아담. 너는 내 첫 남자야."

그날 우리는 어른이 되었다. 오래전부터 은선이와 나는 대입 시험을 치르는 날 어른이 되기로 약속을 해놓았었다. 그건 오줌을 누듯이 누구나 다 하는 일이었고, 아무나 할 수 있는 일이었다. 옷을 벗고 누워 서로를 안고 난 한참 뒤에, 크리넥스로 다리 사이를 닦으며 은선이 말했다.

"이제부터 나는 너를 아담이라고 부를 테야."

그러나 나는 그녀에게 나의 이브라고 불러주지 못하는 것을 미안하게 생각했다. 은선은 붉게 물든 크리넥스 뭉치를 휴지통에 모두 던져 넣었다.

"이제야 비로소 모든 시험을 다 마친 것 같아. 사실 여기 들어와서 이 일을 마치기까지는 계속 시험을 치고 있는 기분이었어."

우리는 입시라는 지옥 앞에서 성적 욕망을 억압받았었다. 성적으로 가장 욕망이 비대해지던 십대의 나이를 선생들의 감시 속에 보냈었다. 잠시간의 금욕은 합격을 가져다준다고 그들은 우리를 얼렀다. 이성에 대한 과도한 관심을 제어하려는 그들의 회유와 협박은 결국 우리로 하여금 미래의 모범 시민을 만들려는 간악한 전략에 속했다. 어쩌면 유치원에

다니는 다섯 살짜리 꼬마들이 성에 관한 한은 우리보다 더 많은 자유를 누리고 있는 것처럼 보인다. 왜냐하면 그 아이들은 의사 놀이라도 할 수 있으니까.

"나는 너하고 자기까지 꼭 폐경기의 여자처럼 느껴졌어. 아무런 욕망을 느낄 수 없었거든. 정말이야. 아우슈비츠에서 생환한 여자들의 이야기를 들어보면 그들은 거기에 있는 동안 생리가 없었다지 않아? 우리나라의 여자 고3생에게서 생리가 있다는 건 기적이야."

"그래 나도 봤어. 고등학교에 진학하지 못한 내 또래의 아이들이 성에 대해 더 자유스럽고 유연한 태도를 취하는 것을."

은선과 나는 그게 억울했던 것일까. 입시시험을 치른 그날부터, 시험 발표가 나기까지 약 한 달 간 우리는 매주마다, 또 어떨 때는 그것보다 더 자주 사흘에 한 번꼴로 서로의 몸을 안았었다.

"우리가 처음 잤던 날, 밤새도록 함께 썼던 시가 생각나니?"

고막을 터뜨리려는 듯 큰 목소리로 믹 재거가 〈와일드 호스Wild Horses〉를 노래하는 다방을 나와서 우리는 곧바로 여관방을 찾았다. 뒤늦지만 합격을 축하해 주려고 내가 저녁을 사주려 했으나, 은선은 시내에서 가족들이 모두 모여 외식을 하기로 했다면서 내 제의를 사양했다. 여관방에 들어와 열쇠고리를 잠근 나는 허기를 채우려는 듯 매우 거칠고 급하게 은선이를 방바닥에 쓰러뜨렸다.

"응."

나는 천장을 향해 벌거벗은 잔등을 내보인 채 엎드려 거친 숨을 고르고 있었다. 그리고 조금 전에, 그 어느 때보다 더 큰 신음을 내며 내게 달라붙었던 은선이의 몸짓을 뇌 속에 재생하여 슬로비디오로 들여다보고 있었다. 조금 전에 그녀는, 아까 다방에서 들었던 그 어떤 록 싱어들보다 더 큰 목소리로 신음하고 소리쳤었다. 난, 그녀가 내게서 떠나려 한다는 것을 알았다.

"외울 수 있니? 그 〈12월〉."

입시를 치른 날, 머리를 식히러 친구들과 바다 구경을 간다고 각자의 부모님에게 거짓말을 하여 숨어든 여관에서, 은선과 나는 벌거벗은 몸뚱이로 뒹굴며 시를 적었었다. 그때 쓴 〈12월〉이란 제목의 시는 첫째, 두 사람이 쓴 합작품이라는 것. 둘째, 우리가 어른이 되고 나서 쓴 최초의 시라는 것. 셋째, 이달에 끝난 대통령 선거에 대한 우리의 논평이 들어 있다는 점에서 그녀와 나에겐 의미 있는 작품이었다.

"응."

"그럼 함께 읽어볼래?"

붕붕거리며 시내버스와 오토바이 달리는 소리가 창 너머로 흘러 들어왔다. 우리는 한 사람씩 차례대로, 한 연, 한 연, 읽어 내려갔다.

    아무도 믿을 수 없어
    아무도
    아무도
    아무도!

나는 일찍 죽은 자들만 믿을 뿐이야
나는 마약을 먹고 미친 자들만 믿을 뿐이야
이를테면
나는 'J'로 이름을 시작하는 자들만 믿을 뿐이야.
지미 핸드릭스, 재니스 조플린, 짐 모리슨 같은
무시무시한 가수들만을

    일찍 죽거나
    마약을 먹거나
    이 세계에서는
    가능한 일이야
    한꺼번에 두 가지를 실행한데도

가십조차 안 되지

그것만이 진실한 거야

그것만이

창 밖엔 어둠이 가득했다. 섹스를 하고, 시를 읽고 나자 더 이상 할 일도, 할 말도 없는 것 같았다. 이럴 때 담배라도 피울 줄 알았으면 좋지 않았을까, 하는 생각이 났다. 거추장스런 침묵이었다.

"대학 가서 뭐 할 거니?"

나는 내 옆에 눈을 감고 누워 있는 은선에게 물었다.

"아무도 공부하라는 사람이 없을 테니까 우선 할 일이 없어지겠지."

은선은 자리에서 일어나 앉아 이불 속에 두 손을 집어넣고 헤적였다.

"술을 배우고 담배를 배울 거야. 그리고 연애를 하고. 아니라면 화염병을 만드는 투사가 되겠지."

은선은 이불 밑에서 팬티를 찾아내 입고, 베개 밑에 넣어둔 브래지어를 찾아 매었다. 그리고 두 다리 위로 스커트를 꿰어 입었고 머리 위로 스웨터를 뒤집어썼다.

"네가 떨어진 일은 안됐어. 하지만 난 널 동정하진 않아. 일류 대학에 들어가겠다고 1년을 재수한다는 건 욕심이야.

네 욕심이 채워지길 빌어."

 만약 내가 재수를 하기로 결심을 하지 않고 내가 얻은 점수에 따라 대강 입학을 하고자 했다면, 그녀가 입학한 대학의 영문과에 장학생으로 들어갈 수 있었을는지도 모른다. 그녀는 고3 때부터 늘 이렇게 말했었다.

 "일류 대학의 일류 과에 들어가겠다고 과도한 목표를 세우지 마. 그냥 아무 대학이나 장학생으로 들어가겠다는 목표를 세우는 게 훨씬 현명해. 어차피 대학은 졸업장을 따 나오는 것일 뿐이니까 말이야. 처치 곤란인 건 일류 대학에도 못 들어가고 그렇다고 이류 대학의 장학생으로도 못 들어가는 거야."

 그녀는 내가 미운 건지도 모른다. 그녀와 함께 같은 대학 영문과에 다닐 수 있는데도 궁상스레 재수를 택한 내가 말이다.

 "내일 개학이야. 그래서 아버지가 저녁을 사주시는 거야. 그럼, 또 봐."

 나는 여전히 엎드린 채 방문을 나서는 은선이를 눈으로 배웅했다. 낮에 들었던 시끄러운 록 음악이 고열처럼 머리통 가득히 차올라 왔다. 나는 아무 뜻 없이 몇 마디를 중얼댔다.

 "일찍 죽거나 마약을 먹거나 이 세계에서는 가능한 일이야."

나는 여러 번 되풀이한 끝에 이 말이, 우리가 쓴 시구라는 것을 알았고, 최승자를 무척 닮아 있다고 느꼈다. 은선이와 합작한 것이니 어련도 할까. 나는 실소가 터져 나오는 것을 막지 않았다.

"아무도 믿을 수 없어, 아무도, 아무도, 아무도!"

그해 겨울. 대통령 선거가 온 나라를 떠들썩하게 하던 때, 우리는 선생님들의 단속에도 불구하고 하루에 몇 차례씩 친한 친구끼리나, 분단별, 학급별로 둘러앉아 모의선거 놀이를 해댔는데, 당시 고3의 우리로서는, 힘을 합쳐야 할 야당 출신의 민주 투사 두 사람이 끝내 후보 단일화를 하지 않고 각개 출마하는 사실을 이해할 수 없었다. 그들은 짐승들이었다. 만약 내게 투표권이 있었다면, 아무에게도 표를 행사하지 않았으리라. 나는 내게 맡겨진 투표용지에, 엿먹어라 자식들아, 라고 썼을 것이다. 나뿐 아니라 사춘기의 예민한 감수성을 가지고서, 더러운 정치 모리배들에 의해 진실이 뒤집힌 것을 목격한 우리 세대는, 앞으로 몇 년 뒤에 엄청난 숫자의 정치 무관심자들을 양산할 것이었다. 선거를 일주일쯤 앞둔 어느 날 형에게서 짤막한 편지가 왔던 것을 나는 기억하고 있다. 형은 미색 관제엽서에 이렇게 썼다.

나는 이번 선거가 시작되기 전에 이 나라를 빠져나가려고 한

다. 여기선 아무것도 더 기대할 게 없다. 아무도 믿을 수가 없다. 아무도!

그러나 형은 지푸라기를 잡는 심정으로, 그 어느 한 후보를 지지했고, 그를 위해 선거운동의 일선에서 뛰었다고 한다. 이른바 형은 87년 대선이 만든 몇몇 개의 신조어 중에 하나가 된, 비판적 지지의 편에 몸을 담은 것이었다. 선거 결과가 발표된 날 저녁, 며칠이나 잠을 못 자고 뜬눈으로 새웠다며 잔뜩 쇠잔해진 몰골로 형은 고향에 돌아왔었다.

"이젠 미련 없이 이 나라를 떠나련다. 미국에 살면서 내가 하고 싶은 공부에나 푹 몸과 마음을 묻고 싶다. 여긴 개자식들이나 사는 동네야."

나는 무언가 항변하고 싶었다. 조국을 위해서가 아니라, 계속해서 이 지상에 살아가야 할 나를 위해.

"어느 나라를 간들 마음이 편해질까?"

"어딜 가도 똑같다는 건 나도 안다. 어떤 나라든 별 수 있겠니? 모두가 인간이 만든 건데. 그러나, 그러나 말이다. 사람들 중에 어떤 부류는 차가운 것보다 뜨거운 것을 더 잘 견디고 다른 부류는 뜨거운 것보다 차가운 걸 더 잘 견디지. 또 사람들 가운데 어떤 부류는 촘촘히 바늘에 찔리는 것보다는 푹, 하고 창에 찔리는 걸 더 잘 참을 수 있다고 느끼고 다른 부류는 창에 찔리는 것보다는 바늘에 찔리는 걸 더 잘 참을 수 있다고 느껴. 그런 것처럼, 인간이란 자기가 고통을 당하게 될 지옥도 자기 입맛대로 고르길 원한다. 알겠어? 나는 내 체질에 조금이라도 더 견디기 쉬운 곳으로 가고자 하는 거야."

학교 교실에서 저녁 열한 시까지 공부를 하고 돌아온 나에게 형은 그렇게 말했었다. 그러곤 깊디깊은 잠에 빠져 들었는데, 악몽을 꾸는지 비 같은 땀을 흘리면서 형은 간간이 헛소리를 내질렀다.

"아무도 믿을 수 없어, 아무도, 아무도, 아무도!"

다음 날로 서울로 돌아간 형은 해가 바뀌도록 아무런 소식이 없더니 내가 재수학원을 때려 치우기 며칠 전에, 집엘 다녀갔다. 유학 준비가 완전히 끝나, 이튿날로 비행기를 타야 된다는 것이었다.

"완전 장학생으로 공부를 하게 됐어. 비행기 삯도 그곳 대학에서 보내주는 거야."

형은 그런 사람이었다. 재수 일 년을 빼고는 한 번도 어머니께 걱정을 끼쳐드린 일도 없었고, 학비를 보내달라고 손을 내민 적도 없었다. 대학 1학년 때부터 대학원 졸업까지 올 A학점에 전면 장학생을 따냈던 괴물이 바로 형이었다.

"어쩌면 그곳에서 영 안 돌아올지도 모른다. 백인 여자와 결혼을 하든 어쩌든, 어떤 수를 써서라도 미국에 눌러앉을 테다. 그래서 마음이 편칠 못하다. 네 어깨 위에 모든 짐을 다 얹어놓고 달아나는 것 같아."

형은 한다면 하는 완벽한 이기주의자다. 몇 년 전에 뒤늦은 신체검사 통지서를 받아놓고서도 형은 그렇게 말했다. 어떤 수를 써서라도 군대엔 가지 않겠다라고. 또 형은 완벽한 나르시시스트다. 그는 자신의 능력을 비쳐 보일 수 있는 거울을 찾는다.

"애초의 계획은 대학원을 나와 직장을 얻어 어머니를 모시려고 했었다. 네 학비도 맡으려고 했고. 미안하다."

간장에 밥을 비벼먹던 초등학교 시절부터 이 나라에서 달아나고 싶어 했다는 형을 이해할 수는 있다. 그러나 미국에서 장학금을 받아 공부를 할 형의 모습과 쓰레기 리어카를 끌고, 요령을 흔들면서 지하상가의 쓰레기를 수거하는 어머니의 모습은 도무지 내 심정 속에서 용해가 되질 않았다. 형은 한 번도 보질 못했을 것이다. 어머니가 지하상가의 화장실 바닥을 밀대로 밀던 것을.

"내가 공부를 하려는 것은 아직 우리나라에선 초보 단계에 불과한 것이거든. 때문에 깊이 있게 공부를 하려면 꼭 미국엘 가야 해."

나는 형이 그만 말해 주길 바랐다. 공부를 빙자해서까지 자신을 변명할 필요는 없었던 것이다.

"지금까지 대학과 대학원을 다니면서 고전 경제학과 무역학을 공부했었지만, 내가 앞으로 공부하고 싶은 것은 정보에 관한 이론이야. 이게 뭔가 하면, 아주 간단한 건데. 이제까지의 경제의 개념으로는 실을 얼마만큼 썼다든가 또는 천을 몇 야드 사용해서 양복을 몇 벌 만들 수 있다든가 등으로 결론지어졌지. 그러나 이제부터는 최종 소비자의 취향 같은 것을 고려하지 않으면 참다운 상품의 가치는 인정되지 않아. 결국 마지막으로 남는 것은 정보가치이며 이에 의해서 상품의 가치가 결정되는 거지."

나는 형의 이야기를 들으며 건성 고개를 끄덕이고 있었지만 진작 내 머리통은 터져나갈 듯 복잡했다. 옛날 형이 재수할 때의 삽화 하나가 떠올라 왔다. 내가 학교에서 돌아온 어느 날 우리 집에 잘 들르지 않던 외삼촌이 와 있었다.

"누나 고집을 내가 모르는 것도 아니야. 그리고 재형이 머리가 뛰어나다는 것도 알고 있어. 하지만 누나로서는 할 일 다한 거야. 이런 집구석에서 고등학교까지 시켜줬으면 부모 도리는 다한 거라구요."

포장마차를 끄시던 어머니는 외삼촌의 말을 들으며 찬거리를 다듬고 계셨다. 외삼촌은 우리집에 들르기 전에 어디서 술을 마시고 왔는지 불쾌한 얼굴이었고, 목소리도 어지

간히 높아 있었다.

"이제 누나 몸 생각도 해야 하질 않소. 재수 일 년을 시켜서 그래 서울대학에 넣었다손 칩시다. 그다음엔 어떡할 거요?"

어머니는 묵묵히 아무 대답이 없으셨고 찬거리에 쓸 양파며 마늘 등의 양념거리를 더 재게 다듬으셨다. 외삼촌은 그런 어머니가 답답한지 담배 한 대를 피워 물었다.

"나한테 맡기면 누나도 고생 안 하고 재형이도 고생을 안 할 텐데 도대체 왜 그러슈. 이삼 년이면 장사 배우게 해서 자기가 독립하겠다면 독립시켜서 사장 노릇 할 수도 있다는데 왜 자꾸 안 된다는 거요."

외삼촌은 닥치는 대로 덤핑 상품을 긁어모아 타이탄 트럭에 싣고 시골 장터마다 찾아다니며 물건을 파는 장사꾼이었다. 어머니는 아쉬울 때마다 외삼촌에게 손을 벌렸었고, 만만찮은 빚도 져 있었는데, 외삼촌은 언제부터인가 형에게 눈독을 들였었다. 고등학교만 졸업하면 자기 밑에서 장사를 배우는 게 어떠냐고 농담 반 진담 반으로 형을 설득하곤 했다. 그래서인지 고등학교 다니는 삼 년 동안 형은 외삼촌만 보면 도망가기 일쑤였고, 송충이처럼 그를 징그러워했다. 어머니의 대답은 늘 그랬듯이, 단호한 것이었다.

"안 된다. 나는 재형이를 꼭 대학에 보낼 테다. 그런 말 하려거든 다시는 우리집에 발 들여놓지 말거라."

이제 형이 미국으로 유학을 가버리고 말면 어머니의 뒤꼭지는 또 한 번 근질거리리라. 화장실 변기를 닦아가며 자식 공부시켜 봐야 아무 소용 없다고 일가친척이며 이웃들은 어머니를 비웃으리라. 형은 내가 흥미를 느끼고 있다고 느꼈는지 설명을 계속했다.

"정보화의 결과로 가장 큰 영향을 받게 되는 것은 소위 3차산업이라고 부르는 부문인데, 3차산업이란 직접 제품을 생산하는 부문이 아닌 눈에 보이지 않는 것을 취급하고 있기 때문에 정보를 취급하는 업무라고 할 수 있어. 예컨대 상업, 금융, 부동산업, 서비스업 등이 그렇고 넓은 의미로 해석하자면 컴퓨터 관련의 산업도 여기에 포함되지. 이와 같은 일련의 결과로 전체의 산업구조가 크게 변화할 것이야. 즉 이제까지 1차산업이나 2차산업을 통해서 생산되는 것은 물품이었지. 그런데 앞으로는 오히려 3차산업 쪽이 주역이 되어서 그것이 2차산업의 존재 방식을 결정하게 되고, 1차산업에도 영향을 미치게 될 것이야."

형은 내게 고도정보화 사회를 설명했다. 그래서, 그게 우리 집안의 질곡과 무슨 상관있단 말인가?

"17세기로부터 18세기에 걸쳐서는 무엇보다도 물질이 가장 중요한 문제였어. 18세기에서 19세기에 걸쳐서는 에너지가 중요한 문제였고. 그러나 20세기에 들어서서는 정보라는 개념이 매우 중요하게 되지. 정보는 미래의 정치, 경제, 문화 패턴을 저변에서부터 바꾸어버리는 강력한 파워가 될 거야. 정보를 거머쥐고 그것을 다스리는 자가 세계를 지배하게 되는 거야."

과연 형의 말처럼, 대량의 정보관리 기술과 신속한 정보처리 시스템이 인류 평화에 기여하고, 나아가 세계를 구원할 수 있다고 어떻게 믿을 수 있는가? 에티오피아에서 어린애들이 굶주리고 있다는 사실은 전 세계의 신문과 방송에 의해 낱낱이 소개되고 거듭 강조되어졌다. 그렇다고 해서 그들의 기아가 해결되었는가? 그들이 배부르게 먹고 있다는 소식을 나는 아직껏 들어보지 못했다.

"정보화 사회는 인간의 의식마저 바꾸게 되지. 예를 들어 기성세대 사람들은 아무래도 물질적 사고방식에서 탈출할 수 없는 구세대에 속해 있기 때문에 단지 일시적으로 보이는 패션이라든가 유행 같은 것을 경박한 것으로 생각하지만 요즘 젊은이들은 맨살을 가린다는 옷의 원래적 성격보다는 유행과 같은 보이지 않는 정보적 가치에 보다 신경을 쓰고 있지. 물질 중심에서 정보 중심으로 가치관이 바뀐 거라고 할 수 있는 그런 의식의 변환이 세대 차이에 일조를 하는 거야."

형은 칼기를 타고 미국으로 갔다. 어쩌면 그의 말대로 형은 다시는 이 나라에 돌아오지 않을는지도 모른다. 아마 그럴 것이다. 또 어쩌면 형은 이 땅에 다시 돌아올는지도 모른다. 미국식 정보사회정치, 경제학을 모범답안처럼 배워 와서 중앙청의 어느 한 자리를 차지할는지도 모르며, 아예 CIA 요원이 되어 돌아올는지도 모른다. CIA야말로 고도정보화의 완벽한 현현이라고 말할 수 있을 테니까.

허비하고 내다 버려도 남는 시간과, 처치할 수 없는 자유는 권태를 가져왔다. 형이 유학길에 오르고 난 며칠 후, 나는 재수학원을 때려치웠다. 대안이 있거나 별 다른 계획을 가지고 있는 것도 아니었다. 매일 아침 도시락을 싸 들고 학원에 가는 것처럼 어머니를 속이곤, 시립도서관 정기간행물실에 틀어박혀 속옷 광고로 가득한 여성지에서부터 12·12 쿠데타의 내막을 얼기설기 까발긴 시사 월간지까지 온갖 종류의 인쇄물을 탐독했다. 그러고 나면 오전 시간이 지나갔고, 오후엔 만만한 소설책을 골라잡고 시간을 죽였다.

가끔씩 재수를 하는 고등학교 때의 친구를 그곳에서 만나기도 했으며, 삼수를 하고 있는 선배를 보기도 했다. 그들은 내가 소설책을 들고 있는 것을 보고는, 걱정된다는 듯이 심각한 표정들을 지어 보였으나 나는 아무렇지도 않았다. 대개 한두 시쯤부터 읽기 시작하는 웬만한 국내 소설은 다섯 시간 정도면 꼼꼼히 완독할 수 있었다. 나는 여섯 시나 일곱 시쯤이면 자리에서 일어나 저녁의 도심을 돌아다녔으나, 이 도시에 하나밖에 없는 지하도엔 내려가지 않았다. 어머니를 피하기 위함이었다.

학원에 갖다 낼 수강료를 용돈으로 유용하였으므로 크게 돈이 궁하지는 않았다. 아홉 달 뒤의 일은 생각하고 싶지 않았고, 그때 내 인생은 하찮은 것이었다. 친구들과 호프를 한 잔씩 했고, 담배는 아직 배우지 않았다. 어느 날은 섹스가 너무너무 하고 싶어 은선에게 전화를 했다. 벚꽃이 한창 봉우리 지는 사월이었다.

"이것 봐 아담, 네가 안 그럴 애라는 건 알지만 내 처녀를 잡아먹었다고 해서 내가 네것이라는 생각은 설마 하지 않겠지? 퇴화가 덜된 살덩이를 네게 주었다고 해서 너에게 순정을 바칠 생각은 추호도 없어."

오늘 너하고 자고 싶다는 내 말에 은선은 그렇게 쏘아붙였다.

"아니, 오랜만에 너도 즐기고 싶지 않아졌을까 싶어서 전화한 거야."

"너는 네가 좋아서 더 좋은 대학엘 갈려고 재수를 하는데 나라고 대학 생활을 좀 더 즐겨선 안 되겠니? 당분간 전화하지 마. 잠시 동안 서로 만나지 말았으면 좋겠어."

그날은 소주를 몇 잔 마셨다. 십 분 동안 끙끙거려도 물건이 서지 않아, 창녀에게 쫓겨났을 때와 같은 비참한 기분이었다. 그러나 정욕쯤은, 사랑이 문제 되지 않는다면, 수음으로도 충분히 해결할 수 있는 거였다. 나는 정기간행물실의 잡지 가운데 괜찮은 사진들을 찢어 화장실로 달려가곤 했다.

처음 학원을 때려치웠을 때는 처치할 수 없는 시간과 자유 때문에 신경이 쓰일 만큼 피곤하였으나, 어느 정도 시간이 지나자 저절로 습관의 시간표가 생겨났다. 오전과 오후는 도서관에서 책을 보며 지냈고, 저녁 일곱 시쯤 도서관을 나와서 길거리에 늘어서 번뜩이는 네온 간판이며 영화 포스터를 구경했다.

아무런 생각 없이 거리를 걷는 중에도 내 발걸음은, 꼭 한 차례씩 외국산 오디오를 취급하는 전문 오디오점에 저절로 가서 멈추었다. 그 가게는 시내 중심가의 한 모퉁이에 위치한 네다섯 평의 아주 작은 가게였는데, 진열장엔 여자 속옷처럼 앙증맞고 귀여운 최신의 외제 오디오 세트가 두어 점 놓여 있었다. 그것들은 매일 저녁 그 진열장을 바라보는 내 가슴을 뛰게 했고, 흥분된 나를 서점으로 달려가게 해서 이 달 치의 오디오 잡지를 펼쳐보게 했다. 웬일인지 이 도서관의 정기간행물 담당자는 오디오 잡지를 구입하지 않았는데, 나는 가게에 새로 전시된 신품 모델을 서점의 오디오 잡지에서 찾아보곤 했다. 그럴 때 옆에서는 아주 곰살맞게 생긴 자식들이 둘러서서 자동차 전문지를 꺼내놓고 거지 같은 이야기를 하고 있기 십상이었다.

―"스포츠카라면 역시 이탈리아의 페라리, 독일의 포르쉐, 영국의 로터스가 최고야. 그 외의 것은 쓸모가 없어."

―"란치아도 고급에 속하지."

―"이것 봐 여기 토리노 국제오토살롱의 화보가 실려 있어."

―"너는 세계에서 제일 빠른 레이서가 누구라고 생각하니?"

오디오 전문점 앞에서 넋을 놓고 전축을 구경하고 나서는 고등학교 동창 녀석이 기도로 있는 디스코텍엘 갔다. 나는 거기서 녀석과 함께 기도를 봐주거나 홀에 들어가 멍청히 앉아 춤추는 무리들을 바라봤다. 어머니는 내가 독서실에서 열심히 공부하고 있는 줄 아실 것이었다.

현재를 만난 것은 오월 오일 어린이날이었다. 디스코 홀은 만원이었고 나는 그녀와 합석을 하게 되었는데, 그녀는 커다란 안경을 쓴 채 내가 가장 싫어하는 스타일로 그 테이블에 먼저 앉아 있었다.

나는 워크맨을 귀에 꽂고 있는 애들만 보면 그들의 귀에서 워크맨을 벗겨버리고 싶은 충동을 받았다. 워크맨을 꽂고 다니는 애들은 하나같이 정서불안에 시달리는 것처럼 보였고, 저능아처럼 보였다. 귀에 워크맨만 꽂고 있어도 그런 터에 그녀는 한술 더 떠서 그 시끄럽고, 조명이 현란한 장소에서 책을 펴놓고 들여다보고 있었다. 분명 그녀는 사이코일 것이라고 단정해 버린 나는 자리에 앉아 스테이지를 멍청히 바라보았다.

현재는 무척 수려한 외모를 가지고 있었다. 갸르스름하게 생긴 얼굴하며, 그때 입고 있던 짧은 인조가죽 스커트에 파란 스타킹은 그녀를 처다보는 애들을 깡그리 돌게 만들었다. 내가 스테이지를 멍청히 바라보는 도중에 그녀와 내가 동행이 아니라는 것을 눈치챈 몇몇 날라리들이 테이블 앞으로 다가와 춤을 청했다. 그럴 때마다 그녀는 그들의 청을 익숙하게 물리치는 것 같았다.

어린이들의 날답게 그날은 가게의 문을 닫을 때까지 북새통을 이루었으며 그녀와 나는 계속 합석을 해 있는 상태였다. 그녀는 고개를 들고 안경테를 밀어 올리거나 가끔 무대를 흘낏거리며 구경하거나 했고, 앞에 놓여 있는 제 몫의 콜라를 마셨다. 춤을 추고 싶은 생각은 영 없는 모양이었다.

디제이가 케이씨 선샤인 밴드의 〈플리즈 돈트 고〉를 올려놓았다. 이 디제이는 무슨 사연이 있는지 역시 사십 분만 되면 꼭 그 노래를 올려놓았다. 블루스 타임만 되면 날라리들이 와서 그녀에게 춤을 청하곤 했는데, 이번엔 아주 끈질긴 녀석이 꿇어앉다시피 그녀 앞에 무릎을 굽히고 앉아 춤을 추자고 사정했다. 놈의 얼굴을 한 번 쳐다본 그녀는 한숨을 쉬어 보이며 워크맨을 벗어 목에 걸쳤고, 꼬고 있던 미끈한 두 다리를 풀고 일어섰다. 여자가 한숨을 쉴 정도로 놈은 핸섬하게 생겨먹었다.

비겁한 행동이었지만 그녀가 읽고 있던 책이 무척 궁금했었다. 그래서 그녀가 놓고 간 책 표지를 살며시 열어본 나는 아주 크게 웃어버리고 말았다. 그 책은 고등학생이나 보는 〈성문종합영어〉였다. 하지만 느낌에 고등학생은 아닐 것 같았고, 올해 대입에 떨어진 재수생일 것 같았다.

〈플리즈 돈트 고 Please Don't Go〉가 끝나고서도 그녀는 자리로 돌아오지 않았다. 이어지는 곡은 샤데이의 〈지저벨 Jezebel〉이었고 그녀는 이번 블루스 타임이 끝날 때까지 돌아오지 않을 모양이었다. 나는 시계를 바라보았고, 버스가 끊어지기 전에 자리에서 일어났다. 화장실에 가서 찬물로 얼굴을 한 번 씻고 오줌을 누었다. 그리고 매표구에 맡겨 놓은 가방을 찾고 입구에 서서 엘리베이터가 올라오기를 기다렸다. 블루스 타임이 끝났는지 시끄러운 음악이 입구 안쪽에서 터져 나왔고 고함 소리도 간간이 들려왔다.

잠시 후, 소리도 없이 엘리베이터가 올라왔고 승강기에 가득한 어린이들을 내려놓았다. 나는 텅 빈 엘리베이터에 올랐다. 더 탈 사람을 기다리던 엘리베이터맨이 닫힘 버튼을 누르려는데, 입구 쪽에서 몇 사람이 달려오며 스톱, 이라고 소리쳤다. 그들은 여자애들과 남자애들이 반반씩 섞인 날라리들이었는데 거기에 그녀가 들어 있었다. 아까 춤을 청한 녀석이 놓칠 듯 그녀의 손을 꼭 잡은 채, 동료인 남자 친구들과 시시덕거리고 있었다. 그녀는 여전히 워크맨을 귀에 꽂고 있었고, 안경을 벗어버린 단춧구멍같이 작고 까만 눈동자로 빤히 나를 쳐다보았다. 깨어지기 쉬운, 인형 같은 눈이었다.

뭉크의 그림 가운데서 내가 가장 좋아하는 작품은 〈사춘기〉라는 별로 크지 않은 유화였다. 나는 그것을 들여다보러 중심가의 수입도서 전문점엘 들르곤 했다. 옷을 홀랑 벗기운 채 오도카니 침대에 걸터앉아 있는 발육부진의 기집애, 다 솟아오르지 않은 젖가슴이 안스러운 기집애, 두 손으로 수줍게 음부를 가리고 있는 기집애, 똑바로 정면을 바라보고 있는 〈사춘기〉 속의 그 기집애는 언제나 내 가슴을 뛰게 했다. 나는 그 그림을 볼 때마다 폭풍을 맞아 떨고 있는 작은 새를 생각했다. 사춘기라는 시기와 폭풍 앞에 떨고 있는 작은 새의 이미지는 왠지 유사성이 있는 것 같이 느껴졌기 때문이다. 그 둘 간에는 청순한 세계에 대한 동경과 불안이

혼합되어 있다.

그녀가 어깨를 건드렸을 때 나는 예의 〈사춘기〉를 들여다보고 있었다.

"그 그림이 좋으세요?"

여자가 어깨를 건드리는 것도 내가 질색하는 품목 가운데 하나였다. 누굴까 싶어 고개를 돌려보니 잘 알지 못하는 여자가, 수줍게 웃고 있었다. 용기를 내어 상대방을 불러놓고는 자신이 없어서 용서를 구하는 듯한 부끄러운 웃음이었다. 목에 걸려 있는 워크맨이 확, 눈에 띄어왔다.

"모르시겠어요?"

나는 아아, 하고 목에 걸리는 소리로 그녀를 기억하고 있다는 표시를 했다. 뭐라 설명할 수 없었지만 꼭 다시 만나고 싶어 했던 여자를 만난 것처럼 반가웠다. 미니에 컬러스타킹은 그녀의 제복인 듯, 오늘은 짧은 청스커트에 붉은 스타킹을 신고 있었다. 나는 뚫어져라 보고 있었던 그 그림을 잠시 그녀에게 보여주었고, 함께 밖으로 나왔다. 책을 훔쳐가지나 않나 하고 감시를 하던 주인 노인이 신문지 속으로 얼굴을 파묻었다.

"아주, 길에서부터 따라왔었어요."

그녀는 길거리로 나오자 묻지도 않은 말을 하였다. "그랬어요? 난 몰랐습니다. 다방에 들어갈까요?" 지나가는 남자

애들이 흘낏, 흘낏, 그녀의 다리를 훔쳐보고 있었다. 나는 기분이 좋아졌다. 다방에 가자는 말에 그녀는 걸음을 멈추고 나를 빤히 쳐다보았다. 일전에 엘리베이터 속에서 본 적이 있던, 꿈꾸는 듯한 눈이었다.

"나는 벌써 항복했잖아요. 당신이 좋아서 따라온 거라고."

"그게 무슨 뜻이지?"

"시간을 낭비할 필요 없다는 말이에요." 우리는 여관을 찾아 들어가기로 했다.

"아주, 밤새도록 비디오를 틀어주는 여관을 알고 있어요."

그녀는 여관이 모여 있는 대학가 쪽으로 행선지를 잡아 발걸음을 옮기기 시작했다. 그녀와 나는 약 반 시간쯤을 걸으면서, 함께 자고 나서 다시 만나지 않더라도 서로에게 해가 되지 않을 이야기들을 가려서 했다.

"거기에 자주 와?"

"아뇨. 난 아주 향촌동 쪽으로 가는데, 그날은 어쩌다 한번 가봤어요."

그녀의 목소리는 만화영화에 나오는 공주님들의 목소리같이 어리고 맑았다.

"그런데 워크맨을 귀에 꽂고 다니면서 뭘 해? 공부를 하는 건가?"

"공부가 아니고 음악을 듣는 거죠."

그녀는 워크맨의 플레이 버튼을 누르고, 한쪽 헤드폰을 내 귀에 꽂았다. 그러자 아주 우울한 목소리로 짐 모리슨이 〈라이트 마이 파이어Light My Fire〉를 노래하고 있었다. 보이 조지나 마이클 잭슨, 혹은 웸과 같은 쓰레기들을 듣고 있는 줄 알았던 내 짐작은 완전히 빗나갔다.

"뜻밖인걸, 난 네가 이렇게 클래식할 줄 몰랐어."

정말이었다. 그녀는 록 음악에 관한 한 고전주의자였다.

그녀는 그녀 스스로 '성스러운 3J'라고 부른 짐 모리슨, 지미 핸드릭스, 재니스 조플린의 노래만 들었다. 언젠가 내가 그중에서 누가 가장 좋으냐고 현재에게 물었던 적이 있었다.

"그야, 짐 모리슨이지."

"어째서?"

"금지곡이 많잖아."

"그건 재니스 조플린이나 지미 핸드릭스도 그렇지 않아?"

"그래도 흑인은 싫어. 같은 여자도 싫고. 짐 모리슨은 미남이잖아? 해군 제독의 아들이고."

그녀는 또 이렇게 말하기도 했다.

"내가 왜 그렇게 '성스러운 3J'를 좋아하는 줄 알아? 왜냐하면 말이야. 그들 음악에는 짜릿함이 있어. 아주 섹시한. 특히 걔들 음악 속의 기타 있지? 그건 아주 내 거길 찌르고 들어오는 것 같아. 정말 섹시하지."

그러고 보니, 현재와 내가 열정적으로 나누었던 대화 가운데는 음악 이야기가 대부분을 차지하고 있었던 것 같다. 또 그녀는 이렇게 말한 적이 있다.

"나는 종종 아파트 옥상에서 떨어져 내리려는 충동을 록을 듣는 것으로 해소해."

그러면서 그녀는 12층 맨션 옥상에서 떨어져 바닥에 자기 얼굴을 살짝 부딪친 것 같은 참담한 표정을 내어 보였었다.

"뭐가 뜻밖이에요?"

"난 네가 보이 조지나 마이클 잭슨 같은 것을 듣고 있는 줄 알았어."

무슨 뜻인지 알겠다는 듯이, 현재는, 으흥, 하고 콧소리를 냈다.

"F.R. 데이비드나 유리스믹스 같은 것들 말이죠?"

"그래."

"난 그런 것들은 듣지 않아요. 요즘 음악은 아주 타락했으니까."

라디오를 틀면 온통 중성적인 음악, 달짝지근한 목소리로 가득 차 있었다. 구역질 나는 음악들이다. 거기엔 정신이 없다. 예전엔, '록 스피릿'이라고 불리던 저항과 인간애가.

"걔들 음악을 들으면 무시무시해. 처절하고 울음이 나와. 나는 시험공부를 하다가 지치면 지미 핸드릭스나 재니스 조플린, 짐 모리슨의 음악을 들어. 한껏 볼륨을 높여서 한 삼십 분쯤 듣고 나면 몸이 개운해져. 아니, 탈수되어 버려. 헤드폰으로 들어서 두 귀는 먹먹하고. 그러고 나면, 내가 보던 교과서들이 꼭 그들이 노래 부르며 공격하고자 했던 쓰레기 같은 세계와 아주 같은 증오의 대상으로 떠올라와. 그래서 나는 그 밤을 꼬박 새워 공부할 수 있었던 거지."

그녀는 록 음악이 세상에 대해 대든 것과 똑같은 적개심을 가지고서 교과서에 대들었다고 말했다.

"엉덩이가 근사한데."

그녀는 여관방에 들어서자 스커트를 벗고 삥, 돌아 보였다. 곧은 다리와 바싹 마른 장작같이 가늘은 허벅지가 무척 인상적이었다. 그리고 그렇게 가늘은 다리가 떠받치고 있는 풍성한 엉덩이는 너무나 불균형하여, 아찔하게 보였다.

"히프?"

"그래, 엉덩이가 보기 좋아."

"난 여자 엉덩이를 눈여겨보는 남자는 싫어. 나보고 네 히프가 멋있다고 하는 남자는 소름이 끼쳐."

"왜?"

"거기엔 여자의 중요한 부분이 달려 있는 곳이니까."

"그럼 취소할까?"

"아니야. 너는 용서해 줄게. 사실 난 너한테 그 말이 듣고 싶었어. 근사한 엉덩이란 듣기 좋은 말이잖아? 에로틱하게 해주니까."

현재는 하반신과 두 귀만 살아 있는 여자처럼 행동했다. 섹스를 하지 않을 때는 헤드폰이 그녀의 두 귀를 막고 있었고, 음악을 듣지 않을 때는 두 다리 사이가 막혀 있었다. 그녀를 알기 위해서는 음악과 섹스 사이에 있는 연관성을 찾아야 한다.

"담배 피워도 돼?"

"응."

섹스를 마치자 현재는 담배를 피워 물었다. 근사한 섹스였다. 나는 그녀의 살 속에 묻힌 채로 두 번이나 다시 일어섰던 것이다. 그녀는 담배를 피워 물면서 워크맨에 테이프를 갈아 끼웠다. 그리고 하나는 내 귀에, 또 하나는 자기 귀에 헤드폰을 나누어 꽂았다. 분명 여기엔 어떤 연관성이 있다. 그녀에게 음악과 섹스는 하나였다. 그러면 무슨 내용이 하나인가? 우리는 정사를 마친 뒤, 이제야 생각이 났다는 듯이 서로의 이름을 물어주었다.

"아주 잘하던데? 여자하고는 몇 번이나 같이 자봤어?"

그 물음에는, 여자의 지문이 묻어 있었다. 생전 처음으로 나와 섹스를 하기 전에 은선이는 '여자하고 자본 적 있어' 하고 수줍게 물었었다. 그러나 그 물음은, 같지 않은 지문이었다. 은선은 그것의 유무를 물었고, 현재는 그것의 횟수를 물었다. 미묘하지만 낙차가 큰 두 질문 사이의 거리가 은선과 현재의 차이일지도 모른다. 거기다가 그것을 갖기 전에 묻는 것과 그것을 마친 뒤에 묻는 것 간의 차이까지 더한다면 두 사람 간에 얼마나 큰 낙차가 생기는가.

"횟수는 잘 모르겠어. 하지만 너는 내가 살을 맞댄 두 번째 여자야."

"정말? 처음으로 같이 놀았던 애가 누군데?"

나는 난감해졌다. 내가 처음으로 살을 맞댄 여자는 고등학교 때의 그 늙은 창녀인가, 아니면 은선인가? 창녀라고 하기엔 내 사랑이 모자랐고, 은선이라고 말하게 되면 물음의 엄밀한 의미를 충족시키지 못하게 된다. 나는 평생 동안, 첫 경험을 했던 여자가 누구였느냐는 질문에 곤혹스러워할 것이다. 영원히 반쪽의 여자로 남아 내 가슴을 할퀼 그대여, 용서하시라. 나는 그 어느 쪽도 집어 결정하지 못한 채 대답했다."

응, 그런 여자가 있었어."

현재는 또 한 번, 으흥, 하고 콧소리를 냈다. 왼쪽 귀에 꽂혀진 헤드폰에서 지미 핸드릭스의 〈캔 유 씨 미 Can You See Me〉가 들려왔다. 고개를 돌려 그녀를 바라보았다. 현재는 똑바로 누운 채 천장을 바라보고 있었다. 어디서 본 얼굴이었다.

"뭐해?"

"슬퍼."

눈물 한줄기가 현재의 오른뺨으로 흐르고 있었다. 나는 뭉크의 그림 속에 그려진 소녀를 생각해 냈다. 나는 그녀의 눈물을 닦아주었다.

"재수하는 거니?"

"아니야."

"성문종합영어를 보는 걸 봤어. 미안해."

현재는 재수생이 아니었다. 그녀는 여고 3학년에 재학 중이었다. 무슨 속임수 같았다. 삼류 소설에 자주 등장하는 그런 속임수 말이다. 그러나 나는, 애초에, 그와 같은 속임수를 쓰고자 작정한 게 아니었다. 하긴 도서관에서 읽은 삼류 소설 가운데서, 그런 속임수를 많이 보긴 했다. 남자 주인공이 '술에 취해' 여관방에서 깨어나 보니 곁에 어린 여제자 또는 친구의 부인이 누워 있더라는 상황 설정이나, 남자 주인공을 흠모하는 아리따운 처녀의 적극적인 공세와 꾐에 속아 어쩔 수 없는 상황에서 '수동적'으로 당하게 되었다는 묘사는, 모두가 남자 주인공의 인격을 보호하려는 작가의 야비한 속임수에 불과하다. 그러니까, 오이디푸스와 같이, 아무것도 모르는 상태에서 저질러진 일들이니까 그의 본래 인격과는 상관이 없고, 무죄하다는 거다.

하지만 나는 아니다. 미리 말하자면, 나는 그렇게 도덕군자인 양 하는 위선에는 구역질부터 먼저 올라오는 인물이다. 나는 같이 잔 여자가 여고생이라고 해서 자책하진 않는다. 도리어 나의 상상은 세상의 모든 여고생이 내 애인이었으면 하고 바랄 정도이다. 거기다가 일 년 전엔, 나 또한 고등학생이었던 것이다.

"그래서 대학엔 어떻게 갈려구 하니?"

"어떡해서라도 갈 거야. 요즘엔 재수생도 수출한다던데 안 되면 외국에 유학가면 되지 뭐. 그러다가 국내로 다시 편입하면 되고."

그녀는 작년 여름방학 때 친지의 초청으로 미국엘 다녀왔다고 하면서, 돈만 있으면 고등학교만 나오고도 얼마든지 외국 유학을 갈 수 있다고 했다. 아주 뒤에 안 일이었지만, 현재의 아버지는 이 지방에서 굉장히 유명한 건설회사를 경영하고 있었다. 언젠가 그녀는 자동차 전시장 앞에서 새로 나온 국산 자동차를 보고 이렇게 말했었다.

"시험 치르고 나면 당장 자동차나 한 대 사달랠까 보다. 신나게 타고 달리다가 바다 밑으로 곤두박질해 버리게."

아버지와 어머니 그리고 대학원에 다니는 오빠 두 명이서 모두 자동차를 한 대씩을 굴리고 있다고, 그녀는 내게 말했었다.

"글쎄, 패잔병처럼 쫓겨가는 것보단 여기서 대학엘 다니는 게 더 좋지 않아?"

"패잔병처럼 쫓겨가지는 않을 거야. 대학에 붙든 안 붙든 그리고 내가 어느 나라엘 가든, 나는 당당하게 이 땅에서 다른 나라로 가는 거야."

"어디로?"

"파리나 비엔나 같은 데로. 시드니도 좋겠지."

그날 밤, 열두 시가 되기 전에 우리는 여관방에서 나왔다. 그리고 현재가 먼저 택시를 타고 집으로 돌아갔다. 다시 만나자는 약속을 하지는 않았다. 집으로 돌아오면서 나는 휘파람으로 비틀즈의 모든 히트곡을 메들리로 엮어 불었다. 아무래도 그녀를 다시 만날 것만 같았다. 우리는 서로의 이름을 알고자 원했으니까. 그리고 섹스와 음악으로 이어져 있으니까.

집에 돌아오니 어머니가 형의 편지를 보여주며 읽어 달라고 말씀하셨다. '소식이 늦어서 미안하구나'로 시작하는 형의 편지는 이랬다.

이제야 미국 생활에 약간 멀미가 트여가는 느낌이다. 철저한 각오와 준비를 해왔다고 생각했는데도, 막상 미국이라는 거대한 '정보'(?)와 날것으로 부딪치고 보니 여간 어려운 게 아니다. 그래도 나는 다른 유학생보다는 쉽게 미국에 익숙해지고 있다. 유학을 온 처음 몇 달간의 낯섦보다는 장기간의 이국 생활에서 오는 자기 정체성과 아이덴티티 상실이 더 견디기 어렵다고들 하지만, 나에게도 그런 질병이(HOME SICK!) 찾아올 것 같지는 않다. 도낏자루가 썩어도 모를 만큼 공부에만 몰두하고 싶다. 한 십 년쯤. 그러는 형을 이기적인 인물이라고 생각하겠지? 하지만, 이런 형을 불쌍하게(!!) 여겨다오. 나는 내 땅에서 추방당했으니까……

편지를 다 읽고 나자, 어머니께서 약간 섭섭한 표정을 지으셨다. 형은 편지의 제일 마지막쯤에 가서, 잊고 있다가 이제 막 생각해 낸 PS처럼, '어머님은 건강하시겠지?'하고 써 놓았다. 그리고 정말 PS라고 쓰고서, '서울에서 부쳐 보낸 내 책은 네 마음대로 처분해도 좋다. 엿장수에게 파는 것이 어울릴 것이다.'라고 썼다. 어쩌면 형이 이 편지에서, 가장 하고 싶었던 말이 PS에 담겨 있는지도 모른다. 어떤 편지 가운데는 추신이 그 편지의 가장 중요한 본문인 종류의 것도 있는 법이며, 어떤 사람은 추신이란 형식으로 자신이 가장 하고 싶었던 말을 전하기도 하니까.

내게 형의 그 PS는 하나의 암호처럼 느껴졌다. 형은 이 나라로 다시는 돌아오고 싶지 않은 것인 게다. 그는 그의 말대로 무슨 짓을 해서라도 미국에 살고 싶은 것이다. 학위를 못 따면 세탁소든 세차장이든 닥치는 대로 들어갈 것이며, 백인 여자와 결혼을 해서든 나이 많은 한국 과부를 물든지 해서 미국 시민권을 따낼 것이다. 무엇이 형을 이 땅에서 쫓겨가도록 했을까? 무엇이 형을 이 땅에서 쫓겨가도록 했을까? 무엇이 형으로 하여금 '불쌍하게'란 말 뒤에 느낌표를 한꺼번에 두 개씩이나 찍어놓도록 했을까? 과도한 자기연민은 자기기만이며, 자기교만일 따름일 텐데.

계절은 본격적인 초여름이 시작되는 유월로 접어들었다. 그러면서 올림픽에 대한 열기가 서서히 온 나라를 뜨겁게 달구기 시작했다. 각종 관공서며 길거리에는 하루하루 숫자가 줄어드는 '앞으로 000일'이라고 씌인 올림픽 개막 날짜가 표시되었고, 신문방송은 연일 올림픽 기획 특집과 준비 과정을 보도해 댔다. 하지만 대다수의 시민은 올림픽에 대하여 심드렁해했다. 이미 몇 해 전부터 88올림픽은 정부의 전 국민에 대한 세뇌 차원에서 선전되어 왔고, 매일 올림픽에 대한 뉴스를 거의 강제로 들어야 하는 시민에겐 짜증스런 공해로 받아들여졌다. 물론 몇몇은 그것으로 인해 이득을 보기도 할 것이다. 약삭빠른 정치인과 장사치들은.

현재와 나는 가까워지고 있었다. 그녀는 이틀에 한 번꼴로 내가 죽치고 있는 디스코텍에 슬며시 나타나, 내가 앉은 테이블의 의자에 털썩 주저앉았다. 그리고 한번은 〈사춘기〉를 들여다보고 있는 수입도서 전문점에 와서 내 두 눈을 가리기도 했다. 우리는 어디서 언제 만나자는 아무런 약속도 하지 않았고, 사랑한단 따위의 말이 필요하지 않았다. 현재와 나는 만나는 즉시로 여관방을 구하러 달려가곤 했다. 우리는 시내에 있는 모든 여관을 순례하기라도 하는 것처럼 매일 여관을 바꾸었다. 그녀는 섹스를 마치면 늘 그러듯이 내 귀에 한쪽 헤드폰을 꽂아주거나, 자기 혼자 헤드폰을 독차지하고 음악을 들었다. 내게 그것은 음악을 들으려는 것이 아니라 혼자만의 침묵 속으로 도사리고 들어가려는 시도처럼 보였다. 그녀가 차고 다니는 일제 워크맨은 헤드폰을 뽑으면 자체 스피커에서 바깥으로 소리가 나도록 되어 있는 것이었는데도, 현재는 한 번도 두 사람이 들을 수 있도록 음악을 사용하지 않았다.

두 사람이 들을 수 있도록 음악을 사용하지 않는다는 것은 슬픈 일이다. 나는 현재에게 물었다.

"그럭하고 있으면 답답하지 않니?"

"괜찮아. 차라리 헤드폰을 끼지 않을 때가 무서워져. 아주 넓고 넓은 바다 가운데 내동댕이쳐져 있는 느낌이거든."

"좋은 음악이 나오면 여러 사람과 같이 듣고 싶다거나, 다른 사람에게 들려주고 싶은 생각이 날 텐데."

"좋은 음악을 다른 사람이 듣지 못할까 봐 안달할 필요는 없어. 녹음을 해놓고 혼자 되풀이해서 들으면 되니까. 다른 사람은 필요 없어."

현재와 나는 더 이상 가까워지지 않았다. 그녀는 아무도 사랑하지 않을 아이였다. 그녀는 사랑을 받는다거나, 사랑을 줄 줄 몰랐다. 우리는 언젠가 여관방에서 캔맥주를 마시며, 꽤나 심각한 척 사랑을 논한 적이 있었다. 그녀가 말했다.

"사랑? 그거 '기브 앤 테이크' 아냐? 서로의 몸을 잠깐씩 주고받는 것. 어떨 때는 마음도 주고받지. 그러나 그건 서로 빌려주는 거야. 내 몸을 아주 준다거나 마음마저 아주 주지는 않아. 필요해서 잠시 빌려주고, 다시 되돌려받는 거지."

기성의 세대가 소년 소녀들에게 가장 처음 행하는 성교육은, 일부일처 교육이다. 그것은 사회제도화 되어 있어 별따로 프로그램하지 않아도 저절로 배워지게 되어 있다. 그러나 어린 나이에 섹스를 경험하면 할수록 일부일처 프로그램은 아무런 위력을 갖지 못하게 된다. 어린 나이에 섹스를 경험해 버린 소년 소녀는 더 이상 일부일처로 만족할 수 없게 된다. 그는 끊임없이 새로운 섹스 대상을 찾아 나선다. 그에게는 더 이상 일부일처의 덕목이 먹혀들어 가지 않는다.

"첫 경험을 한 적이 언제였어?"

"아주 난 좀 일찍이었어. 중2 때야."

"되게 이른데? 그때부터 '기브 앤 테이크' 했니?"

"그땐 어쩌다 치르게 된 거야. 의사 놀이같이 순진하게 시작해서 서툴게 끝났어. 이런 생각도 하지 않았었고. 섹스를 밝히기 시작한 건 중3 때부터였어. 그게 아니었다면 난 자살했을 거야."

그녀는 고입 입시를 앞두고 심한 노이로제 증세를 나타냈다고 한다. 가슴을 찍어 누르는 압박감, 머리가 쪼개지는 것 같은 두통, 불안증과 스트레스 같은 것들.

"내가 아무리 많이 해도 다른 애들은 더 열심히 하는 것 같았어. 항상 불안하고 초조했다고."

그래서 히로뽕같이 야금야금 재미를 들인 것이 섹스였다고 현재는 말했다.

"비윤리적이라거나 죄라는 생각 안 해봤어? 하다못해 부모한테 미안하다는 생각 말이야."

"그런 것 못 느꼈어. 내가 강해지면 죄 따위는 고무줄놀이에서 고무줄처럼 쉽게 넘어갈 수 있다고 생각했어. 나는 아무의 것도 아니라는 느낌, 차라리 그런 느낌이 더 강했어. 부모에게 미안하다는 생각은 손끝만큼도 안 해봤고. 원래 우리 집은 개인플레이가 심하거든. 그래서 다른 사람을 이해해 주는 것도 빨라. 무슨 일이든 자기 일이 아닌 다른 사람 일에 대해서는 공적으로 처리해 주거든. 사무적으로 말이야."

말을 하면 할수록 그녀의 머릿속이 훤히 들여다보였다. 우리가 쓰는 말에는 솔직을 가장한 파렴치도 얼마든지 있지만, 아주 그녀는 자신의 말을 솔직하고 믿음성 있게 쓰고 있었다. 그래서 그녀의 머릿속뿐 아니라 그녀의 신경과 복잡하게 휘감긴 핏줄기 가닥도 잘 분류해 정리할 수 있을 것 같았다.

그녀는 자기만의 방을 원한다. 아무와도 공유하지 않는 내면의 방과 누구도 들여다볼 수 없는 혼자만의 방. 그녀는 텔레비전을 보지 않는다. 텔레비전은 방이 있는 사람들이 잘 즐길 수 있는 형식이다. 그것은 네 개의 벽을 소유한 자만 여분으로 가질 수 있는 제5의 벽이다. 하므로 방을 소유하지 않은 그녀는 라디오를 듣거나 테이프를 듣는다. 그럴 때 그녀가 귀에 꽂아놓고 듣는 음악은 무제한적으로 수취 되는 FM 프로도, 대량 복제되는 테이프도 아닌, 그녀의 고독 속에서 울려 나오는 내면의 울림이다. 라디오는 고독의 형식인 것이다.

그러면 그녀의 섹스는? 그녀의 섹스 또한 순수 고독의 형식이다. 그녀의 섹스는 사랑을 위해서나, 출산을 목적으로 사용되지 않는다. 사랑과 출산을 위해 쓰여지는 섹스란, 섹스 그 자체엔 이미 불순스런 것이다. 그녀가 섹스를 통해 얻고자 하는 것은 순간적인 자각이며, 자신의 생의 사용이다. 그런 즐거움을 많이 얻으면 얻을수록, 여기의 나에서 다른 삶의 나로 전이해 갈 수 있다.

이것들은 모두 자기 만족적이고, 자기 충족적이다. 자기 자신만을 위해 쓰여지는 이기심, 그래, 나는 다른 사람을 위해 쓰여지는 이기심도 있다고 믿는데, 전자의 이기심은 다른 사람의 이해를 구하지 않으며, 종내엔 더 많은 자기만족과 자기 충족적 요구에 의해, 자기 자신의 이기심마저 옳게 구해내지 못한다. 나는 그녀가 오직 자신만을 위하여, 제 것을 바칠 것임을 알았다.

약속 없이 만나, 여관방을 순례하고, 섹스가 끝나면 귀에다 헤드폰을 가져다 꽂는 사이에 유월 중순에 접어들었다. 봄과 가을이 짧고 더운 여름과 추운 겨울이 긴 이 분지 도시는 바싹 마른 먼지와 땀내를 풍겨댔다. 나는 그 초여름날 어느 저녁에, 열아홉 살 때 가장 가지고 싶었던 세 가지 것 중의 하나를 가지게 되었다.

"여기 조금 앉아도 될까?"

늘 앉던 테이블에 앉아 약 한 시간째, 춤추는 군상으로 뒤엉킨 스테이지를 멍하게 바라보던 나에게 누군가 말을 걸어왔다. 대답과는 상관없이 미리 자리에 앉기로 작정을 하였던지 그 목소리의 주인공은 내 대답이 채 나오기도 전에, 너무도 자연스레 내가 앉은 옆자리에 바싹 앉았다. 나는 조금 언짢은 기색으로 그 목소리의 주인공을 바라다봤다.

"실례가 안 되었으면 했는데, 미리 실례부터 하고 말았네."

내 옆에 앉은 사람은 한 삼십 대 중반의 여자였다. 목덜미가 길고 머리칼이 굉장히 길었다.

"아까부터 무대만 바라보고 있던데, 춤을 출 줄 모르는 모양이지. 아니면 싫어하거나."

그녀의 목소리는 박절기로 끊어내는 것처럼 단정했고, 자음과 모음을 하나하나 따로 떼어내어 발음을 하듯 정확했다. 목소리에 호감이 가서 자세히 그 여자를 뜯어보니, 긴 것은 목덜미와 머리칼만이 아니었다. 언뜻 본 손가락도 그랬고 허리도 그랬다. 수려하고 아름다웠다.

"아닙니다. 구경하는 걸 좋아해요."

"다른 사람이 춤추는 것 구경하면서 무슨 생각을 해? 아무 생각 없이 사물을 바라다보는 것은 내면을 바라보는 것이라던데."

그녀는 아무런 화장도 하지 않았다. 깨끗한 중년 여성의 아름다움이 느껴졌다. 동의를 구하지 않고 함부로 취하는 그녀의 하대가 나를 에로틱하게 했다.

"내 권태를 바라봐요."

"돈을 주고 남자 모델을 사고 있는데 하룻밤 수고하겠어?"

나는 할 일이 없었다. 현재는 토요일과 일요일에 몰아서 오기 때문에 오늘은 오지 않을 거였다. 금요일엔 다른 클럽에 나가는지도 모르지만.

"좋아요."

나는 그녀를 따라 엘리베이터를 타고 주차장으로 내려왔다. 그녀는 나를 잠시 세워놓고는 중형의 빨간색 승용차를 끌어내 왔다. 그녀는 안에서 운전대 옆의 앞 좌석 문을 열어 주었다.

"자, 타."

자동차 안엔 윈드햄 힐 레이블에서 만든 것으로 보이는 부드러운 시티 재즈가 가득 채워져 있었다.

"난 젊고 신선한 모델이 필요해."

화가냐고 물었더니 그녀는 아무런 대답을 하지 않았다. 그녀는 핸들을 쥐지 않은 남는 손으로 담배를 꺼내 자신의 입으로 가져갔다. 그리고 나에게 담배를 권하였다. 나는 고개를 가로저었고, 그녀는 담뱃불을 피워 물었다. 현재가 담배를 피우는 것도 여러 번 봤지만 꼭 불을 가지고 장난을 치는 것 같이 장난스러워 보였고 위태로워 보였으나 그녀가 담배를 뽑아 피우는 모습은 보는 사람으로 하여금 맥주를 마시는 것 같은 청량감을 주었다. 자동차는 그리 멀리 가지 않았다. 도시 중심가 한가운데 이런 은밀한 곳이 있었나 싶은 골목 가운데 그녀는 차를 세웠다.

그녀는 열쇠로 벽에 붙은 작은 철재 샛문을 땄다. 그것을 열자 좁고 짧은 골목 또는 복도와 같은 공간이 나오고 커다란 아틀리에가 나왔다. 거기에 한 발을 들여놓자 진한 기름 냄새와 큼큼한 물감 냄새가 코를 자극했다. 먼지 묻은 캔버스며 화구가 20평 남짓한 방 안에 가득 널려 있었고, 몇 개의 소파와 침대, 그리고 싱크대가 한켠에 놓여 있었다.

"커피 한 잔 마시겠어?"

"예."

그녀가 커피를 끓여 내놓는 동안 나는 여기저기 널린 데생과 유화들을 구경했다. 그것들은 모두가 펠라티오를 하는 여자의 입과 거기에 반쯤 묻힌 남자의 성기가 그려져 있었다. 여자의 입에 자신의 성기를 내맡긴 채 서 있는 남자가 위에서 아래로 내려봤을 때의 초점으로 그려진 그 그림들은, 만화영화의 애니메이션처럼 단순한 원색으로 그려져 있었고, 어떤 것은 진짜 만화의 한 칸을 떼어낸 것처럼 여자의 입에 풍선꼬리 같은 말 공간을 단 뒤, '아! 좋아!'라고 써놓았다. 그런 대사는 그 장면을 노골적이게 하기보다, 아무렇지도 않은 것처럼 무화시켜 보였고 유머스럽게 만들었다.

"음악을 틀까?"

그녀가 커피를 만들어 가지고 왔다.

"뭘 좋아하지?"

"벤이킹이나 비비 킹 같은 것 있어요? 도어스나 애니멀스도 좋구요."

그녀는 레코드가 쌓여진 여러 개의 박스를 뒤적였다.

"그래? 굉장히 스탠다드한데? 그 외엔?"

"초기 롤링스톤스나 초기의 로드 스튜어트요."

그녀는 턴테이블 덮개를 열고 CCR이라고 약칭되는 크리던스 클리어워터 리바이블을 올려놓았다. 중국에서는 이들을 '청수악단'이라고 부른다지. 옛 노인들의 구수한 이야기같이 나직하게 〈배드 문 라이징Bad Moon Rising〉이 흘러나왔다. 저주스런 달이 뜨고? 바깥에는 구름이 잔뜩 끼어 있었다.

"반항적이군. 요즘엔 어디든 후기라는 접두사가 유행인데 말야. 후기 모더니즘, 후기 고전주의, 후기 산업사회, 후기 마르크시즘, 후기 섹슈얼리즘 하고 말이지."

나는 그녀의 방 안에 널린 그림들을 둘러보았다. 이런 걸 보고 후기 섹슈얼리즘이라고 하는 건가. 내가 보기엔 팝 아트의 일종인 것 같았는데.

"여기 있는 그림들이 그런 건가요?"

그녀는 내 물음에 큰 소리를 내어 웃었다. 물을 뒤집어쓰거나 얼굴에 케이크를 처바른 코미디언을 보고 웃는 억지 웃음이 아니라, 정말로 우스워서 웃는 그런 웃음이었다.

"후기 섹슈얼리즘? 그건 내가 방금 지어낸 말이야. 또 모르지 뉴욕이나 뮌헨 어디선가 누가 그런 걸 하고 있는지도."

나는 그녀를 따라 웃었다. 우리는 커피를 마시며 음악 이야기를 좀 더 했다.

"올디스 벗 구디스를 즐기는 모양이지."

"그래요. 올디스 벗 구디스가 없으면 세상은 금세 망해 버리니까요."

"가속도의 세계에서 브레이크가 되어준다 이거지?"

그때 나는, 가속도의 세계가 무엇을 말하는지 몰랐다. 그녀는 턱에 손을 고이고 잠시 동안 무엇인가 생각하였다. 그러곤 가장 알아듣기 쉬운 방법으로 가속도의 세계를 설명해 주었다.

"그것은 파시스트적 속도라고도 불리는 것으로, 근대의 여러 가지 제도적 장치가 엄청난 자본과 연결되어 무서운 속도로 전진운동을 하는 산업사회의 생리를 가리키는 거야. 예를 들어 재벌기업에서 경영하는 자동차 산업이 그렇지. 그들은 신제품을 만들자마자 방송이라는 가치중립적이며 공적인 제도 장치를 통해, 쉬지 않고 광고를 해대지."

"말을 끊어서 죄송한데요. 방송이 어떻게 가치중립적이죠?"

"음, 기술 말이야. 제도 기술은 가치중립적인 거지. 여기 권총이 한 자루 있다고 치자. 이 권총은 강도가 사용할 수도 있고 경관이 사용할 수도 있는 거야. 무슨 말인지 알겠지? 그런 의미에서 방송조차도 가치중립적이란 거야."

나는 알겠다고 고개를 끄덕였다. 그녀는 광고에 대한 이야기를 계속했다.

"어린 시절부터 성인이 되기까지 광고라는 연속 펀치에 너무나 많이 두들겨 맞아 심각한 뇌손상을 입은 현대인은, 새로 나온 상품이 아닌 새로 나온 광고에 대하여 아무런 저항이나 방어할 능력을 상실한 채 거의 조건반사적으로 상품을 구매하게 돼. 그런데 얼마 되지 않아, 새로 산 자동차의 스파크를 처음 갈아 끼우기도 전에 자동차 회사는 도어와 바디가 약간 다른 신형의 자동차를 선전하게 되고 소비자는 쓸 만한 자신의 차를 팔고 새로 광고되기 시작하는 자동차를 구입하게 되는 거야. 그러면 뭐가 되겠어? 가속도의 세계가 만들어 놓은 지구는 결국 폐차장밖에 더 되겠어? 아주 큰 자동차 무덤 말이야."

"조금 알 것 같군요. 스피드가 최고의 가치가 되고 앞으로 전진하는 것만이 발전이며 성공이라고 믿는 세계를 가속도의 세계라고 부를 수 있겠군요."

자동차 산업은 아주 천천히 이 지구를 폐차 더미로 만들어 갈 것이지만, 좀 더 거대한 산업이라고 부를 수 있는 군산 복합체의 경우, 아주 단시간에 이 지구를 끝장낼 수도 있다. 주체할 수 없이 규모가 커져 버린 회사를 계속 유지시키고, 더 많은 자국의 이윤을 올리기 위해 무기회사와 정부는 새로운 무기를 계속 개발해 외국에 팔거나 국지전을 조장해야 된다. 새로운 무기 개발에는 막대한 연구비가 들고, 막대한 재력과 재능을 쏟아부어 새로 개발한 무기는 당연히도 점점 살상 능력이 크고 정교하게 발전한다. 유럽이나 아시아에서는 거의 매 해마다 새로 개발된 미사일이 구식의 미사일과 교체 배치된다. 소형의 로켓포쯤 돈만 있으면 아무나 구입할 수 있게 됐다. 그가 갱이든 미치광이든.

노래가 바뀌었다. 〈스위트 히치 하이커Sweet Hitch-Hiker〉.

"요즘 밴드들은 안 좋아하는 모양이지? 이유가 있는 거야?"

"혼이 없어서요."

"혼!"

그녀는 손뼉을 딱, 하고 쳤다.

"맞아. 요즘 가수들은 기껏해야 골반이나 흔들 줄 알지, 너도나도 새까만 선글라스를 끼고 말이야. 사내자식들이 꼭 시스터보이처럼 해가지고는 색정광처럼 신음을 흘리지. 이렇게."

그녀는 아, 아, 하고 신음을 내질러 보였다.

"옛날에는 말이야. 진짜 쇼를 볼 수 있었지. 우리나라에만 해도 60년대에는 진짜 록 밴드가 있었어. 내가 20대 때였지.

에드 포라든가, 히 식스, 키 보이스와 같은 진짜 밴드가 있었지. 그들은 지금 나오는 허섭스레기 같은 밴드보다 훨씬 뛰어났어. 라이브에 강했지. 그때는 음악을 하려면 미8군에 들어가야 했었는데 들어가려면 미국 애들에게 오디션을 받아야 했었거든. 그러니까 연주 실력이 뛰어나지 않고서는 안 되었다고 해."

그녀는 담배를 피워 물었다. 60년대에 20대였으면 지금은 40대여야 했다. 그러나 그녀는 30대 중반이나, 초반으로 보였다.

"그 당시 서울에는 데블스라는 밴드가 있었어. 그들은 노래를 부르며 무대 위로 관을 끌고 다녔지. 진짜 쇼를 했지. 액티비티하게 말이야. 요즘은 다 낯가림이지. 인형극이고."

우리는 커피를 한 잔씩 마시고 작업을 했다. 나는 그녀가 시키는 대로 옷을 벗고 방 한가운데 놓인 의자에 가서 앉았다. 아무것도 입지 않고. 노래는 〈미드나잇 스페셜Midnight Special〉에서 〈수지 큐Susie Q〉로 이어졌다. 그녀는 물감과 화구를 챙겨 작업을 시작했다.

"몸이 잘 균형 잡혀 있어. 내 눈은 정확하다니까."

그녀는 내 살을 열심히 쳐다보았다. 그리고 연필을 움직여 갔다. 그녀는 내 두 다리 사이를 그리고 있었다. 처음 옷을 벗을 때 약간 고개를 쳐들던 기미를 보인 내 성기가, 그녀의 시선을 의식하면서 염치도 없이 크게 부풀기 시작했다. 시간은 열한 시가 가까워오고 있었다. 나는 커져 오르는 내 물건을 보면서 얼굴을 붉혔다.

"미안해요. 어쩌지 못하겠어요."

그녀는 웃었다.

"괜찮아. 그 상태가 내가 원하던 거야."

그녀는 작업을 하던 자리에서 일어나 내가 앉은 의자로 다가와서, 자세를 고쳐주었는데, 자세를 고쳐준답시고 내 두 다리 사이로 여자의 따뜻한 손바닥이 들어오자 나는 더 견디지 못하고 그녀의 허리를 안고 말았다. 한순간 그녀는 내 성기를 꼭 잡아주었다. 내가 말했다.

"어차피 이건 과정이 아닌지요. 그럴 바엔 바로 인터코스 하는 게 어때요."

내 말을 듣고 그녀는 기분이 상했는 모양이다. 자조적인 웃음을 지으며 내게 말했다.

"이봐, 꼬마야. 너는 지금 이 짓을 전희로 착각하고 있어. 사이비 예술로 연출되는 전희 말이야."

그녀는 꼭 쥔 내 성기를 놓고 제자리로 돌아가 하던 작업을 계속하였다. CCR이 노래를 멈춘 지 오래되었다. 비가 쏟아지려는지 아까부터 스산한 바람이 창문을 흔들고 있었다.

"남자 성기쯤 눈을 감고도 그릴 수 있어. 남자의 실물이 필요한 게 아니고 영감이 필요한 거야. 나는 지금 너에게서 이미지를 앗으려는 거야."

"만지고, 빨고 하면서 말이죠."

그녀는 무지하게 화가 났다. 그녀는 이젤을 발로 걷어차고 내게로 성큼성큼 다가왔다.

"건방진 모델이군."

그녀와 나는 바닥에 엉겨 붙었다. 그녀와 나는 서로의 몸을 쓰다듬었고, 혀로 상대방을 핥아주었다. 아주 오랜 시간을 들여 처음으로 전희라는 걸 했다. 내가 예전에 치르었던 섹스에서는 전희가 없었었다. 나는 가속도를 내고 서둘렀으나, 그녀는 자꾸 브레이크를 걸었다. 우리는 아주 농염한 전희를 하였으므로 나는 그것만으로도 충분히 절정에 올라가 있었다.

"침대로 가."

내가 침대로 올라가는 사이에 그녀는 서랍을 뒤적여 페서리를 찾아 끼웠고, 데크에 테이프를 걸었다. 고든 라이트후트가 〈이프 유 쿠드 리드 마이 마인드If You Could Read My Mind〉를 노래했다.

> 만약에 내가 당신의 마음을 읽을 수 있다면, 당신의 생각은 어떤 이야기를 할까요? 슈퍼마켓에서 팔고 있는

로맨스 소설 같은 것일까요? 마음 아픈 장면이 되면 그 주인공은 나랍니다. 주인공은 몇 번이나 지독한 꼴을 당하고 당신은 두 번 다시 그 소설을 읽지 않게 돼요. 왜냐하면 결말이 너무 비참하니까요. 나는 세 가지 방식의 시나리오에서 실패한 영화스타처럼 떠난답니다. 다음 작품으로 들어가, 영화 속의 여왕이 연기하는 장면에서 나의 좋은 점만 나타내 보이지만 그러나 지금은 현실로 돌아가야지요. 나는 이처럼 연출될 줄은 생각지 못했어요. 이렇게 하고 싶지는 않았어요. 우리가 어디에서 잘못되었는지 나는 몰라요. 나의 감정은 사라지고 나는 그것을 되찾을 수 없어요. 만약에 당신이…….

그녀의 다리는 무척 길었다. 나는 경부선 고속도로를 거슬러 올라가는 것처럼 긴 시간을 들여, 그녀의 발등에서부터 두 다리 사이까지를 입술로 물었다. 그녀는 손아귀로 내 머리칼을 쓰다듬고 있었고, 신음 소리를 흘렸다. 잠시 후, 나는 그녀의 문을 찾아 열었고, 그녀는 제 몸 깊숙이 나를 받아주었다.

그녀는 내 허리를 그녀의 긴 두 다리로 꽉 부여잡고 있었다. 우리는 한 몸뚱이에 머리가 둘 달린 말 같이 뛰놀았다. 환희의 절정에서, 백지장처럼 하얗게 밤이 깊어졌다. 올디스

벗 구디스가 가득 녹음된 테이프에서 재니스 조플린의 〈미 앤 바비 맥기Me and Bobby McGee〉가 흘러나올 때쯤, 우리는 자리에 누운 채 서로의 허리를 껴안고 있었다. 그녀가 몸을 뒤척여 담배를 피워 물었다.

"성녀가 노래를 해."

바깥에서는 토독, 토독, 빗물이 떨어지고 있었다.

빈털터리로 기차를 기다리고 있었지만 기분은 청바지처럼 너덜너덜. 비가 오기 전에 바비가 트럭을 잡았네. 덕분에 젖지 않고 뉴올리언스까지 올 수 있었지. 나는 더러워진 헝겊에서 하모니카를 꺼내 불었네. 와이퍼는 찰깍찰깍 시간을 맞추고 우리는 운전사가 좋아하는 노래를 모두 불렀네. 자유란 잃는 것이 아무것도 없다는 것. 자유로워질 수 있다는 거 외에 가치가 있는 것이란 무엇 하나 있지도 않네. 켄터키 탄광에서 해가 빛나는 캘리포니아까지 바비와 나는 혼의 밑바닥까지 서로 접촉했어요. 그녀는 밤마다 나를 따뜻하게 해주었지요. 그럼에도 나는 새리너스 부근에서 그녀를 버렸어요. 가정을 가지라고 하면서. 그러나 지금은 다시 생각합니다. 나의 내일과 모든 것을 맞바꾸더라도 바비와의 하룻밤을 되찾고 싶다고. 자유란 잃는 것이 아무것도 없다는 것. 그게 그녀가 남겨준 것이지요.

　노래를 듣는 중에 바깥에서 누군가 바깥 창문을 두들겼다. 그녀는 꼼짝 않고 담배 연기를 공중으로 뿜어내고 있었다. 창문을 두들기던 사람이 크지 않은 목소리로 여자를 불렀다.
　"누님, 누님, 문 좀 열어 주세요."
　그녀는 꼼짝하지 않았고, 자신의 손가락을 내 입에 갖다 댔다. 아무 말 말라는 눈치였다.
　"누님, 우리에요. 기억 못 하시겠어요?"
　이번 것은 앞에 목소리와 다른 목소리였다. 둘 다 아직 변성기가 지나지 않은 목소리들이었다. 그녀는 나에게 자신의 담배를 맡겨 놓고, 침대의 담요로 몸에 둘둘 말고 일어서 창가로 갔다.
　"돌아가, 내 애인이 와 있어."
　그러자 바깥이 잠잠해졌다. 순순히 돌아가 주는 게 이상스러울 정도였다. 그녀가 침대로 돌아와 내게서 담배를 빼앗아 갔다.
　"나이가 많거나 어리거나 남자들은 여자를 한번 안기만 하면 숫제 그다음부턴 자기 마음대로 할 수 있다고 믿거든. 한국 남자들 말이야. 아주 진절머리나."

그녀는 침대 위로 올라와 내 머리칼을 만졌다. 내가 물었다.

"어떻게 저렇게 조용히 돌아가죠?"

"음, 나는 남자와 자기 전에, 내 애인이 태권도 사범이라고 미리 말해 놓거든. 바깥에서 쓰던 방법이야."

그리고 그녀는 내 가슴에 입을 대고 젖꼭지를 빨았다. 또 긴 팔을 미끄러뜨려 풀이 죽은 내 성기를 쥐고 다시 일으켰다. 빗소리가 커졌다.

"아주 옛날에 한국을 떠났었어. 처음에는 파리엘 갔었고, 다음엔 뮌헨에 갔었지. 그다음부턴 뮌헨과 뉴욕을 왔다 갔다 하면서 살았어. 황색인이라는 콤플렉스에 시달리면서, 백인을 저주하면서. 그러면서 코스모폴리탄이 되려고 했지. 동양인만 보면 가슴이 철렁 내려앉았어. 한국인인가 싶어서 말이야. 물론 죽도록 친하게 지낸 한국인도 있었지. 그렇게 친한 사람끼리 똘똘 뭉쳐 다른 한국인과는 상대도 않았어."

그녀가 박절기처럼 또박또박 끊어대던 어투는, 초등학생의 그것이었다. 모국어를 오래 잃어버렸던 사람들의 어눌한.

"그림도 삶도 아무것도 제대로 되지 않았어. 그러자 고향이 생각나더군. 하지만 언젠가는 돌아갈 거야. 내가 성공해야 할 곳은 여기가 아니야. 실패를 한데도 여기서는 아니고."

맥주를 마시고, 샤워를 하고, 고기를 구워 먹으며 섹스를 했다. 테이프를 바꿔 끼우며 음악을 듣고, 처음으로 담배 연기를 입에 물고 뻐끔거리다가 말다가 했다.

"사랑을 믿어? 네 눈빛 하며 취미를 보니까 꼭 그럴 것 같아."

"사랑이 세상의 모든 문제를 다 해결할 수는 없겠지만 몇 가지 문제는 사랑이 해결할 수 있겠죠. 사랑은 썩어가는 세상에 방부제가 될 수 있을 거예요."

"방부제가 있다고 빵이 썩지 않는 것은 아니야. 사랑도 썩었어. 사랑 없는 세계에서는 섹스가 사랑의 대안이 될 수 있을 뿐이야."

베갯맡 가까이에서 본 그녀의 눈가에 잔주름이 여러 겹 져 있었다. 나는 묻고 싶었다. 썩은 섹스에 대한 대안은 그럼 뭐냐고? 썩은 섹스를 피드백해서 올라가면 사랑이 나올 것이다. 하니까 세상의 모든 타락과 부패의 원인은 사랑이 썩은 데에 있고, 그것의 해결책은 그것의 원인인 사랑이다? 이건 무지무지한 관념이고 연쇄적 순환 유희이다.

새벽 가까이 되어 그녀와 나는 잠에 빠졌다. 스위치를 내리자 방 안은 캄캄해졌고 테이프가 끝나고도 혼자 켜져 있는 전축의 파워 램프만이 담뱃불처럼 빨갛게 켜져 있었다. 아무런 꿈도 없는 무색의 잠이었다.

다음 날 아침, 그녀는 먼저 일어나 대바구니 속에 든 녹음

테이프를 골라 데크에 꽂았다. 바깥에서는 계속 비가 내리고 있었다. 친구 집에서 자고 난 다음 날 아침, 그 친구네 집 자리에 누워 듣는 빗소리는 너무나 아름다워 기분을 상쾌하게 해준다. 우리는 평생에 그런 좋은 비를 손에 헤아릴 정도로밖에 경험하지 못한다. 나는 침대가 쿨렁이는 기분 좋은 탄력을 느껴보고자 몸에 힘을 주어 침대를 굴러보았다. 삐걱삐걱하고 스프링이 얕게 신음하는 소리가 들렸다. 그녀는 하반신을 하나도 가리지 않고 헐렁한 티셔츠만으로 상의를 가리고 있었다. 그녀는 팬티스타킹 광고에나 나올 만큼 멋있는 아랫도리를 내보이며 가스렌지 앞에 서 있었다.

"아주 멋있어 뵈요. 남영 나일론회사에 소개해 주고 싶어요."

"남영 나일론이 뭐 하는 덴데?"

"스타킹을 만드는 회사예요."

"아침부터 나이 든 어른을 놀리는 법이 아니다. 깨어났으면, 요리하는 것 좀 거들어줄래?"

나는 그녀와는 반대로 상의는 입지 않은 채 바지만 꿰어 입고 싱크대 앞으로 가서 정수기의 물을 틀어 대충 세수를 한 다음, 그녀 곁으로 갔다.

"뭘 도와드릴까요?"

"응, 쉬운 거야. 내가 빵을 다 굽고 샐러드를 만들 때까지 뒤에서 나를 껴안아 줘."

 나는 팔을 벌려 등을 내보이고 있는 그녀를 뒤에서 가볍게 껴안았으며, 브래지어를 하듯 내 두 손으로 그녀의 젖가슴을 포근히 감싸쥐었다.

 "됐어요? 더 도와드리지 않아도 괜찮아요?"

 "다 할 때까지 이야기를 해줄래? 아무 이야기나."

 "무슨 이야기를 할까요?"

 "아무거나, 정말 아무거나. 아니면 어젯밤에 내가 어땠는지 이야기해도 되고 말이다."

 "차라리 나는 오늘 아침에 당신이 어떻게 보이는지 이야기하겠어요."

 빵 굽는 냄새가 고소하게 내 코를 자극하였고 커피를 끓이기 위한 물이 쉭쉭거리며 김을 내뿜고 있었다. 그녀는 두 걸음을 왼쪽 옆으로 옮겨 냉장고를 열고 과일과 야채를 꺼낸 다음, 오른쪽으로 네 걸음을 옮겨 싱크대 위에서 샐러드를 만들기 시작했다. 나는 등에 업히듯 그녀를 붙안고 따라 움직였다.

 "눈을 뜨니까 당신이 렌지 앞에 서 있습니다. 당신은 간단하게 셔츠를 입고 거의 엉덩이 전체를 드러낸 채, 방 안 가득히 살 내음을 풍기며 아침 식사를 만들고 있었어요. 그 뒷모습은 아름답고 넓은 등은 외롭고 허전해 보이지요. 그러는 당신은 지금 아주 맛있는 식사를 준비하려고 하죠. 우리는 그걸 먹을 거예요."

거기서 나는 조금 더듬거렸다.

"그게 다야?"

"아니에요."

나는 내가 하고 있는 이야기들이 언젠가 읽었었던 리처드 브라우티건의 〈아침에 옷을 입을 때의 여자들〉이란 반 페이지짜리 소설과 비슷하다는 것을 알았다. 그 소설의 서두는 이렇게 시작했다.

> 여자들이 아침에 옷을 입을 때 그리고 그녀가 방금 사귄 새 여자이고, 당신이 전에 옷 입는 모습을 본 적이 없을 때, 그것은 실로 매우 아름다운 가치의 교환이 된다. 당신들은 서로 사랑하는 연인이었으며, 함께 잠을 잤으므로, 이제 더 이상 할 일이 없어졌다. 그래서 이제는 그녀가 옷을 입어야 할 시간이다.

하지만 내가 더듬거리는 건, 그녀의 등을 껴안은 채 다른 사람이 쓴 소설을 각색해 들려주고 있다는 미안감 때문만은 아니었다.

"아주, 아름다운 시 같은데?"

"아녜요. 더러운 산문입니다. 계속해 볼게요……. 맛있는 식사를 끝내고 나면, 우리가 옷을 입어야 할 시간이 와요. 옷을 입을 때 당신은 매우 아름답겠지요. 당신 몸은 천천히 사라지며, 그러다가 다음 순간 당신의 몸은 옷 속에 아주 아름다운 형상으로 다시 나타나게 되지요. 그러한 동작에는 처녀와 같은 순결한 무언가가 있습니다. 어쨌든 당신은 옷을 다 입게 될 테고, 그래서 시작은 끝이 났어요."

그녀는 큰 한숨을 쉬었고, 우리는 반씩 벌거벗은 채 소파에 앉아, 큰 접시를 하나씩 들고 거기에 얹힌 음식을 먹었다. 그녀와 나는 아무 말도 하지 않았다. 단 한 번, 그녀는 나를 웃기려고 하긴 했었다.

"이야기 하나 해줄까? 옛날 중국 어느 마을에 일곱 명의 현인이 살고 있었는데, 그들은 어느 날 큰 접시를 타고 바다로 나갔어."

거기까지 이야기한 그녀는 몇 초간 입을 다물곤, 자신의 집게손가락으로 자신이 들고 있던 접시 둘레를 동그랗게 그려보았다.

"그 접시가 조금만 더 컸더라면, 이 이야기가 좀 더 길었을 텐데 말이야."

그녀는 내가 가는 곳까지 자동차를 태워주겠다고 했으나, 나는 그녀가 옷 입는 모습을 보고 싶지 않다고 거절했다. 말하진 않았지만, 그녀가 태워주는 차를 타고 내가 가야 할 목적지에 가닿는 것은 기분이 좋은 일이 아니다. 또 신호등에 걸려 횡단보도 앞에 서 있을 때, 그녀와 나 사이에 생길 침묵이 거북살스러웠다. 그녀는 나에게 페이를 지불하려고 들었고, 나는 필요 없다고 말했다.

"절 남창으로 만들지 마세요."

"그래도 뭔가 표시하고 싶어."

"그러시다면 화집을 하나 주세요. 뭉크 화집이 있다면 말입니다."

그녀는 오랫동안 구석에 팽개쳐진 종이박스를 뒤져, 일본판 뭉크 화집을 찾아 주었다. 그것은 가끔씩 내가 찾아가던 수입 도서 전문점에서 보던 그 출판사의 것이었다.

"고마워요. 이건 제가 오래전부터 가지고 싶었던 것이었습니다."

나는 그녀에게 인사를 하고 뒤돌아섰다. 몇 발자욱을 걸었을 때였다. 그녀가 나를 불렀다.

"나를 이상한 여자라고 생각하겠지?"

"아뇨. 모르겠어요. 그럴지도 모르죠."

"타인의 생활방식과 사고방식을 인정할 줄 아는 사람이 자유인이야."

나는 골목을 빠져나왔다. 좁고 짧은 그 골목을 빠져나오자 곧바로 도심이었다. 나는 자유에 대하여 생각했다. 그때부터 지금까지 줄곧, 그녀가 내게 말해준 자유는 나를 강력히 사로잡았고, 나를 고민하게 했다.

타인의 생활방식과 사고방식을 조건 없이 인정하고 이해하라는 말은, 내가 당신에게 그랬듯, 나의 생활방식과 사고방식 또한 조건 없이 인정하고 이해해 달라는 자기중심적 사고의 반대급부이기 십상이다. 타인의 생활방식과 사고를 아무런 조건 없이 인정하고 이해하는 사람은 결국 자기 자신에 대하여도 무책임하고 덜 엄격하게 된다.

더욱더 많은 자유에 대한 끝없는 갈구는, 인간으로 하여금 실재에 대한 감각을 상실하게 한다. 자신의 오성과 자신이 몸담은 세계를 뛰어넘어 인간의 자유를 무한하게 확장하려는 시도는 실재 혹은 진리, 낙원이라고 바꾸어 부를 수 있는 것들의 상실을 가져온다. 예술에서 그것은 키치kitsch로 드러난다. 실재를 상실한 세계에서 예술이 더 이상 실재 세계를 드러내 줄 수 없게 되자, 주어진 대로의 세계는 유희의 대상이 된다.

깊은 산중에 삿갓을 쓰고 서 있는 방랑자나 물레방아가 돌아가는 시골 마을을 곧잘 그렸던 우리나라의 이발소 그림에서처럼, 19세기의 키치가 자기 향수적이며 자아와 대상 간의 거리를 없앤 자아 독백적인 것이라면 20세기의 키치는 좀 더 환상을 유희적이고 자유자재로 다루며 반성적 거리를 취한다. 전자가 재현적이면 후자는 추상적이다. 브로흐가 제시한 것처럼 '달콤한sweet' 키치가 있는 반면에 '시큼한sour' 키치도 있는 법이라면, 19세기의 키치는 달콤한 키치이고 20세기의 키치는 시큼한 것이다.

아직도 나는 그녀의 아틀리에에서 보았던, 펠라티오를 하는 그 여자의 그림을 기억하고 있다. 그때 내가 그랬듯이, 누구도 그 그림을 보고 색정을 느끼지는 못할 것이다. 어느 누가 그 그림을 보고 색욕을 느꼈다면, 색욕을 느낀 그 사람이 매우 정열적인 사람이거나 아니면 그녀의 그림이 충분히 현대적이지 않아서였을 것이다. 나는 그 그림에서 자아와 대상 간의 거리를 띄워 놓으려는 장치들을 발견했으며, 추상을 느꼈다. 남자의 성기를 물고 있는 여자의 입가에 생긴 섬세한 주름이며 이마에 올라오는 작은 땀방울은 오히려 낯설게 느껴졌으며, 원색의 애니메이션 화법과 '아! 좋아!'라고 만화 대사처럼 써놓은 기법들은 대상으로부터 반성적 거리를 취하고자 하는 의도에서 비롯한 것들이다.

뒤샹의 레디메이드로부터 다다, 아상블라주, 팝 아트, 하이퍼 리얼리즘, 플럭서스 등등의 모든 현대 회화는 키치로서만 설명될 수 있는 것들이다. 질서도 진리도 없는 가짜 낙원에서 유희만이 우리의 위무가 되며, 무한대의 자유를 얻고자 갈망했던 인간은 유희 속에서 더욱더 많은 자유를 얻는다. 실재가 상실된 가짜의 낙원에서는 키치만이 가능한 예술이 될 수 있다고 믿는 많은 현대 예술가들처럼, 그녀 또한 키치의 유혹으로부터 멀리 벗어나지 못하였다. 그리고 그런 시도에 걸맞게 그녀는, 사랑이 가능하지 않은 세계에서 섹스는 사랑의 유일한 대안이 될 수 있다고 믿었던 것이다.

조금은 참담해진 마음으로, 나는 아침의 도심을 천천히 걸었다. 집으로 돌아가기에는 마음이 누추했고, 이미 오래전부터 집은 희망이 아니었다. 희망을 찾기 위해서는 더 많이 거리를 쏘다녀야 했다. 나는 발걸음을 시립도서관 쪽으로 옮겼다. 시간은 10시가 가까워오고 있었다. 백화점이며 은행들이 첫 손님을 받기 시작할 무렵이었다. 나는 터덜터덜 걸어서 시립도서관에 닿았다. 호주머니를 뒤져 100원짜리를 매표구 구멍 안으로 넣어주고 좌석권을 하나 얻었다.

도서관 안으로 들어가서 나는 제일 먼저 화장실을 찾아, 또 한 번 세수를 하였다. 그리고 정기간행물실에 들어가 앉았다. 매일매일 새로운 신문이 나오고 새로운 잡지가 나온다. 나는 오늘치의 신문과 아직 못 본 정기간행물을 읽기 전에, 그녀에게서 얻어온 뭉크 화집을 열어보았다. 부끄러운 내 마음을 훔쳐보듯이 약간 떨리는 마음으로 나는 〈사춘기〉가 있는 페이지를 열었다. 그런데 그 그림은 거기에 있지 않았다.

분명, 수입도서 전문점에서 늘 보아왔던 뭉크 화집이었는데도 불구하고 그것은 있어야 할 페이지에 있지 않았다. 페이지 숫자를 확인해 보니 그 장은 찢겨져나가 있었다. 원래부터 이 책의 제본이 잘못되어 있었든지 아니면 누군가 그 그림을 떼어내 갔던 것이다. 이 일은 내게 상징적인 의미를 던져주었다. 나는 사춘기를 도둑맞은 것 같이 가슴이 아팠다.

멍하니, 없는 페이지를 바라보는 중에 작은 목소리로 누가 내 이름을 불렀다. 고개를 들어보니 현재가 내 앞에서 서 있었다.

"어, 어떻게 된 거야. 학교에 가지 않고?"

"어제 외박했어. 아침에 일어나서 바로 이리 온 거야."

우리는 정기간행물실을 나와 휴게실로 갔다. 그녀는 어제 나를 만나러 왔다가 내가 어떤 여자와 함께 나가는 걸 보았다고 한다.

"누구야 그 여자? 아주 멋있던데."

"화가야. 함께 그녀의 아틀리에에 갔었어."

"화가? 거기 가서 뭐 했는데?"

"응. 난, 이미지를 빼앗겼어. 그녀가 내 이미지를 몽땅 앗아 갔다구."

"이미지? 그게 무슨 뜻이야?"

나는 어젯밤에 있었던 일을 그녀에게 모두 말해 주었다.

"그래? 기분 좋았겠는데. 힘이 다 빠졌겠어."

"아니, 기분이 누추해. 그때 나를 부르지 그랬어."

"뭐, 그럴 필요 있어? 나도 재미를 봤는데."

현재는 내가 그녀를 제일 처음 보았던 날도 그랬다. 그녀는 내가 마음에 들었고, 나와 잠자리를 같이하고 싶어 했는데, 내가 아무런 의사 표시도 하지 않자 다른 남자애와 어울려 여관으로 가게 되었다고 말했다.

"어떤 애들이었는데?"

"응. 돈 많은 대학생들이었어. 녀석들은 자동차를 가지고 있었는데 거기에 여섯 명이서 타고 시외로 나갔어. 나하고 같이 픽업된 여자아이들은 아기 꽃뱀들이었고."

현재는 자판기에서 뺀 콜라를 홀짝이며, 세헤라자드 왕비같이 어젯밤의 이야기를 자세히 들려주었다.

"말이 대학생이지, 걔들은 완전히 건달들이었어. 대학가에서 배팅이라는 말 만들어낸 애들이 아마 걔들이었을지도 몰라. 플레이보이들이었다구. 나하고 긴 밤을 잔 애는 그래도 순진한 편이었는데, 다른 두 놈은 아주 못된 놈들이었어. 악질들이었거든. 별거를 다 하자고 그러드라니깐."

"뭘?"

"그룹 섹스를 하자는 거야. 아마 몇 번 해봤나 봐."

"그래서?"

"안 된다고 했지. 그러니까 걔들끼리 하긴 했나 봐. 난 내 파트너와 방문을 닫아 잠그고 아침까지 했어. 그런데 같잖은 건 내게 돈을 주잖아? 다시 만나고 싶다면서 말이야. 누굴 창녀로 알았나 봐."

그녀는 십만 원의 돈을 받아왔다.

"기분이 이상해지데. 돈을 받으면 창녀고 안 받으면 숙녀가 되는 건데, 난 왠지 돈을 받고 창녀 같은 느낌을 맛보고 싶었어. 그래서 돈을 받았지. 난 그 돈을 개가 보는 앞에서 브래지어 속에 쑤셔 넣었어."

현재는 사람들이 북적이는 휴게실에서, 주위 사람이 보지 않게 자기 남방의 단추 위로 손을 집어넣어 브래지어 속에 넣어두었던 돈을 꺼내 내 코 앞에 펼쳐 보였다.

"차를 태워주겠다는 걸 뿌리치고 혼자 택시를 잡아 타고 왔어. 그 애들이 하는 이야기가 너무 귀여워서 말이야."

"뭐가 그렇게 귀여웠는데?"

"응. 늦은 아침에 밥을 먹으면서 자기들끼리 하는 이야기가, 일기예보처럼 어느 길거리 어느 장소에서 데모가 있겠다는 데모예보 같은 걸 해주면 좋겠다는 거야. 그래야 그쪽으로 차를 몰고 가다가 화염병을 맞는 일을 방지할 수 있다나. 그게 역겨워서 시내까지 태워주겠다는 걸 사양했어. 잘했지?"

나는 바보같이 웃어주었다. 가끔씩 현재는 그런 유의 정의감으로 내 뒤통수를 때렸던 것이다.

"우리 이 돈으로 뭐 할까?"

현재와 나는 반쯤 창녀가 되고 남창이 되어 있었다. 비록 나는 돈을 받진 않았지만.

"학교는 벌써 땡땡이친 거고. 내일은 일요일인데 멀리 여행이나 갈래? 바다 구경을 하러. 응?"

그녀는 부산으로 가자고 나에게 졸랐다. 나는 할 일이 없었다. 읽으나마나 한 신문들과 잡지들, 그리고 다섯 시간이면 읽어낼 수 있는 쓰레기 같은 소설들에 나는 지쳐 있었다. 도서관을 나온 우리는 곧바로 역으로 향했다. 지하도로 내려가 어머니께, 잠시 바람을 쐬고 오겠다고 말씀을 드리고 싶었지만, 현재가 집에 아무런 연락도 하지 않는 이상 나만 예의를 차릴 수는 없었다. 우리는 부산행 보통열차를 타고 남쪽으로 내려갔다. 가슴에는 창녀의 마음을 안고.

"이렇게 지내다간 너무 많은 추억 때문에 우리는 금방 늙어버리고 말 거야."

우리가 탄 남행 열차가 국수 가락처럼 뒤얽힌 복잡한 선로를 골라 조심스레 부산으로 가는 방향으로 잡았을 때, 나는 한숨처럼 말하였다.

"추억을 스크랩해 놓을 수 있는 노트나, 과거를 정돈해 놓기 위한 집 한 채를 가져야겠어."

현재는 나를 쳐다보았다. 그리고 워크맨을 작동시키곤 헤드폰을 귀에 꽂으며 말했다.

"어떤 집이든, 내겐 집이 필요 없어. 우리들 집은 이 지상에 없는 거야."

현재의 그 말은 자동적으로 내가 읽은 한 소설을 기억나게 했다. 그 소설은 묵은 월간 문예지에서 읽은 것으로, 젊은이들의 방 만들기와 관련된 이야기였다. 네 명의 고교생이 한 친구의 외삼촌이 맡긴 빈 저택에 들어가 열이레를 지내면서, 아무도 들어올 수 없고 아무도 넘겨다보지 않는 자신들만의 방을 만들고자 한다. 그들은 '우리가 짓는 집은 인간의 손때가 묻은 더러운 집이 아니다'고 말한다. 그 재료는 벽돌도 아니고 돌도 아니고 시멘트도 아닌, 전혀 새로운 것이어야 했다. 그들은 물이 가득한 항아리가 얼어서 터지는 것처럼, 집 안 가득 물을 채우면 겉껍질이 깨어져 나가고 자신들이 꿈꾸는 '반짝반짝 빛나'고 '투명'한 유리의 집을 지을 수 있다고 믿는다.

그 소설의 제목은 〈유리의 성〉이었던 것 같다. 그들은 고무호스에 물을 틀어 지하실에서부터 방을 하나씩 얼리기 시작하여, 3층 꼭대기 방까지 모두 얼렸다. 열이레째 되던 날 밤, 옥상에 텐트를 치고 자던 그들은, 쩡, 하고 무엇인가

갈라지는 소리를 듣는다. 그러나 그 건물은 쓰러지고 있지도 않았고 기울어져 있지도 않았다. 그것은 의연히 직립의 자세를 유지한 채 그들의 눈앞에 버티고 서 있었고 벽이 갈라진 틈으로 마치 피를 뿜어내고 있는 찬란한 상처처럼 아프게 얼음벽이 내어 비쳤을 뿐, 그것은 거대한 괴물처럼 우뚝 버티고 서 있었다. '날자, 날자, 한 번만 날아보자꾸나.' 하고 이상의 주인공이 절규했던 것처럼, 그 소설은 '깨어져라! 깨어져라, 더러운 벽아!'라고 외치는 것으로 끝이 났었다.

'안과 밖'의 의식은 사춘기의 젊은이가 제일 먼저 눈 뜨는 의식이다. 젊은이는 자신의 자아를 어렴풋이 인식하면서, 일상적 세계와 담을 쌓는다. 그는 자신의 자유를 확보하기 위해, 고독을 선택한다. 〈유리의 성〉에 나오는 어느 주인공은 '나 혼자 있을 때 세상은 내 것이 된다. 세상을 소유하기 위해서 나머지 인간은 모두 죽어야 한다. 고독 속에서만 모든 것을 상상할 수 있다'고 말했다. 고독 속에서만 모든 것을 상상할 수 있다는 말은, 무한대의 자유가 어떻게 획득되는가에 대한 답이 되고 있다. 무한대의 자유란 내가 아닌 타인을 배제함으로써, 세계와 틈을 쌓음으로써만 이루어진다.

열차간에는 한 떼거리의 캠핑족들이 카세트 라디오에 마돈나의 테이프를 넣어, 크게 틀어놓고 포커를 치거나 박자를 맞추고 있었다. 백치미를 과시하려는 여자의 심리는 어떤 것일까. 백치미를 드러내 보이려 안달하는 여자를 볼 때마다 구역질이 난다. 하지만 그즘엔 남자나 여자나 할 것 없이 모두들 마돈나에게 빠져 있었다. 무대의상으로 란제리를 입고 배꼽을 드러낸 채 십자가 목걸이를 흔들어대는 저질의 백치에게 지구상의 몇 억은 혼이 빠져 있었다.

부산에 도착해서 어디로 갈 것인지는 기차간에서 결정을 해놓지 못하였다. 현재는 줄곧 워크맨을 듣고 있었고 나는 문고본 콘래드 소설을 읽고 있었기 때문이다. 역에 내려서 해운대로 갈 것인지 태종대로 갈 것인지를 망설였다. 공교롭게도 두 사람 중의 한 사람은 해운대나 태종대를 가본 적이 있었다. 합의 끝에 우리는 광안리로 가기로 했다. 광안리에는 호화스럽게 지어진 모텔과 레스토랑이 해변에 올려놓은 보트만큼 즐비하게 서 있었다.

"저 집들을 봐. 현재 너는 저런 집을 가지고 싶지 않니?"

현재의 대답은 드라이했다.

"필요 없어. 빌리면 되니까."

우리 세대란 그렇다. 뭐든 렌트하면 된다. 집도, 방도, 자동차도, 비디오도 빌리면 된다. 어디서 누가 어떤 조건으로 렌트를 해주는지, 렌트를 하려면 어떤 절차가 필요하고, 얼마의 비용이 드는지만 알 수 있다면 무어든 렌트할 수 있다. 사랑도 섹스도 그렇다. 요는 정보가 문제인 것이다. 양질의 정보만 있다면 우리는 세계도 빌릴 수 있다고 생각하는 것이다.

바람을 쐬러 바닷가로 나가는 것 외에, 현재와 나는 토요일과 일요일 대낮을 꼬박 모텔방에서만 보냈다. 일요일 저녁, 고향 도시로 돌아갈 수 있는 마지막 기차를 놓쳐버리기 전에, 나는 현재에게 그만 역으로 가서 기차를 타자고 권고했다. 그래야 월요일 아침에는 학교에 가서 수업을 받을 수 있기 때문이었다.

"자, 더 큰일나기 전에 그만 돌아가자. 택시 타고 달리면 막차를 탈 수 있어."

현재는 나의 독촉에도 불구하고 침대에 벌거벗은 채 담배를 꼬나물고 누워 꼼짝도 하지 않았다.

"빨리 일어나 옷을 챙겨 입어. 말을 듣지 않으면 억지로라도 끌어낼 테야!"

현재는 화를 내는 내 얼굴을 빤히 쳐다보았다. 그리고 말했다.

"내가 학교를 얼마나 싫어하는지 보여줄까? 자, 봐."

그러면서 오른손을 얼굴 위로 들어 올렸다간, 자신의 젖가슴 위로 서서히 내려뜨렸다. 그녀의 엄지손가락과 집게손가락 사이엔 불붙여진 담배가 들려 있었다.

"아, 안 돼!"

말릴 틈도 없이, 그녀는 자신의 오른쪽 젖가슴에 담뱃불을 비벼 눌렀다. 그러면서 현재는 얼굴 하나 찡그리지 않는 것이었다. 살이 타는 노리끼리한 연기가 공중으로 피어올랐다. 나는 황급히 그녀에게 달려가 오른손에 든 담배를 뺏들어 팽개쳤다.

"죽으려고 그래!"

나는 욕실로 달려가 수건에 찬물을 적셔, 화상을 입어 짓물러진 50원짜리 동전만 한 상처에 갖다 댔다. 그제서야 현재는 울음을 훌쩍이기 시작했다.

"내일부터 모의고사야. 나는 학교에 가기가 싫어!"

"그래, 가지 말자. 모의고사야 치든 말든 하고 싶은 대로 하는 거다."

나는 현재를 진정시켜 놓고 약국으로 달려가 화상에 바르는 연고며 거즈를 사 왔다.

"안아줘."

연고를 발라주자, 현재는 어리광스런 미소를 지었다. 우리는 침대의 스프링이 늘어나도록 오래 뒹굴었다. 그녀가 말했다.

"내 성감대는 모의고사에 있어. 시험 때만 되면 바짝 달아오르곤 해."

그녀는 윤회를 믿는다고 말했다. 그러면서 한국에서 고등학생으로 다시 태어나는 것이 너무너무 두렵다고 말했다.

"차라리 죄를 많이 짓고 벌레로 태어나는 게 더 좋을 거야."

우리는 모텔에서 여인숙으로 옮겨 다니며 돈이 떨어질 때까지 부산에 머물렀다. 현재는 햇빛이 싫다면서 하루 종일 여관방에 드러누워 라디오를 듣거나 낙서를 했고, 해거름이면 모래펄에 나가 몇 시간씩 모래성을 만들었으며, 한밤에 내가 껴안으면 여인숙이 온통 시끄러울 정도로 소리를 냈다.

4박 5일의 부산 여행을 마치고 집으로 돌아왔다. 어머니는 말없이 저녁밥을 차려주셨다. 내가 밥을 다 먹고 물을 마실 때 어머니가 말씀하셨다.

"공부가 힘들면 쉬어가면서 하렴."

나는, 학원에 안 다닌 지 오래되었다는 말이 목구멍까지 치어 올라왔으나 꾹 눌러 앉혔다. 그 말을 들은 어머니는 혼절하시리라. 물을 마시고 다락방으로 올라가니 다락문 앞에 우편물이 놓여 있었다. 수취인은 분명히 나였는데, 발송자의 이름이 없었다. 겉보기엔 책인 듯이 보였는데, 뜯어보니 얇은 시 전문지였다. 짚이는 데가 있어 목차를 훑어봤다. 세로로 편집된 목차의 한구석에 작은 활자로, '신인 추천-고은선', 이라는 활자가 눈에 띄었다.

추천된 은선이의 시는 몇 편을 빼고는, 몇 달 전에 다방에서 보았던 것들이었다. 심사위원의 심사평엔, '상상력의 내

출혈―새로운 세대의 시'라는 말이 굵은 활자로 뽑혀져 있었고, '세기말적 상상력'이니 어쩌니 하는 원로들의 잠꼬대가 씌어져 있었다. 당선 소감란에는 일등으로 골인 지점에 닿아 물기가 뚝뚝 떨어지는 얼굴로 환하게 웃는 수영선수처럼 신선한 표정의 당선자 사진이 나와 있었다. 아마 은선이는 이 사진을 당선통지를 받고 나서 막바로 사진관으로 달려가 찍었을 것이다.

당선 소감란에는 마조히스트나 즐겨할 '고통', '창조의 아픔', '채찍질' 등의 단어들이 약간 들뜬 듯한 긴 문장 사이사이에 박혀 있었다. 나는 무덤덤한 기분으로 은선의 시와 심사평, 당선 소감을 꼼꼼히 읽어주었다. 그녀의 시는 적어도, 시집 한 권 분량을 낼 때까지는 참신하게 받아들여지리라. 그리고 그 뒤는? 아마, 그 뒤부터 그녀는 그녀가 당선 소감에 쓴 '고통', '창조의 아픔', '채찍질' 따위의 말들이 절실히 필요하게 될 것이다.

자리에 누운 채, 은선에게 축하의 전화를 할 것인가, 말 것인가로 고민했다. 그러다가 내가 아니어도 축하를 해줄 사람이 많이 있을 것을 생각하니, 내 고민이 갑자기 초라해졌다. 그 밤 또한, 아무런 꿈도 소음도 없는 무색의 잠을 잤다.

정오가 되도록 늦잠을 잔 나를 깨운 것은, 고물장수의 호객 소리였다. 나는 내 다락방 한구석에 쌓아놓은 형의 책

무더기를 팔아 치워야겠다고 생각했다. 서울에서 부쳐 보낸 형의 책 무더기는 내 다락방 한구석에 도사린 채 나를 감시하는 듯 보였다. 그것은 암종의 세포처럼 내 뇌의 한 부분을 불편하게 점령하고 있었다. 나는 다락방의 새끼창을 열고 고물장수를 불렀다. 그리고 형의 책들을 마당으로 끌어내렸다.

라면 박스 두 개 분량 정도의 책은 오천 원의 헐값에 팔렸다. 나는 현금 오천 원에 『러시아혁명사』를 비롯한 중국, 쿠바, 베트남, 니카라과의 혁명운동사며,『마르크스 전기』에서부터 모택동, 그람시, 로자 룩셈부르그, 프란츠 파농 등의 혁명가를 팔아 치웠다. 그리고 그것들과 함께, 책의 여백에다 붉은 볼펜으로 낙서하듯 달아놓은 형의 시니컬도 함께 처분했다. 형은 자신이 읽은 책의 뒷장이나 속표지에 독후감을 쓰듯 이렇게 써놓았었다.

―레닌은 싸움꾼이었다. 레닌은 아무에게도 지지 않았다. 레닌은 싸우기만 하며 이기고, 이기고, 또 이겼다. 아무도 그를 꺾지 못했다. 프롤레타리아트마저 레닌을 꺾진 못했고, 종국에는 프롤레타리아트에게마저 레닌은 승리했다.

―민중주의자들은 자신을 반성하지 않는다. 그는 자신의 자아에서 비롯하는 오류와 비굴함마저 모조리 현실과 사회구조에서 기인하는 것으로 환원시킨다. 왜 제 가슴에 손을

없고 자기를 반성하지 않는가?

―인간은 어떤 형태로의 권력의지로부터도 벗어날 수 없다. 지식도 하나의 권력이라고 간주할 때, 지식인은 엄청난 권력의지를 불태우고 있는 것이다.

―공산당은 프롤레타리아를 위한 여러 개 당 중에 하나여야 한다. 어떡해서 일개 당에 불과할 뿐인 공산당만이 영구히 권력을 갖는단 말인가?

―김일성세습왕조를 욕할 필요는 없다. 혁명을 지속해서 완성하기 위하여 공산당이 프롤레타리아 독재를 해야 된다고 믿는 공산주의 국가에서, 아직껏 한 번도 세습이 이루어지지 않았다는 것이 오히려 신기할 지경이다. 이 얼마나 가소로운가!! 고물장수가 '고물'을 간추려 저울에 다는데, 어느 책갈피에서 엽서 한 장이 툭, 떨어졌다. 나는 그것을 주워 읽었다. 엽서를 보낸 사람이 여자인지, 글씨가 매우 단정하고 동글동글했다.

―형은 맑스주의자가 되기도 전에, 네오 맑시스트가 된 비겁한 지식벌레야. 다시는 형을 만나지 않을 테니, 그 거대한 뇌를 가지고 지구 밖으로 사라져버려! 정민.

형의 뇌는 이 땅에서 인간과 함께 살 수 없게 만들어진 괴물인지도 모른다. 형은 자신의 능력을 끊임없이 테스트 받길 원했다. 고향에서 서울로, 서울에서 뉴욕으로, 급기야는 우주인과 두뇌 싸움을 하려고 지구 밖으로 날아가려 들지도 모른다.

고물장수가 리어카에 고물 싣는 것을 거들어주다가, 먼저 실려진 고물 틈에 영자책 한 권이 삐죽이 내꽂혀 있는 것을 보았다. 호기심에서 그 책을 빼 들어보았다. 『The Empty House』. 그 책은 마이클 길버트라는 미스터리 작가가 쓴 추리소설이었다. 나는 제목이 마음에 들었다. 고물장수에게 얼마냐고 물었다.

"허, 이 책은 귀한 책인데."

나는 고물장수에게 이천 원을 주고 그 책을 샀다. 빈 집, 이라는 그 책의 제목은 순간적이지만 내 마음을 사로잡았고, 잃어버렸던 시를 다시 찾은 것 같은 느낌을 가져다줬다. 나는 이 책을 읽어볼 수 있을 것이며, 어쩌면 번역문학가가 될 수 있을지도 몰랐다. 번역문학가. 즉흥적이지만 내게 그 말은 멋있게 생각되었다. 고등학교 때 배운 영어 실력을 테스트할 겸, 천천히 번역을 해보자고 결심했다.

나는 커다란 대학노트를 사서, 첫 페이지에다가 종이를 파듯이 힘을 들여, 푸른색 볼펜으로 '빈 집'이라고 썼다. 그 제목으로 확정을 보기까지는 하루 온종일이 걸렸다. '빈 집'

은. 외로운 집, 공허한 집, 이란 정당한 경쟁 제목과 싸워야 했고, 비밀의 집, 이란 의외의 복병과도 다투어야 했다. 제목을 쓴 다음에, 그 밑에 작은 글씨로 작가의 이름을 썼다. 마이클 길버트. 자세한 약력이 없어서 Michael을 마이클이라고 영국식으로 읽었지만, 만약 그가 프랑스인이라면 미셸이라고 읽어야 할 것이었다. 그리고 괄호를 치고 '하퍼-로우사, 1978'이라고 썼다.

소설의 첫 페이지에는, 작가가 이 소설의 제목을 빌려 왔을 듯한, 어쩌면 이 작품의 영감을 얻었을지도 모르는, 예이츠의 시 한 연이 제사로 장식되어 있었다. 나는 그것부터 번역을 했다.

> 우리들은 공상으로 마음을 길렀다.
> 이러한 음식으로 마음은 자라나 짐승이 된다.
> 우리의 사랑보다는 우리의 적의 속에
> 한층 더 실체가 있다. 오, 꿀벌들이여.
> 쓰러져가는 빈집에 와서 집을 지어라.
> —예이츠의 장시 〈내란 당시의 명상〉 가운데서 제6가 마지막 연

나는 그것만으로 충분치 못하다고 생각했다. 그래서 도서관의 대관창구에 가서 예이츠 전집을 빌렸다. 그러자 방금

번역한 연의 의미가 한층 잘 드러나 보였다. 그 시는, 문명이라는 무너져가는 집에 갇힌 현대인이 창조성의 상징인 꿀벌을 향하여, 다시 한번 내 집으로 와달라고 호소하는 시였다.

> 우리는 집 속에 박혀 있고, 자물쇠는
> 불안해서 잠겨 있다. 어디에선가
> 사람이 살해되고 집이 불탔지만,
> 사실은 확실히 밝혀지지 않고 있다.
> ……
>
> 돌 또는 나무로 쌓은 바리케이드,
> 열나흘이나 계속되는 내란.
> 지난 밤 군인들은 피투성이의 죽은
> 젊은 병사를 손수레에 싣고 갔다.
> ……

도시락과 영한사전을 들고서 나는 전처럼 매일 도서관엘 갔다. 소설의 문장은 쉽고 명료한 것으로 생각되었으나, 번역이란 그리 쉬운 일이 아니었다. 나는 6월과 7월을 〈빈 집〉과 씨름을 했다. 한 달 넘게 번역을 시도했지만 아직 5분의 1도 채 하질 못했다. 그동안 현재는 한 번도 내 앞에 나타나지 않았다. 모의고사를 땡땡이질 쳤으니 학교에서 무슨 문제가 생겼으리라고 짐작만 했다. 그렇다고 내 생활 시간표가 예전과 달라진 것은 아니었다.

8월 어느 날, 문학강연회장에서 은선이를 만났다. YMCA에서였는데, 은선은 나보다 몇 칸 앞자리에 소매를 걷어붙인 군복 상의를 입은 남자 친구와 함께 앉아 있었다. 강연자는 내가 좋아하는 문학평론가였다. 그러나 나는 편치 못한 질투심에 몸이 달아 있어 그의 강연을 듣는 둥 마는 둥 했다.

"우리는 지금 20세기의 막바지에서 21세기라는 새로운 세기를 바라보고 있습니다. 엄청난 가속도가 붙은 '현대'는 2,000년 동안 인류가 축적해 놓은 지식과 기술을 가지고도 10년 뒤의 미래를 예측할 수 없을 만큼 무섭게 변화해 나갑니다. 인류가 2,000년 동안 만들어낸 속도를 하루가 다르게 새로 갱신해 내는 '현대'에 예술은 어떻게 변화해 갈 것이며, 대응할 것인가를 점쳐보는 것이 오늘 이 자리에 선 저의 임무입니다."

약관 20대의 젊은 평론가는 두터운 뿔테 안경을 밀어 올리며 청중을 쳐다보았다. 좌석은 군데군데 비어 있었으며 청중은 20여 명 남짓했는데 그나마 행사 관계자와 기자들, 전문 문인을 빼고 나면 일반 청중은 몇 되지 않을 것 같았다.

"가공할 기계, 기술의 발전은 지금까지 전문가에 의해 이

끌어져 온 예술을 비전문인에게 양도하도록 위협할지 모르며, 그런 위협에 대면한 예술가들은 스스로를 비전문화시키는 전술을 가지고 자신의 위치를 재조정하며, 위협 자체를 무화시키려 들 것입니다. 예술은 특정 예술가들이 창작할 수 있는 것이고 진정한 예술은 천재에 의해서나 가능한 것이라는 창작신비주의를 가차 없이 짓밟겨낼 위협의 명세서는 다음과 같습니다. 첫째,"

앞쪽을 보니 은선은 노트를 펴들고, 1, 하고 적는 모양이었다. 옆에 앉은 남자 친구가 필기를 하는 은선의 모습을 천진스레 바라보았다.

"컴퓨터의 발달로 창작의 문외한도 소설과 음악을 만들어낼 수 있게 됩니다. 컴퓨터 조작으로 만들어지는 하이퍼픽션은 이미 수 종이 나와 있으며, 서구의 대중음악 종사자에 의하면 90년대는 악보 제작 능력이 없는 누구나 컴퓨터로 음악을 만들어 즐기는 시대가 될 것이라고 합니다. 실제로 그렇게 만들어진 음악이 서구의 인기차트를 누비고 있다고 하는군요. 인간만의 고유능력이라 믿어왔던 창작 능력의 일부를 컴퓨터에게 넘겨주어야 하는 시대에 우리는 살고 있습니다. 그래서인지 요즘 시인이나 소설가들이 모인 자리에 가면 컴퓨터 이야기가 주종을 이루고 있습니다."

은선은 강연을 들으면서 내가 모르는 낯선 사람들과 고개를 까닥였다. 그들은 학생으로 보이지 않았다. 그러고 보니 은선은 YMCA에 온 몇 안 되는 일반 청중에는 해당하지 않았다. 그녀는 여름이 오기 전에 데뷔를 하고 싶다던 자신의 말대로, 시인이 되어 있는 것이다.

"둘째, 문학의 경우 출판, 인쇄의 발달로 누구나 쉽게 책을 낼 수 있게 되었다는 것입니다. 옛날에는 시집 한 권을 내려면 집 한 채를 팔아야 할 만큼 출판, 인쇄는 성가시고 어려운 일이었으나 손쉽고 저렴한 이즘의 책 만들기는 많은 비전문인들에게 시집을 상재할 수 있는 기회를 열어놓았습니다. 물론 여기엔 약삭빠른 상혼과 푼수 없는 신문·방송이 일조하는데, 80년대 말미에 숱하게 쏟아진 가수·주부·고교생 등의 아마추어 시집, 익명의 낙서 모음 시집 등이 바로 그런 것들입니다. 저는 문단 데뷔 절차를 신뢰하는 편인데, 될수록 통과제의를 간소화하려 하고 아예 그런 절차를 없애려는 것이 '현대'라는 괴물입니다. 문화의 모든 분야에서 통과제의를 생략해 버리는 가속도성은 당연히 대량생산과 대량소비를 촉진하려는 자본의 논리에서 비롯되며, 일회용의 인스턴트 문화를 만들어내게 됩니다."

하지만 복잡한 단계를 많이 만들어내는 것 또한 자본의 논리가 아닌가. 끊임없이 세분시키고 분류하는 것으로 자본은, 더 많은 상품과 수요를 창출해낼 수 있는 것이다. 자본은 그들의 이윤을 극대화하기 위하여 생산과 유통과정을 간소화시키기도, 다단계화시키기도 한다.

"셋째, 이러한 비전문인들의 전문인에 대한 서열 폐지에의 요구와 폄하는 전문예술인으로 하여금 자신을 비전문화시키는 전술로 대응하게 하므로, 서열 폐지의 요구에 부응하게 됩니다. 즉 모더니즘에서 포스트 모더니즘에로의 이행을 우리는 전문인에서 비전문인에로의 이행이라고 말할 수 있겠습니다. 모더니즘이 개별 개체의 범주나 개별 주체 나름의 자립 영역 또는 개별 주체의 밀폐된 영역을 필요로 했다면 포스트 모던의 주체는 자아나 개체의 종말을 고함과 함께 자아 중심의 심리병상의 종말을 선언하기 때문이지요. 모더니즘 작가가 순수성, 진품성, 아우라 등의 신적 권위로 자신을 감싼다면 포스트 모던의 작가는 차용, 인용, 발췌, 각색 등의 자기 공개를 통해 대중 가운데로 내려온다고 할 수 있습니다."

모든 상황에 포스트란 접두어가 붙는 것은 유행이 되었다. 불행하게도 은선이와 나의 관계는 오래전부터 후기에 접어들어 있었다. 포스트라는 접두어가 쓰이는 다른 모든 상황에서와 같이 시기 구분이 용이하지 않기는 했지만.

"로젠버그는 테크놀로지의 시대에서 예술가들은 마지막 남은 비전문가가 될지도 모른다고 말했습니다만, 정말이지

나날이 분업화, 전문화가 촉진되는 후기 산업사회의 상황 속에서 예술은 반대로 비전문화되어 가는 추세에 있는지도 모릅니다. 그러나 제 생각으로는 전문인으로부터 전문성을 강탈해 가는 이런 현상은 예술 분야에만 국한된 것이 아니라, 모든 분야에서 동시다발적으로 이루어지는 현상이라고 보아집니다. 예컨대 퍼스널 컴퓨터의 보급은 현대인으로 하여금 모든 분야에서 전문인이 되도록 권유하며, 여러 분야에서 '당신도 이 분야의 전문인이 될 수 있다'고 유혹합니다. 역으로 그런 권유와 유혹은 모든 전문인으로 하여금 전문성을 강탈해 가는데 이런 권유, 유혹, 강탈은 가속도성이 붙은 '현대' 속도가 우리에게 강제하는 것이라 말할 수 있습니다. 그래서 그런 속도에 낙오할세라 어린 초등학생마저 컴퓨터 교육에 열을 올리는 게 오늘의 실정입니다."

야누스의 머리처럼 내가 쳐다보고 있던 은선의 뒤통수에 다른 여자의 얼굴이 오버랩되어 왔다. 뮌헨과 뉴욕을 왕래하며 살았다던 코스모폴리탄. 내게서 이미지를 앗아갔지만, 가속도의 세계에 대하여 설명해 준 그녀에게 나는 감사했다. "주체의 위기시대는 전문가의 위기시대라고 말할 수 있겠습니다. 근래에 문제 제기된 집단창작은 앞에 열거한 위협의 명세서와는 다른 방향에서 주체와 전문인의 위기를 노정하고 있습니다. 공동창작에서 조직창작으로 전화한 집단

창작은 비전문성, 속도성, 익명성을 특징으로 하는 바 이런 요소들은 오히려 작가의 능력과 예술의 자율성을 제한하면서 주체성과 전문성을 위협하고 있는 것들입니다. 조직적으로 관리되는 억압에 대항하여 발언을 조직화하는 집단창작론 속에는 이미 작가의 능력과 예술의 자율성을 상당량 구속한다는 전제가 깔려 있다고 볼 수 있습니다."

강연은 40분 정도 계속되었고, 그것이 끝나고 나서 20분 정도의 질의, 응답시간이 있었다. 은선과 함께 온 남자 친구가 일어나 연사가 잠시 꼬집은 바 있던 집체를 옹호했고, 그것만이 문학이 될 수 있다고까지 강변했다.

"집체는 민중의 손으로 민중문학을 건설하려는 요구에서 나온 것이며, 파쇼와 미제에 효과적인 전투를 행하기 위해 고안된 것입니다. 그런 집체의 탄생 배경을 모두 사상한 채, 양키들의 컴퓨터 소설 따위와 같은 반열에 집체를 올려놓고, 주체의 위기니 예술의 자율성이 파괴되고 있느니 한다는 것은 집체의 본질을 오도하려는 지식인 문학가의 사시에서 나온 것이라고 생각됩니다. 대체, 모던시대의 종말이 우리 민족에게 무슨 의미를 던져준단 말입니까? 또 포스트 모던이 분단 조국이 안고 있는 숱한 모순을 어떻게 해결한단 말입니까?"

군복을 평상복으로 입고 다니는 대학생의 심리를 이해할

수 없다. 특히 그가 운동권에 있는 학생이라면 말이다. 시간이 흐르고 질의, 응답이 시들해지자 은선과 남자 친구는 자리에서 일어났다. 그래서 은선은 뒤에 앉아 있던 나를 발견하게 되었다.

"오랜만이다, 축하해."

"응, 나가지 않을래? 아담."

"그래, 나가자."

우리는 학사주점이 모여 있는 골목으로 들어가, 사람이 없는 술집을 찾아 자리를 잡았다. 나는 쉽게 술이 취했고, 옹졸하게 처신했다. 나는 은선의 남자 친구가 도무지 마음에 들지 않았었다.

"형씨, 군복을 입고 데모도 하시는 모양인데, 화염병을 던질 때, 그 참 보기 좋겠습니다."

그는 그냥 웃었다. 나는 그의 웃음마저 마음에 들지 않았다. 대학생 앞에서 열등감 같은 건 느끼지 않겠다고 다짐해 왔는데도 막상 은선의 남자 친구와 함께 앉아 있게 되자, 그게 그렇지가 않았다.

"그걸 입고 여자를 꼬시는 모양이지요."

말이 끝나는 것과 동시에 주먹이 날아왔다. 나는 스트레이트를 맞고 그대로 나가떨어졌다. 코피가 주르르 흘렀다.

"아주 질 나쁜 자식 아니야, 이거."

은선이는 나에게 하얀 손수건을 던져주고 남자 친구를 뒤따라갔다.

"아담, 왜 물고 늘어져, 개 같이!"

손수건은 피로 붉게 물들어 갔다. 나는 놀랐다. 내 몸속에 이렇게 많은 공산주의가 있다니? 붉고 붉은 피는 계속해서 흘러나왔다. 사람들은 태어날 때부터 공산주의를 갖고 태어나던가? 은선이가 던져주고 간 흰 손수건은 적기처럼 온통 붉게 젖었다. 내 피로 적신 적기는 붉고 아름다웠다.

1760년대에 서인도제도에서 코뮨을 건설했던 여자 해적들이 제일 처음 적기를 사용했다고 한다. 그것을 그들은 붉고 아름답다는 의미에서 '졸리 루지에'라고 불렀다. 그 후, 영국의 해상 노동자들과 수병들이 파업을 선동하면서 공격을 의미하는 뜻으로 사용했고, 그것은 저항 또는 자유를 위한 투쟁이란 더 높게 발전된 의미를 담으면서 공산주의 운동의 상징이 되었다.

그럭저럭 8월의 중순이 다가오고 있었고, 나는 〈빈집〉을 번역하는 일에 심혈을 기울였다. 맞다. 이것은 '심혈을 기울인 번역' 작품이 될 것이다.

올림픽이 40일도 채 남지 않았다. 신문·방송은 연일 올림픽에 대한 이야기로 분주했으나, 내가 사는 동네의 사람들은 포장마차며 행상을 금지당하여야 했다. 그게 '손에 손잡고'라는 허울에 가려진 진짜 얼굴이었다. 누가 올림픽으로 이득을 보고 누가 손해를 보는가는 아무도 이야기하지 않았다. 나는 올림픽이 시작되면 배낭을 메고 깊은 산에 가 숨어 있고 싶었다.

팔월 중순이던 어느 날 오후쯤이었다. 열람실에서 〈빈집〉을 번역하고 있는데, 현재가 찾아왔다. 두 달 만이었다. 그녀는 더위 때문인지 스타킹을 신지 않은 맨다리로, 여전히 짧은 치마를 입고 있었다. 두 달 전과 똑같은 모습이었으나 조금 여위어 있었고 워크맨을 허리에 맨 대신, 한 손에 도시락만 한 카세트 라디오를 들고 있었다.

"빨리 나가! 추모식을 치러야 해."

나는 영문도 모르고 내 소지품을 챙겨 밖으로 나왔다.

"무슨 추모식? 누구를 추모한단 말이야?"

"로이 부케넌이 죽었어. 자살을 했다나 봐."

현재는 바로 자기 옆집에 사는 아저씨가 죽은 것처럼 자연스럽게 대답을 했다.

"어떻게 알았는데?"

"난 매일 헤드폰을 귀에 꽂고 있잖아."

그녀의 말로는, 공연을 며칠 앞두고 불안감을 견디지 못해 마약 종류를 치사 복용했다고 말했다.

"어제 새벽에 심야 프로를 듣고 있는데, 디제이가 그러더

라. 무척 슬펐어."

우리는 악기점에 들어가서 5만 원짜리 중고 기타를 하나 샀고, 주유소에 가서 석유를 한 통 샀다. 그리고 버스를 타고 강정으로 갔다. 그녀가 물었다.

"슬프지 않아? 로이 부케넌은 너도 좋아했잖아."

나는 아무 대답하지 않았다. 시외로 빠져나가는 아스팔트 길로 한 떼의 오토바이족들이 굉음을 내며 내달렸다. 모두가 20대 안팎의 젊은이들이었다. 스피드족들. 그들은 앞으로 내달리는 것만을 최고의 가치로 삼는다. 그들은 자신의 속도에 취하는 나르시시스트들이다. 빠른 속도만이 미덕이 되는 사회에서 그들은 자신을 꽃에 비유한다. 스피드족들은 외향으로 열려 있으며 자신이 정복하지 못했던 새로운 땅을 향해 쉬지 않고 정복지를 넓혀간다. 그들에겐 항시 새로운 것만이 기쁨이 되며 그것의 정복만이 생의 의미를 가져다준다. 그러나 어느 날 그들은 깨닫게 된다. 자신의 속도와 지상의 넓이에는 한도가 있다고. 아무리 속도를 내어봤자 인간은 인간의 속도 이상을 뛰어넘을 수 없는 것이다. 그리고 그의 빠르기의 한계는 이미 지상의 넓이에 맞추어져 있다.

그런 반면 오디오족들은 같은 음을 반복해 들으면서, 그런 반추행위에 매번 새로운 의미를 부여하고 발견한다. 스피드족들이 외향으로 열려 있으면서 새로운 땅을 찾아 달려가는 데 비해 오디오족은 자신의 내부를 응시하며, 정복할 수 있는 지상의 땅이 아닌 아무도 닿을 수 없는 천상의 땅을 창조하려 한다. 스피드족들은 오토바이를 타는 행위 가운데서만 고양을 찾을 수 있지만 오디오족은 전축을 끄고 나서도 고양을 계속한다. 또 스피드족은 자신의 오토바이를 떠나서는 어떠한 속도도 만들어내지 못하지만 오디오족은 전축이 없이도 음악을 창조할 수 있다. 말하자면 오디오족은 스피드족보다 훨씬 주체적인 것이다. 그러나 오디오족 가운데도 스피드족 같은 사이비가 있긴 하다. 끊임없이 새로운 노래를 찾아 유행에 발맞추려는 자는 새것과 속도의 탐욕에 걸린 자이며, 진정한 자신으로부터 소외된 자이다.

현재와 나는 강정에 내려 모래밭에 기타를 내려놓고 석유를 끼얹었다. 그리고 카세트에 로이 부케넌의 테이프를 꽂고, 그의 대표작인 〈메시아 윌 캄 어게인The Messiah Will Come Again〉을 틀었다. 석유를 뒤집어쓴 기타에 성냥불을 붙이려던 현재가 나를 올려다보았다.

"추모식이면 추모시가 있어야 하지 않아? 즉흥시로 해봐."

"자신이 없어. 너무 갑작스러워."

"고등학교 때 날렸다면서 그것도 못해."

나는 내 생애에 마지막이 될지도 모르는 시를, 아니 시 비슷한 것을 즉흥적으로 읊기 시작했다. 슬픈 기타 소리와 파란 불꽃을 내며 불타오르는 기타와 하얀 모래펄은 내 짧은 혀를 이끌어주었다.

완벽한, 거의 완벽한, 완벽했던
너 자신이 기타였던 로이.
많은 주법과 기술을 고안했던
기타리스트의 기타리스트 로이.
이제 너는 가고
메시아를 기다리는 너의 음악만 남았다.

네가 죽기 전에
나는 이렇게 알고 있었다.
생명은 하나
죽음도 하나
손가락은 열 개
기타줄은 여섯 개라고

그러나 너의 죽음으로
우리는 줄이 하나 없는 기타를 치게 됐다.
다섯 줄의 불완전한 기타
고장난 기타를.

아담이 눈뜰 때

시를 다 읊고, 차례대로 〈메시아 윌 캄 어게인〉이란 음악이 끝나고 기타를 태우던 불꽃이 사그라졌을 때, 현재가 말했다. 울음 묻은 목소리로.

"기타가 고장났다고만 하면 어떻게 해, 이 바보야. 기타는 죽은 거야."

"아니야. 기타는 죽지 않아. 결코."

록 음악사에는 '음악은 죽었다'라는 최고급의 형용사로 그의 죽음이 추모되었던 경우가 세 번 있다. 버디 할리, 엘비스, 존 레논이 그들이다. 그러나 그것이 그들에게 무슨 찬사가 되며, 산 자들에게까지 위안이 되는가.

"기타는 죽지 않을뿐더러 죽어서도 안 돼."

강너머 검붉게 변하는 하늘을 바라보면서 우리는 로이가 켠 〈메시아 윌 캄 어게인〉에 대한 답가로 야드버즈의 〈스틸 아임 새드〉를 들었다. 그 음악은 그레고리안 성가와 비슷한 느낌을 가진 것으로 추모곡에 적합하기도 했지만, 그 노래를 부른 그룹의 음악사적인 중요성 때문에라도 충분히, 우리가 가장 사랑하는 기타리스트에 대한 최고의 추모가가 될 수 있었다. 60년대 중반 영국에서 결성된 야드버즈 그룹에는, 뒤에 세계 3대 록 기타리스트라고도 불리는 에릭 크랩튼, 제프 벡, 지미 페이지가 차례대로 리드기타를 맡아 거쳐 갔으며, 기존의 멤버가 모두 떠난 최후에는 뉴야드버즈를 결성하려던 지미 페이지가 세 명의 새로운 멤버를 보강한 다음, 이름을 레드 제플린으로 고쳐 새로운 록의 장을 여는 계기를 이루었다.

기타를 태우던 불꽃이 다 사그라지고 나서 현재와 나는 무척 서둘러 시내로 돌아왔다.

"왜 그렇게 서두는 거야. 천천히 가."

"빨리 가야 될 일이 있어."

현재는 학교를 마치고 룸카페에 나간다고 말했다.

"어제는 어떤 사장놈이 같이 나가자는 거야. 나이는 아버지뻘 되는 게 주제파악도 못하고 말야. 다음 주일에나 보자고 했는데, 어떡할지 모르겠어."

돈이 모자라는 것도 아니고, 호기심을 충족시키려는 것도 아닌 현재의 그런 행동은 나를 놀라게 했다.

"놀랄 필요 없어. 학교에 다니는 내 친구들 중에 술집에 가는 애들이 얼마나 많다고. 모두 탈출구가 없어서 그러는 거야."

현재가 안 좋은 식으로 변해간다고 느꼈다. 안 좋은 일의 끝은 닥치지 않아도 쉽게 상상할 수 있다. 그 어떤 최악의 경우마저 말이다. 하지만 나는 현재의 머리카락 하나에도 영향을 줄 수 없었다. 우리는 시내에 들어와 헤어졌다. 그때 나는 도시의 유령 같은 그녀의 뒷모습을 보았다.

나는 추리소설을 번역하는 일을 단념했다. 서구의 한 매체 비평가는 추리소설의 사회적 기능을 설명하면서, 추리소설은 부르주아지에 대한 피티계급의 정당한 증오를 추리물이란 가상을 통해 대체 해소하므로 피티계급의 부르주아지에 대한 증오를 누그러뜨리는 한편, 현실에서의 혁명 의지를 무화시키게 된다고 주장한다. 추리소설 속의 희생자는 하나같이 부자이며, 희생된 부자는 그들의 부패와 부도덕으로 인해 살해된다. 이렇듯 하나하나씩 부자들이 죽어 없어져가는 추리물을 보면서 피티계급은 부유한 권력층에 대한 적대적인 감정을 제거할 수 있다는 것이다.

또 추리소설은 거대한 저택, 완벽한 방범장치와 경호, 막대한 금권과 권력에도 불구하고 살인자 앞에 무력한 희생자를 보여주므로 죽음 앞에 무능력한 인간을 강조한다. 그렇게 해서 현실적으로 있을 수 있는 피티계급의 갈등을 운명이라는 관념으로 치환하도록 유도하며, 현실적 문제를 회피하도록 한다.

계속해서 그는 말하기를, 추리소설은 보통 사람보다 높은 위치에 서 있으면서, 우리에겐 살인사건을 푸는 학식과 지혜가 결핍되어 있고 곧 그것은 우리에게 사회적, 정치적 제도를 운영할 능력이 결여되어 있다는 암시를 의도하며, 나아가 추리소설이 함축하는 바는 우리보다 더 현명하고 유능한 사람들에게 사회적 통제를 맡기는 것이 더 낫다고 유도하는 것인데, 그것은 부르주아가 원하는 현상유지이다.

나는 그의 분석에 다 동의하진 않았다. 그의 분석이 타당하려면 피티계급에서 추리소설을 많이 읽어야 한다. 그것도 보통의 많은 숫자가 아니라, 추리소설을 읽은 피티계급이 혁명 의지를 스스로 철회할 만큼 많은 숫자가 추리소설의 독자가 되어야 한다. 그러나 시간과 교육의 기회를 부여받지 못한 피티계급이 추리소설의 보편적인 독자층이 된다는 것은 상상하기 어렵다. 오히려 추리소설은 교육의 기회를 많이 얻어 가졌고 시간이 여유로운 유한계층에서 선호되는 것이다. 피티계급은 짬을 내어 주간지를 읽거나 만화를 손에 들 뿐이다.

물론 내가 추리소설의 번역을 그만둔 이유는, 추리소설이란 담론을 통한 부르주아지의 대중 조작에 가담하지 않겠다는 뜻에서는 아니었다. 까닭을 말하자면, 애초에 추리소설이라고 얕잡아 덤빈 것이 큰 잘못이었다. 이 작품에 나오는 유전학, 손해사정, 부동산 양도, 지리학, 군사정보 등등의 전문지식은 잠시도 사전을 내 손에서 떼지 못하게 했다. 거기에다가 번역에서 '창조의 아픔'을 기대했던 내 과욕이 문제였다. 나는 번역이 내 삶을 창조적으로 이끌게 되리라 여겼고, 생산적 고통을 수반하는 것이길 원했다. 그러나 그것은 고통을 요구하지도 창조적이지도 않았다. 번역은 단지 짜증스런 노동일 뿐이었다. 나는 무엇인가 창조하길 원했다. 번역에서 창조의 기쁨을 누려보려던 내 기대는 깨어졌다. 『The Empty House』를 가지고 나는 헌책방으로 갔다.

"이것 얼마에 사시겠어요?"

헌책방 주인은 그 책을 한 번 보기만 하더니, 외국 소설책은 수요자가 없어서 사지 않는다고 했다. 그러면서 여기 있는 적당한 책과 바꾸어 가라고 했다. 헌책방에서 사주지도 않는 책을 귀한 책이라며 이천 원이나 받아먹은 고물장수가 조금 얄미워졌다. 나는 『The Empty House』를 먼지 묻은 삼중당 문고 두 권과 바꾸어 나왔다.

올림픽이 열리기 전과, 한창 올림픽이 무르익고 있던 때, 그리고 올림픽이 막 끝나고 난 다음 날, 나와 내 주위에는 세 가지 중요한 사건이 벌어졌다. 그것 때문에라도 나는 서울올림픽을 평생 기억할 것이었다.

첫 번째 사건은 은선이 「청춘의 땅」이라는 시를 써서 구속을 당하였다는 소식이었다. 매일 아침마다 정기간행물실에 들르는 관계로 하루 늦게 보게 되는 이 지방의 석간신문 사회면 하단에, 무엇엔가 겁을 먹곤 놀라 튀어나온 듯해 보이는 은선의 앞이마와 함께, 은선에 대한 1단짜리 기사가 실려져 있었다,

모 대학 영문과 1학년에 재학 중인 고은선 양이⁽¹⁹세⁾ 「청춘의 땅」이라는 제목으로 북한을 고무, 찬양하는 시를 쓴 혐의로 시경의 조사를 받고 있다. 고은선 양은 지난 주 자신이 다니고 있는 모교의 학보에 북한을 아름답게 미화한 동명의 시를 쓴 것으로 알려져 있는데, 고양은 올해 6월 모 시 전문지의 추천을 받은 기성시인이기도 하다.

 나는 신문에 난 은선의 사진과 기사를 몇 번이나 보고, 읽고, 또 보고, 읽었다. 그래서 얻어진 감정은 희극적인 것이었다. 그녀는 백번 죽었다 깨어나도 북한을 아름답게 미화할 아이가 아니었다. 불과 몇 달 전만 하더라도 최승자를 외우고, 그것을 흉내 낸 시로 추천을 받기까지 한, 허영과 이기주의로 가득한 고급 공무원집의 막내딸인 은선이 어느 날 갑자기, 국가보안법을 어긴 투사가 된다는 것은 이리가 양으로 변하는 것보다 더 어려운 일이 아니고서는 될 수 없는 것이었다. 시험을 마치고 발표가 나기까지 약 한 달간, 그녀와 내가 부지런하게 다녔던 여관방에서 그녀가 했던 말들이 기억났다.
 "저것 봐, 김일성과 김정일이 나왔어."
 우리는 그때 막 숨 가쁜 섹스를 한바탕 치르고 나서 텔레

비전을 켜놓고 있었는데, 북한에 관한 뉴스가 나오고 있었다. 화면엔 실내 체육관 같은 곳에 앉아 있는 수천 명의 군중들과 단상에선 김일성 부자가 비춰지고 있었고 그들은 다 같이 박수를 치고 있었다. 그 필름은 인민 회의나 그 비슷한 행사를 찍은 것으로 국내 텔레비전에 북한 뉴스가 나올 때마다 자주 사용되는 필름이었다.

"나는 박수 때문에 김일성이 밉고 북한이 싫어졌어."

"그게 무슨 뜻이야? 박수 때문에 김일성이 밉다니?"

"저 필름을 봐. 저걸 보고도 모르겠어?"

은선의 말인즉슨 모든 인민이 하나같이 평등하다는 사회주의 국가에서, 박수를 치는 모습에서마저 어떻게 저렇게 차이가 날 수 있냐는 말이었다. 내가 화면을 다시 보니 그녀의 말도 약간의 일리가 있기는 했다. 수천 명의 군중은 손바닥이 보이지 않을 만큼 빠르게 박수를 쳐대는데, 단상에 올라선 김일성 부자는 한없이 게으른 속도로 박수를 치고 있었다.

"박수에서도 저렇게 차이가 나는 사회에서 무슨 평등이 있겠어? 또 저처럼 일사불란하게 움직이는 동작 속에 무슨 자유가 있겠냐구. 거기다가 세습 왕조를 꿈꾸고 있으니 그게 어떻게 민주주의 인민공화국이 될 수 있니?"

"그래, 나도 북한엔 가보지 않아서 잘 모르겠다. 하지만 박수 때문에 하나가 되어야 할 우리 민족의 반이 싫어지고 좋아진다면 네게 문제가 있는 것 아냐? 그리고 세습, 세습 하지만, 남한에서는 세습에 버금가는 친인척 인사가 만연해 있어. 전 아저씨 같은 경우를 봐. 그가 대통령을 하는 임기 동안 그의 친인척이 얼마나 많이 우리나라를 노략질해 먹었나를. 세습 같은 경우야 밖으로 드러났기 때문에 공격의 표적이 되지만 친인척 인사는 밖으로 잘 드러나지 않으면서 더 많은 악행을 저지르는 거야."

끝내 그녀는 내 말을 이해하려 들지 않았다. 박수 때문에 김일성은 글렀다는 것이다. 그런 은선이가 몇 달 만에 북한을 찬양한 시를 썼다면, 거기엔 다른 배경이 있을 것이었다. 그중 하나는 올림픽을 앞두고 남북학생회담을 제의한 전대협을 비롯한 여러 종류의 통일 운동이 그녀를 자극했을 것이다.

1988년 9월 17일. 비록 3분의 2쪽만의 올림픽이지만, 모스크바나 로스앤젤레스보다는 좀 더 뻔듯한 서울올림픽이 개막되었다. 나는 올림픽이 개막되던 날 아침, 대구은행 본점 빌딩 아래를 버스로 지나가다가 탬버린 치는 남자를 보았다. 그는 하얀 와이셔츠와 곤색의 신사복 바지, 그리고 까만 구두를 신고 있었는데, 연신 히죽히죽 웃으며 탬버린을 치고 있었다. 30대 초반으로 보이는 그 용모단정한 사내는 고개를 왼쪽으로 약간 꼰 채 입을 벌리고 침을 흘리고 있었고, 오른손에 든 탬버린을 가슴 앞에 모았다가 내밀면서 흔들거나 왼손으로 북을 쳤다. 찰랑찰랑, 찰랑찰랑…….

출근길의 사람들이 그의 주위에 서 있었다. 그는 미친 것 같았다. 주위에 선 사람 가운데 한 사람이 손가락을 머리에 대고 원을 그렸다. 내가 탄 버스는 탬버린 치는 남자를 지나갔으나 그의 영상은 오랫동안 내 머릿속에 남게 되었다. 그는 왜 미쳤을까? 그리고 왜 은행 빌딩 아래서 탬버린을 치는 걸까? 나는 그날 하루 종일 탬버린 치는 남자에 대한 상상을 했다.

아마, 이렇게 되었을는지도 모른다. 폭풍이 치는 어느 날, 한 남자가 컴퓨터 앞에 앉아 홀로 야근을 하고 있다. 자정이 가까이 되었을 때였다. 그만이 남아 있는 텅 빈 빌딩에 벼락이 떨어져, 수만 볼트나 되는 전류가 피뢰침을 타고 땅속으로 내려가는 중에 컴퓨터로 역류되었다. 이건 어디까지나 상상이다. 역류된 수만 볼트의 고압 전류는 컴퓨터를 만지던 남자의 손끝을 타고 전해져 그를 감전시킨다. 그래서 남자는 정신 이상자가 되고 맑게 개인 다음 날 아침, 회색 빌딩 숲에서 외로이 짖어대는 탬버린 치는 남자가 되는 것이다.

그 후로, 탬버린 치는 남자는 내 상상력 속에 불쑥불쑥 나타나, 나를 괴롭혔다. 찰랑찰랑, 찰랑찰랑…… 하는 소리가 들려 눈을 감으면, 예의 그 탬버린 치는 남자가 내 머릿속에 또렷이 떠올라왔다. 실죽실죽 웃으며, 찰랑찰랑 탬버린을 흔들며 그가 내게 말했다. 너도 탬버린 치는 남자가 될껴! 찰랑찰랑, 찰랑찰랑. 너도 나처럼 대학원을 마치고 엘리트가 될껴! 학점을 벌고 시험공부를 하여 5백억짜리 빌딩에서 일하게 될껴! 찰랑찰랑, 찰랑찰랑. 너도 나처럼 밤늦도록 컴퓨터를 만지게 될껴! 찰랑찰랑, 찰랑찰랑. 그러다가 폭풍이 몹시 친 다음 날, 너는 회색빌딩 숲에서 외로이 웃는 탬버린 치는 남자가 되는 거지! 천둥 치고 비바람 부는 날, 밤늦게까지 컴퓨터를 만진 사람은 모두 탬버린 치는 남자가 되는 거지! 쾌청한 거리에서 혼자 웃는 미치광이가 되는 거지!

올림픽이 한창 진행 중인 9월 말. 나에게 서울올림픽을 평생 잊지 못하게 할 2번째 사건이자, 턴테이블을 얻는 사건이 생겼다. 나는 그때까지도 매일 한 번씩 시내 중심가 한 모퉁이에 위치한 네다섯 평의 작은 오디오점 앞에 서서 진열장을 구경하고 있었다. 그 집은 작지만, 음악 잡지에 소개될 만큼 최고급의 오디오만 취급하는 집으로 유명했다. 그날은 비가 오고 있었는데, 안을 들여다보니 매일 보이던 점원은 보이지 않고, 주인인 듯한 중년의 남자만 소파에 앉아 있었다. 나는 어제 새로 진열된 신품 마란츠를 천천히 뜯어보기 시작했다. 그때 가게의 문이 열리고 가게를 지키던 중년의 사내가 나를 불렀다.

"학생, 비가 오는데 들어와서 구경하지 그래."

나는 그의 목소리가 낮고 부드러운 데 놀랐다. 그 목소리는 아침부터 내리고 있는 보슬비와 너무 잘 어울렸다.

"아닙니다. 사려는 게 아니에요."

"그런 건 상관하지 않아. 나는 매일 네가 여기 오는 걸 알아. 이야기가 하고 싶어."

나는 약간 부끄러워하며 그가 권하는 대로 가게 안으로 들어갔다. 마침, 우산도 가지고 있지 않은 터였고 사실 비 맞는 게 싫은 것보단, 가게 안에 전시되어 있는 오디오를 구경하고 싶은 열망이 더 컸다.

"마음에 드는 게 있어? 남기지 않고 하나 줄게."

"아닙니다. 정말 구경하는 겁니다."

나는 말로만 듣던 잡지에서 화보로만 보았던 오디오 리서치며, 마크 레빈슨, 쿼드 등의 앰프를 가게 안의 진열장에서 보았다.

"오디오에 관심이 있는 모양이지."

"턴테이블요."

"턴테이블? 그건 아주 옛날 사람들이나 쓰는 말인데. 돌아가는 테이블이란 말은 좀 그렇지 않아? 요사이는 레코드 플레이어라고 하지. 그래, 마음에 드는 게 있나?"

"실은 제품에 대하여 잘 몰라요."

"레코드 플레이어라면 가라드나 토렌스가 괜찮지. 린도 무난하고 말이지. 커피 한잔하겠나?"

"아뇨, 괜찮습니다. 가야죠."

"가만있게. 자네는 내 손님이야."

그는 커피포트를 플러그에 꽂았다.

"자네는 뮤직 러버야. 오디오점 앞에 기웃거릴 사람이 아니야."

"뮤직 러버라뇨?"

"재생장치로 음악을 듣는 애호가를 흔히 뮤직 러버Music Lover와 일렉트로닉 리스너Electronic Listener로 나누지. 전자는 음악을 좋아하여 음의 어느 일부분만 포착하여 좋고 나쁨을 왈가왈부하지 않는 사람이지. 그들은 레코드나 테이프를 재생할 때 조금이라도 실연에 가까운 느낌으로 감상하려고 노력하지. 그런 반면 후자는 기계 쪽에 관심이 많아 끊임없이 기계를 바꾸어 가며, 많은 돈을 투자하지. 그들의 기계에 대한 관심은 끝이 없어, 지칠 줄 모르고 상급기에 도전하지. 그들은 음에만 관심을 기울이고 가장 중요한 음악은 까맣게 잊어버려."

그가 말하는 사이에 물이 끓고 있었다. 바깥에서는 보슬비가 쉼 없이 거리를 적셔주고 있었고, 내 머릿속은 뮤직 러버를 오디오족에 일렉트로닉 리스너를 스피드족에 연결시키고 있었다. 그는 계속 말을 했다.

"러버의 경우 후자처럼 '해상력이 어떻다' '주파수는 아주 넓어야 한다'는 식의 기계적인 특성에 관해서는 별 관심이 없어. 그저 어느 정도 넓이로 찌그러짐이 적은 음이면 큰 불평을 늘어놓지 않지. 그러나 리스너들은 좀처럼 오랫동안 음악을 감상하는 일이 없으며 잠깐잠깐 음악을 들으면서 음악의 즐거움보다는 측정 수치나 데이터에 의해서 느껴지는 선명하고 날카로우며 또렷한 음을 포착하곤 그것에서 즐거움을 느껴. 또 그들은 음악 전체를 듣는 것이 아니라 고음, 저음, 분리도, 순발력 하는 식으로 음을 분리해 듣지."

그는 커피잔을 꺼내어 커피를 넣었다. 희고 포동포동한 손가락이었다.

"그래서 리스너들은 오디오 기기에 항시 새로운 정보를 필요로 하며 같은 취미를 가진 동호인 간에 교류도 많고 동호인 모임을 만드는 등 적극적이야. 이에 비해 전자는 비교적 기기에 대해 소극적이며 모임을 만드는 일도 많지 않아."

일렉트로닉 리스너들은 항시 새로운 정복지를 찾아 떠나는 스피드족과 같다. 그리고 뮤직 러버들은 자신의 내면을 찾아 창조적 고독 속에 묻히는 오디오족의 다른 이름이다. 그는 끓는 물을 커피잔에 부었다. 그리고 각설탕을 하나씩

넣었다.

"우리로서는 음악애호가들보다 기계애호가들을 더 좋아하지. 장사하기 편하니까. 기계애호가들은 막대한 돈을 들여 조금이라도 소리가 더 낫다고 생각하는 상급기나 신모델로 쉬지 않고 오디오를 바꿔나가. 그러는 과정이 우리에게 이윤을 안겨주지. 또 오디오 회사들은 그들의 변덕에 맞춰 새로운 상품을 계속 시장에 내어놓고는 서로 애무하는 거지. 지금까지의 오디오 역사를 보면, 신제품을 내어놓는 데 인색했던 회사치고 망하지 않은 회사가 없어."

우리는 커피를 마셨다. 그는 잊고 있었다는 듯이, 턴테이블에 레코드를 얹었다. 크로스 오버 계통의 기타곡이 흘러나왔다.

"매킨토시."

나는 생전 처음으로 매킨토시에서 나오는 레코드를 들었다. 소리는 섬세하고 호방했으며 밥 제임스와 얼 크루의 퓨전 재즈는 보슬비와 잘 맞아떨어졌다.

"집에 있는 오디오가 뭔가? 내가 거기에 맞는 걸 골라주지."

"실은, 저, 오디오가 없습니다. 아주 옛날에 나온 중형의 카세트 라디오가 있는데 거기에 턴테이블을 연결해 레코드를 듣고 싶어서요."

아담이 눈뜰 때

그는 커피잔을 탁자에 놓고 미소를 지었다. 상대방의 기분을 나쁘게 하지 않게 하려고 한껏 참아 보이는 그런 미소였다.

"이봐, 자신이 가지고 싶은 것을 가질 수 있는 방법은 많아. 거기엔 모두 대가가 따르지만 말이야."

그는 자신과 하룻밤을 보내준다면 레코드 플레이어를 주겠다고 제의했고, 나는 나쁘지 않은 제의라고 생각했다. 턴테이블 때문이 아니었다. 단지 그의 제의가 가소로웠기 때문이다. 그건 재물을 받고 능욕을 당하는 것도, 순결을 빼앗기는 것도, 하다못해 처녀막이 파손되는 만큼의 가치도 없는 것이다. 모르긴 해도 그것은 똥을 누는 것과 같을 것이었다. 나는 그의 제의를 받아들였다. 그가 자신의 술수에 잠시 취하도록.

"멋있는 곳에 가서 먼저 기분을 북돋울까?"

"어떤 곳?"

"게이클럽 같은 데. 그게 싫다면 고급 레스트나 호텔바 같은 데도 좋구."

"막바로 인터코스해요."

그는 나를 보고 부드러운 웃음을 지었다. 정체가 드러난 남색가의 미소를.

"그럼, 내 집에 가지."

그는 가게의 문을 잠갔다. 그리고 그의 자동차를 타고 시외곽에 있는 그의 맨션으로 향했다. 약하게 틀어놓은 카 에어콘이 시원한 바람을 흘려주는 차 안에서 그가 말했다.

"남자의 몸은 정신적으로 느껴져. 군살 하나 없는 허벅지하며 단단한 엉덩이, 그리고 출렁이지 않는 매끈한 가슴팍은 여자의 비곗살과는 틀려."

그의 침실은 무척 넓었고 거기에 놓인 침대는 어마어마하게 컸다. 그는 욕실을 가리키며 먼저 씻으라고 말했다.

"호모로 가는 첫걸음은 상대방에게서 청결을 느끼도록 배려하는 거야."

내가 씻고 돌아오자 그는 커다란 침대 위에, 양주 한 병과 과일을 커다란 접시 가득 가져다 놓았다. 내가 그것을 먹고 마시고 있는 동안 그가 욕실에서 샤워를 하고 나왔다. 물기를 닦고 침대에 올라앉은 그는 술을 마시고 과일을 깨물어 먹었다. 우리는 옷가지를 벗었고, 그는 벌거벗은 채, 침대 밑으로 허리를 구부려 조립되지 않은 야전침대를 끌어냈다.

"보고만 있으라구. 이제 곧 이걸 조립할 테니."

"침대가 또 필요하나요."

"미묘해. 호모란 간단한 건데도 나한테는 복잡해. 침대 문제만 해도 그렇다구. 난 야전침대에서가 아니라면 발기가 안 돼. 잠은 쿠션 있는 침대에서 함께 잘 수 있지만, 삽입은 딱딱한 야전침대에서 해야만 하거든. 그러니까 이건 삽입용 소도구야. 복잡하지."

커다란 고급 침대 옆에 을씨년스레 보이는 군용 침대가 놓여 있는 것은 어울리지 않았다. 그는 야전침대를 다 조립하고 나서 내 곁에 와서 앉았다. 아주 다정스럽게. 그러나 그것은 내게 역겨운 기분을 불러일으켰다. 엉덩이를 빌려주는 것쯤이야 어떻게 해서라도 할 수 있겠는데, 남자의 타액이 묻은 입술이며, 동성의 끈끈한 손길에 애무를 받는 것은 생각하지도 못했던 난관이었다. 그가 말했다.

"이봐, 동성끼리의 연애에는 전희가 필수적이라구. 그런데 우리들의 그건 몸으로 하는 전희가 아니야. 몸으로 가능한 전희라면 얼마나 쉽겠어. 하지만 몸만으로는 안 되는 게 동성연애야. 말했지만, 중요한 건 정신이야. 정신적 교감. 그게 중요한 거라구. 너는 지금 그 통로를 닫고 있어. 정신을 열어봐."

그와 나는 밤새 엎치락뒤치락하며 그의 정신과 나의 육체를 연결시키려 노력했으나 잘 되지 않았다. 살이 뜨거워지면 혼이 식어버리고, 혼이 적당히 가열되면 살이 닫혔다. 동성 간의 연애는 플라토닉하기만 하든지 아니면 생리적이기만 하든지 할 것이었다. 그와의 연결은 고사하고, 내 정신과 내 육체끼리도 서로 연결이 되지 않았다.

새벽녘이 되어 더 시간을 지연할 수 없게 된 그는 나를 야전침대에 엎드리게 했다.

"정신적으로 교감되지 않고선 수음을 하는 거나 마찬가지네."

그는 내 엉덩이 사이로 젤리를 발라 미끌거리는 그의 성기를 집어넣었다. 핀셋으로 살이 드러난 상처를 만지는 것 같이 오싹했다.

"정신적으로 서로 코드가 맞지 않았군. 다음엔 잘 되도록 노력해 보자구. 다음에는 잘 되겠지."

그는 재빨리 사정을 마치고 내 몸에서 내려가며 그렇게 말했다. 그리고 넓은 침대로 올라가 잠에 곯아떨어졌다. 나는 그의 침대로 옮겨가지 않고 야전침대에 그대로 누워 잤다.

그날 잠 속에서 나는 많은 꿈을 꾸었는데 그 꿈의 대부분은 화장실과 관련된 것이었다. 정화조의 줄을 아무리 잡아당겨도 물이 나오지 않는다거나, 줄이 잡아당겨지지 않았다. 변기에서 뽀글뽀글 부풀어 올라온 오물이 내 발목까지 쌓이고 있었다. 화장실 문이 덜컥 열리고, 하늘색 제복과 위생모를 쓴 여자 청소원이 바께쓰의 물을 변기에 들이부었다. 아, 어머니…….

아침에 그는 약속대로 레코드 플레이어를 주었다.

"일제 테크닉슨데 가격으로 치면 한 80만 원 정도 할 거야.

거기다가 40만 원짜리 카트리지가 끼워져 있어."

그것은 그의 맨션 응접실에 놓인 피셔 진공관 앰프에 맞물려놓았던 턴테이블이었다.

"이걸 다 줄 수도 있어."

"우스운 말 하지 말아요. 나는 내 항문이 그렇게 비싸다고는 생각지 않습니다."

그는 나를 집까지 태워주겠다고 말했다. 그건 별로 내키지 않았지만, 턴테이블 때문에 그러기로 했다. 앞자리에 탄 나는 턴테이블을 뒷자리에 밀어 넣었다. 전리품인 양 그걸 무릎 위에 안고 있는 것이 우스꽝스러웠기 때문이다. 그는 아무 말 없이 차를 몰았다. 아침의 거리는 출근을 하는 사람들과 자동차로 붐볐다. 차는 횡단보도 앞에서 신호를 받고 멈추었다. 근처에 초등학교가 있는지 초등학생들이 떼를 지어 우리가 탄 차 앞으로 지나갔다. 그는 지나가는 초등학생들을 탐욕스레 쳐다보았다. 나는 구역질이 났다.

"내려서 가겠어요."

뒷자리에 놓인 턴테이블을 안고 나는 그의 자동차에서 내렸다. 성인이 성인을 상대로 욕망을 행사한다는 것은 이해할 수 있지만, 페도파일들은 용서할 수 없다. 정신적으로나 육체적으로 무방비한 어린아이를 성적 욕망의 대상으로 삼는 것은 폭력행위이다. 공공연히 조직된 미국의 소아애자 모임에서는, 어린이들이 성체험을 할 권리로부터 억압되어 있고 성으로부터 소외되어 있다고 주장한다. 그들의 슬로건은 '8세까지 성경험을 하지 않으면 너무 늦다'이다. 문을 닫고 길거리로 나선 나에게 그가 창밖으로 말했다.

"앰프가 필요할 거야. 생각이 있으면 오라구."

미친 자식. 그는 내가 턴테이블 때문에 그와 함께 잤다고 생각하고 있었다. 그리고 앰프를 얻기 위해 또 한 번 자신과 자게 될 것이라고 믿고 있다. 침대 위에서는 정신적 교감을 설득하면서도 그는 그의 오디오를 미끼로 많은 젊은 아이를 유혹했을 것이다.

집으로 가서 턴테이블과 카세트 라디오를 연결시켰는데, 그것들은 로트레아몽의 시에 나오는 수술대 위의 우산처럼 서로 낯설었다. 80만 원짜리 턴테이블과 거기에 연결된 구형의 중고 카세트 라디오라니! 턴테이블을 구해놓자, 고민이 생겼다. 레코드가 한 장도 없었던 것이다. 나는 몇 차례나 시간을 내어서 푸른다리에 있는 고물시장엘 들렀다. 그곳에서 중고 복사판을 사거나 라이선스를 살 수 있었기 때문이었다. 나는 거기서 구하기 힘든 몇 장의 판을 샀다. 특히 바닐라 퍼지의 공연 실황이 담긴 복사판과 더블 재킷으로 나온 스틸리 댄의 라이선스는 각별한 느낌을 주었고, 내가 처음 들어보는 Charo라는 여자가수의 원판은 아무도 거들떠

보지 않는 흙 속에서 구슬을 주운 것 같은 즐거움을 안겨주었다.

그러나 고물시장에서 구할 수 있는 레코드에는 한계가 있었다. 대개는 내게 필요 없는 것들이었고, 들을 만한 밴드의 것들은 훼손이 너무 심하여 잡음이 났다. 전문적인 레코드 콜렉터는 훼손이나 잡음과는 상관없이 레코드를 사 모을지도 모른다. 그리고 훼손된 레코드에서 나오는 잡음마저 감상하려 듣는지 알 수 없는 노릇이다.

턴테이블을 얻고부터 생활 시간표를 약간 조정하였다. 나는 아침부터 정오까지 내 다락방에서 레코드를 들으며 헌책방에서 3백 원씩 주고 산 문고본 책들을 읽었다. 어머니는 아침 일찍 시장에 나가시므로 학원에 대한 의심을 받지는 않았다. 중고 카세트 라디오를 통해 나오는 음은 시원치 않았지만, 고급 음악실에서 울려 나오는 어떤 음악보다 더 감미로웠다.

점심을 먹고 나서는 도서관으로 갔다. 그러고는 예전과 같은 생활이 계속되었다. 달라진 것이 있다면 전에는 오디오점 앞에 서 있었던 대신 레코드 가게 앞에서 새로 나온 재킷을 구경하는 일이었다. 레코드 표지를 구경하는 일은 웬만한 미술 전시회에서 그림을 보는 것보다 더 큰 흥미를 가져다주었다. 국산 레코드 재킷은 볼 게 없었지만 외국산 레코드 재킷은 표지가 아름답고 예술적이었다.

어느 날은 시내 한 중심가에 있는 레코드점에서 테이프를 고르고 있는 현재를 보았다. 그녀는 제복처럼 입고 다니는 짧은 미니와 소매가 없는 러닝셔츠를 입고 있었다. 나는 그녀의 모습을 유리를 통해 들여다보았다. 진열장을 통해 훔쳐본 그녀의 모습은 아무런 좌절 없는 십대 소녀의 그것이었다. 그러나 실제로 그녀는 얼마만큼 많은 고통을 안고 있는가. 현재는 금방 테이프 하나를 고르더니 밖으로 나왔다.

"오랜만이야."

"어머, 웬일이야."

지독한 근시인 그녀는 자전거 바퀴처럼 동그란 뿔테 안경을 치켜올리며 무척 반가워했다.

"뭘 샀어?"

"짐 모리슨 테이프. 너무 많이 들어 전의 것은 테이프가 엉켜 못 쓰게 되었어. 그런데 옆에 낀 것은 뭐야?"

나는 여기에 오기 전에, 도서관에서 30분 거리에 있는 푸른다리에 갔다 왔었다. 현학적인 가식이 싫어서 프로그래시브록은 잘 듣지 않지만 무소르그스키의 피아노 독주곡을 록으로 편곡한 에머슨 레이크 앤 팔머의 〈전람회의 그림〉 라이선스를 5백 원 주고 샀었다.

"판이야."

"레코드? 넌 집에 전축이 없댔잖아."

"응, 그런데 이젠 레코드를 들을 수 있게 됐어."

그녀는, 축하한다면서 나에게 육천구백 원이나 하는 더블 재킷으로 된 레드 재플린의 실황 앨범을 사주었다.

"고마워. 꼭 가지고 싶던 것이었어."

그녀는 나의 팔짱을 끼었다.

"그럼, 시음회를 하러 가야지."

그렇게 해서 그녀는 나의 다락방에 오게 됐고, 내 오디오(?)를 본 그녀는 몇 차례나 넘어갈 듯이 웃어댔다. 그렇지 않아도 그녀와 함께 버스를 타고 집으로 오면서 나는 그녀가 놀라 기절할지도 모른다고 생각하긴 했었다. 그러니 기절까지 하지 않은 게 다행이긴 했다.

"웃지 마. 전부 합치면 시가 120만 원짜리 오디오란 말이야. 싸구려 국산 전축쯤은 이걸 고물로 팔아도 몇 대나 살 수 있어."

나는 레드 재플린 재킷을 뜯어 턴테이블에 걸었다. 그러자 로버트 플랜트가, '존 본햄, 모비 딕!' 하고 소개했다. 이어 몇 소절의 전주가 리드기타, 베이스 기타와 함께 깔리고 나서 곧이어 존 본햄의 드럼 독주가 시작되었다. 그것과 함께 그녀는 자신의 웃옷을 훨훨 벗어부쳤다.

"왜 그래? 미친 듯이 웃더니 어떻게 된 거야."

그녀는 브래지어를 풀어 방금 벗은 옷가지 밑에 밀어 넣었다. 화상을 입은 동전만 한 흉터가 남아 있긴 했지만, 젖꼭지가 위로 살짝 치켜 올라간 현재의 가슴은 여전히 귀여웠다. 현재는 카세트의 볼륨을 좀 더 높였다.

"음악을 들을 때는 옷을 벗거나 얇게 옷을 입으래. 그러면 오래 산다더라. 소리도 될수록 크게 하고 말이야."

"어떤 이유로?"

"소리가 진동하면서 사람 몸을 전신 마사지 해주기 때문에 혈액 순환에 도움을 준대. 교향악단 지휘자들이 오래 사는 건 그 때문이라는 거야. 라디오에서 들었어. 오래 살려거든 너도 벗어."

나는 웃옷가지를 모두 벗었다.

"어떻게 구했어?"

"뭘?"

"턴테이블."

번거롭지만 나는 또 그녀에게 턴테이블을 구하게 된 경위를 이야기해 주었다.

"그래서 나는 이놈에게 라나라는 이름을 지어주었어. L.A.N.A. 라나."

"기분이 아주 어땠어?"

"치과에 가서 입을 벌리고 있는 기분이었지. 오싹하고, 불안하고, 빨리 끝났으면 싶은 것."

우리가 이야기하는 사이에 존 본햄의 화려한 드럼 독주로 록사(史)에 신화적인 명곡이 되어버린 〈모비 딕〉은, 시가 백만 원이 넘는 턴테이블에서 시가 팔만 원도 채 안 되는 볼품 없는 카세트로 연결되는 기묘한 재생장치를 통해 다락방 가득 흘러넘쳤다. 내 말이 끝나자 그녀는 오랫동안 아무 말 하지 않았다. 나는 그녀가 성호라도 그으며 '오, 주여! 이 죄 많은 어린애를 용서하소서.'라고 익살을 부릴 줄 알았는데, 의외로 그녀가 침묵을 지키자, 내 가슴이 무거워졌다.

〈모비 딕〉이 끝났다. 존 본햄은 이 곡을 연주하고 4년 뒤에 알코올과 마약으로 요절했다. 짐 모리슨이나 재니스 조플린, 지미 핸드릭스와 같이 그 또한 J로 첫 이름을 시작했다. 이어서 〈홀로타 러브〉가 시작되자 현재는 아무 말 없이 앉아 있던 자리에 엎드려 누웠다. 그리고 미니스커트를 걷어 올렸다.

"네가 겪은 것과 똑같이 해줘."

"안 돼."

"왜? 어서 해. 레코드를 사줬잖아."

그녀는 엎드린 채 자신의 팬티를 벗어 내렸다.

"로션은 내 가방에 있어."

나는 내키지 않았다. 스스럼없음을 가장하여 나는 그녀에게 가장 큰 상처를 입힌 건지도 몰랐다. 내가 조금이라도 현재를 생각하고 있다면 이 일에 대하여 비밀을 지켜야 했었다. 솔직을 가장하여 곧이곧대로 내 치부를 다 이야기한다는 것은, 나는 이런 놈이니 알아서 하라는 식의 과시밖에 아니며, 결국 나한테 너는 그렇게 소중하지 않다는 뜻이다. 비밀이 필요한 곳에서 비밀이 옳게 지켜지지 않으면, 경박함밖에 남는 것이 없다. 우리 세대는 비밀의 가치가 지켜지지 않는 깊이 없는 세대이고, 모든 정보의 공개를 원칙으로 이루어지는 정보화 사회란 합리를 내세워 인간적인 감정을 죽여버리는 사회이다. 그리고 거기에 부응하는 나는 내가 가장 싫어하는 이기주의자다.

"빨리 해봐, 개자식아."

그녀는 팬티를 내 얼굴에 던졌다. 순간 내 것은 전기로 작동하는 자동인형에 스위치를 올린 것처럼 불끈 일어섰다. 그리고 복수처럼 그녀를 안았다. 사랑도 로션도 없이. 현재가 말했다.

"나는 똥이야."

그녀는 신음을 대신하기라도 하듯 계속해서 그 말을 중얼거렸다.

"나는 똥이야……."

그리고 나는 현재가 내는 소리보다 조금 큰 목소리로 이렇게 중얼거렸다.

"나는 개다. 똥을 주워 먹는다. 나는 개다. 똥을 주워 먹는다. 나는 개다. 똥을 주워 먹는다……."

가슴이 내려앉은 깊은 밑바닥에서부터 한 차례의 떨림이 일어나고, 나는 현재의 몸에서 떨어졌다. 레코드는 오래전에 끝나 있었고, 바늘끝같이 따끔따끔한 침묵이 우리들의 벌거벗은 맨살을 찔러댔다. 현재는 치마가 들쳐진 채 엎드려 있었고 나는 천장을 바라보고 누워 숨을 고르고 있었다. 담배를 피울 줄 알았다면 이 어색한 침묵을 깰 수 있었을 텐데. 내 인생에서 가장 길었을 듯한 침묵을 밀치며 현재가 말했다.

"온 방에 문고가 가득 찼어."

"우리가 정말 읽어야 할 것들은 문고본에 다 있어."

"이것들도 다 똥이다."

그녀는 다락방의 네 벽을 둘러가며 쌓아놓은 책 가운데 자기 코앞에 쌓여진 책을 쓰러뜨렸다. 내 가슴이 무너지는 소리같이 책들이 소리치며 흐트러졌다. 현재가 말했다.

"너는 아주 나쁜 놈이야."

벽돌과 슬레이트로 지어진 집을 뒤흔들며 근처의 군용비행장에서 전투기가 떴다. 음악이 멈춘 다락방엔 실험음악처럼 불안하고 성가신 제트 엔진의 소음이 가득 밀려들어 왔다. 우리집의 지붕은 비행기가 뜨고 앉을 때마다 조금씩 얇아진다. 어떤 두꺼운 지붕도 최신 전투기가 내는 소음을 막지 못한다. 모든 지붕은 얇아진다.

현재는 전투기의 소음이 멀리 사라지자 슬며시 일어나 다락방을 내려갔다. 그리고, 끝이었다. 16일간의 올림픽 일수를 자신의 죽음을 위한 카운트다운으로 삼았던지, 그녀는 올림픽이 끝난 다음 날 저녁, 그녀의 아버지가 지었을지도 모르는 빌딩의, 자신이 애용하던 디스코클럽의 10층 유리창을 깨고 보도로 떨어져 내렸다.

지방의 석간신문을 통해 현재의 죽음을 접했을 때, 제일 먼저 생각난 것은 그녀의 팬티였다. 현재에겐 무척 죄스럽지만 그녀의 자살 소식을 듣고 내게 가장 먼저 그리고 강력하게 떠오른 것은, 그녀가 내 다락방에 두고 간 팬티였다. 그녀가 일부러 벗어두고 갔는지 아니면 잊고 놓아두었는지 알 수는 없지만 그녀가 다락방을 내려간 뒤에 나는 카네이션 같이 작게 접힌 분홍빛의 팬티를 발견했다. 현재는 내 앞에서 팬티를 입는 모습을 보이기 싫어했는데 팬티를 두고 간 것은 그래서였는지도 모른다. 아니, 그것도 아니다. 그렇다면 가방에 넣고 갈 수도 있지 않은가. 손수건처럼 보관했다 되돌려줄 수도 없는 것이어서 나는 그 팬티를 쓰레기통에 집어넣었다.

아담이 눈뜰 때

그녀의 죽음 앞에서 팬티를 생각한 것은 불경스럽지만, 그것은 상징적이게도 현재와 나와의 관계를 드러내는 것인지도 모른다고 생각하니 기분이 처참해졌다. 우리는 철저히 섹스를 필요로 만났고, 서로를 구원하는 데 필요한 최소량의 사랑도 구하지 않았다. 그녀가 절망에 처하였던 그때에, 나는 야비한 방법을 써서 그녀의 관심을 내게서 끊도록 유도했다. 나는 울지 않기로 했다. 내가 눈물을 흘리면 두 눈에선, 네온이 흐를 테니까.

상투적이라고, 창조력 빈곤이라고 여기실 분도 계시겠지만, 나는 그날 밤에, 정말 현재 꿈을 꾸었다. 그녀의 아버지가 빌딩을 쌓아 올리고 있을 때, 그녀는 꿈속에서 디스코텍의 유리창을 맨손으로 깨뜨리고 있었다. 피, 피가 철철 넘쳐흐르는 꿈이었다. 나는 비명을 내지르며 꿈에서 깨어났다. 현재는 보도 바닥에 내리 떨어지면서 나에게 붉은 피가 흐르는 손을 내어 밀었다.

"어떻게 해야 할지 모르겠어. 대학에 들어가긴 해야겠는데 자신이 없어."

"차근차근히 해봐."

"나는 에스컬레이터를 타고 한 계단 한 계단 내려오는데 다른 친구들은 엘리베이터를 타고 무섭게 위로 올라오고 있어. 이렇게 해서는 서울의 삼류 대학에도 들어가기 힘들어."

둘이서 버스를 타고 내 다락방으로 오던 날 그녀는 떨어지는 성적에 대해 고민하고 있었다. 하긴 그녀를 처음 만났을 때 현재는 이미 더 이상 떨어질 것도 없을 만큼 최하위의 성적을 갖고 있었다.

"바보 같은 계집애. 열려진 창도 많이 있었을 텐데, 힘들게 유리를 깨고 떨어질 건 뭐야."

한밤에 비명을 지르고 일어나 앉아, 나는 쿨쩍쿨쩍 울기 시작했다. 눈에서 네온이 흐를 줄 알고 손바닥으로 눈물을 닦아 코에 대어보니 아무런 냄새도 나지 않았고 혀에 대어봐도 아무런 맛이 느껴지지 않았다. 눈물. 나는 비로소 마음을 놓고 큰 소리로 엉엉 울기 시작했다. 가짜 낙원에서 잘못 눈을 뜬 아담처럼. 내 이브는 창녀였으며, 내 방은 항상 어둡고 습기가 차 있다. 어쩌다 책이 썩는 냄새를 없애려고 창문을 열면, 네온의 십자가 아래서 세상은 내 방보다 더 큰 어둠과 부패로 썩어지고 있다. 나는 내가 눈뜬 가짜 낙원이 너무 무서워서 소리내어 울었다. 잠에서 깬 어머니가 다락방으로 올라오셨다.

"죄송해요, 어머니."

어머니는 오랫동안 내 어깨를 두들겨주셨다.

"공부를 시작하겠어요."

나는 학원에 다시 나가기 시작했다. 영어와 수학만 잡으면 다른 것은 이럭저럭 혼자서도 해결할 수 있을 것 같아, 영수만을 등록하고 나머지 시간은 내 다락방에서 혼자 공부했다. 그날부터 시험을 치르는 날까지 아무런 잡념도 회의도 끼어들지 않았다. 단 한 번을 제외하고는.

그해 10월 16일 TV는 아침부터 교도소 탈주범들의 인질극을 중계하고 있었다. 나는 수학 강의를 마치고 학원 밑에 달려 있는 식당에서 라면을 먹으면 그 인질극을 보았다. 두목으로 보이는 검은 선글라스를 낀 자가 철제 창문 밖으로 소리쳤다.

—나는 행복한 거지가 되고 싶은 염세주의자다.
—우리는 성적 욕구까지 억제하며 떳떳하게 도망을 다녔는데 그게 아니었어.
—경찰놈들, 그렇게 비상을 쳐놓고도 우리를 못 잡으면 간첩은 어떻게 잡느냐.
—돈 있으면 판, 검사도 살 수 있는 더러운 세상이다. 이 새끼들아.
—열두 시까지 차를 대기시켜라. 공기 좋은 산이나 강에 가 죽고 싶다.
—무전유죄, 유전무죄.
—나는 대한민국의 마지막 시인이다.

생으로 중계되는 TV로 툭툭 던져지는 지강헌의 말을 들으면서, 주위의 많은 사람들은 그를 영웅으로 떠받들었다. 그는 경찰에게 비지스의 〈할리데이〉를 들려달라고 했는데, 경찰은 스콜피언스의 〈할리데이〉를 틀었다. 그러고 나서 대한민국의 마지막 시인은 자신의 목에 유리를 그었고, 몇 시간 뒤엔 특공대의 총을 맞고 죽었다.

그 사건은 내 머리를 강하게 내리쳤다. 언젠가 나는 이와 똑같은 두통을 느낀 적이 있었다. 작년에 있었던 대통령 선거에서 나는 오늘과 똑같은 혼란에 빠졌던 것이다. 두 김씨의 후보단일화 실패가 그해의 고교생에게 미친 영향이란 제목으로 누군가 논문을 쓴다면, 나는 나를 그의 연구 자료로 제공할 용의가 있다. 물론 그 때문에 내가 대학입시에 떨어졌다고는 주장할 수 없지만, 나는 다른 입시생보다는 더 민감하게 그것을 의식했었다. 그런데 이번에는 탈주범들이 나를 혼란에 빠뜨렸다. 대체, 내가 사는 이 세계는 뭔가? 어떤 이유로 이렇게 뒤죽박죽인가. 나는 또다시 블랙홀로 빠져드는 느낌이었다. 이 느낌을 정리해야 한다. 그렇지 않으면, 블랙홀에 빠져 다시 헤어나지 못한다. 나는 수학 공식을 쓰던 노트를 꺼내 이렇게 썼다.

―지강헌 외 네 명의 탈주범이 영웅이 아닌 이유와 그

들의 죽음이 비극이 아닌 이유.

 우리는 정의로운 일을 위해, 정의로운 방법으로 싸우다가 참담히 패배한 것을 가리켜, 그를 영웅이라고도 부르고 그것을 비극이라고도 한다. 정의롭지 못한 것을 목적으로 했거나 불의한 방법을 수단으로 삼은 싸움에 영웅이니 비극이니 하는 말은 어울리지 않는다. 애정 어린 눈으로 봐준다면, 그들에게도 비극적이라 할 만한 요소가 아주 없는 것은 아니다. 그 비극은 사회의 부조리에 대하여 부조리한 방법으로 그들이 대항했을 때 생겨났다. 즉, 그들이 범죄라는 부도덕한 방법으로 세상의 부도덕을 응징하려 했을 때, 이 부조리한 사회는 그들에게 윤리라는 옐로카드를 내보였다. 하니까 그들은 패배할 수밖에 없었던 것이다. 사회윤리 혹은 법제라는 메커닉을 옳게 이해하지 못한 것이 그들의 비극이다. 그래서 그들은 홍콩식의 영웅이 되었다. 또는, 람보식의.
 아무리 혼란한 일도 노트에 글로 적고 나면, 정리가 된다. 노트에 쓰고, 주제에 따라 분류하고, 노트의 표지를 달아 보관한다. 그러면 이 세상의 어떤 혼란도 이해할 수 있고, 요점이 뚜렷해지는 것이다. 그날의 저녁 뉴스에, 인질극을 벌였던 네 명의 탈주범 가운데 유일한 생존자인 강영일이 인터뷰를 했다. 그와 그의 동료들은 대만 화교인 자기 애인의 도움을 받아, 대만으로나 또 다른 어느 국외로 탈출하려 했다고 말했다. 얼마나 극적인가. 그것이 영화였다면 사람들은 그들에게 박수를 쳤을 것이다. 경찰마저도 곤봉이나 총을 내려놓고 그것을 즐겼을 것이다. 그러나 그것은 영화가 아닌 현실의 사건이었다. 영화 속의 영웅이 현실 밖으로 나오면 범죄가 된다. 그들은 그것을 이해하지 못했다. 그들이 영웅이 되려면 할리우드로 가야 했다. 제목은 〈무전유죄〉. 주제곡은 〈할리데이〉. 이 시대의 터프가이 이덕화가 검은 안경을 쓰고 열연한다. 그는 악악 외친다. '무전유죄, 유전무죄,' '나는 대한민국의 마지막 시인이다.' 그리고 이 시대 최후의 로맨티스트이기도 했던 지강헌과 그의 동료들은 서로의 머리에 총구를 대고 쏜다. 아니, 더 비극미를 강렬히 살리려면, 역시 실화 그대로를 살리는 게 좋을 듯싶다. 얼룩무늬 특공대가 담을 뛰어넘어 M16을 무차별 난사한다. 한 수천 발쯤. 이덕화의 가슴과 머리에서 붉은 케첩이 주르르 흘러내린다. 비지스가 침울하게 〈할리데이〉를 노래한다. 띠띠띠 띠띠띠 띠띠 띠…….

〈무전유죄〉는 장사가 잘된다. 그럴 줄 알고 속편도 기획해놓았다. 제목은 〈유전무죄〉. 주인공은 아직까지 잡지 못한 김길호다. 그는 이름을 갈고 성형수술을 해서 암흑가의 보스가 된다. 무지무지하게 돈을 많이 벌어들인다. 그는 암흑가의 대부가 되어 은퇴한다. 범죄계에서는 손을 씻는다. 커다란 정원에서 자식들과 손자들에 둘러싸여 노후를 보내던 그는 집요한 형사의 추적에 의해, 옛날에 교도소를 탈출했던 열두 명 가운데 하나임이 밝혀진다. 그래서 그는 법정에 세워진다. 그러나 판사는 그의 무죄를 선고한다. 유전무죄! 주제곡으로는 예의 그 〈할리데이〉를 쓰는 것이 좋다. 비지스가 조롱 조로 노래한다. 띠띠띠 띠띠띠 띠띠띠…….

영화가 히트하면 그것을 각색시킨 연극이 따라 나온다. 다음에는 르포집과 스틸 사진집이 뒤따라 나온다. 아니, 순서는 뒤바뀌어도 좋다. 르포집이 먼저 나오고 연극, 영화 순으로 나오든 연극이 먼저 나오고 르포집, 영화 순으로 나오든 별로 중요하지 않다. 중요한 것은 그것이 자본주의의 존재 방식이란 거다. 어떤 사건이든 자본은 그것을 센세이셔널하고 상업적인 것으로 바꾼다. 자본은 추잡한 사건을 가지고 산업을 만들고, 흥행을 하고, 속편을 만들어낸다. 모든 의미를 희화화하고 무의미하게 만든다. 사건은 충분히 소비된 다음, 잊혀진다. 다른 흥미를 찾아, 개발해야 하니까 '무전유죄, 유전무죄' 따위는 심각하게 취급되지 않을뿐더러 더 이상 연구거리가 되지 못한다. 언제 그런 일이 있기나 했느냐는 식으로.

인질극을 벌였던 탈주범이 모두 죽거나 체포된 그 며칠

뒤에, 전기환, 이창석 등의 전 전대통령의 친인척들이 뇌물과 부정행위로 줄줄이 구속되었고, 나는 공부에 몰두했다. 여름과 가을이 지나갔고, 벽지 위엔 파리와 모기 따위의 날벌레를 잡은 자국이 늘어났다. 가끔, 아주 가끔씩 나는 현재를 생각했고, 그녀가 술에 취해 불렀던 노래를 기억해 내 불렀다.

내가 울던 파리
내가 울던 파리
라일락 꽃은 피었건만
또다시 피었건만
파리의 지붕밑을
거닐던 그대여
지금 어디 사라졌나
사랑의 마돈나여
내가 울던 파리
내가 울던 파리
눈물의 추억만 남아
또다시 울던 파리여

한 삼십여 년 전에 윤일로란 가수가 불러 히트했던 〈내가 울던 파리〉란 노래를 우리는 뉴욕, 런던, 홍콩, 니스, 엘에이 등으로 바꾸어 밤새도록 부른 적이 있었다. 그리고 누가 들을까 봐 목소리를 조금 낮추어, 평양, 개성, 함흥, 청진, 해주 등으로 바꾸어 가며 국토를 순례했으며, 갈 수 없는 도시를 생각하며 울었었다.

그해 겨울에 나는 시험을 치렀고, 기분은 담담했다. 시험 발표를 기다리는 동안 나는 여러 출판사의 문고본들을 차례대로 독파하려는 장대한 계획을 세웠었고, 좋아하는 음반을 되풀이해서 들었다. 그리고 클래식을 듣는 것에도 조금씩 취미가 붙어서 고전음악이 나오는 시간에 라디오 채널을 맞추기도 하였다. 그래도 아직까지 오륙십 년대의 밴드가 더 많은 즐거움을 안겨줬다. 거기엔 현재의 목소리가 들어 있었다. 그녀는 나와 여관에 들었던 첫날 나에게 이렇게 말했었다.

"스탠다드나 정통 로큰롤을 좋아하는 사람은 믿을 수가 있어. 요즘 음악은 구역질이 나."

그녀의 말대로 라디오를 틀면 쏟아지는 요즘의 음악은, 구역질이 나는 것들이고 쓰레기 같은 것들이다. 복사판으로 팔리는 요즘의 록은 모조리 썩어 문드러져 있다. 그들은 이렇게 노래한다.

―내 직업은 살인인데(살인청부업) 장사가 잘된다.
―하나님의 사랑은 거짓말이며, 차라리 하나님을 욕하라.
―인생이 괴로울 때는 자살이 최고.
―짐승과 관계하라.

해가 바뀌고 시험 발표일이 하루하루 다가오자 조금씩 초조해지는 것은 어쩔 수 없었다. 시험에 실패하면? 그러면 군대에나 가버려야겠다는 생각을 했다. 대학에 가게 될 것인가, 군대에 가게 될 것인가? 발표일은 피를 말리며 하루하루 줄어들었다. 나는 마른기침을 콜록이며 담배를 배우기 시작했다. 오래된 문고들로 썩은 비스킷 냄새를 풍기던 다락방엔 새로 합류한 매캐한 담배 연기가 가득 찼다.

나 혼자 가서 보겠다고 만류했지만, 어머니는 기어코 아들의 합격 여부를 직접 보시고자 했다. 베니다판으로 을씨년스레 급조된 커다란 벽보판에 컴퓨터에서 빠져나온 내 번호가 있었다. 어머니는 내 손을 꼭 쥐고 눈물을 흘리셨다. 나는 어머니를 껴안고 등을 두들겨주었다. 이것으로 나는 더 높은 통과제의를 위한 디딤돌을 마련한 것이었다. 어머니와 나는 저녁차로 고향으로 내려왔다. 서울에서 대구로 내려오는 동안 어머니는 내 손을 한 번도 놓지 않으셨고, 시종 내 손을 쥐고 계셨다.

다음 날 아침, 은선에게서 전화가 왔다.

"아담, 어떻게 됐어? 붙었어?"

나는 아무 대답도 하지 않았다.

"떨어진 거야? 아, 알았다. 너 붙었지? 그렇지?"

나는 수화기를 귀에 댄 채 아무 말 하지 않았다. 우리는 그날 호프집에서 맥주를 마셨다. 그녀는 작년 여름에 교도소에 들어가 있었던 일이며, 데모를 했던 일이며를 쉴 새 없이 이야기해 댔지만 나는 머리가 무거울 뿐이었다.

"교도소엔 한 달도 채 있지 않았어. 높은 자리에 있는 아버지의 친구가 힘을 써줬거든. 나는 반성문을 쓰고 말이야."

폴카 음악을 백 뮤직 삼아, 그녀는 또 며칠 전에 썼다는 시를 읽어주었다.

"라스베가스에 간다, 달러 따러. 텍사스에 간다, 마리화나 키우러. 펜타곤에 간다, 미사일 만들러. 차이나타운에 간다, 돼지 키우러. 엘에이에 간다, 호모 되러. 비버리 힐즈에 간다, 섹스파티 하러. 워싱턴에 간다, 갈보 비서 되러. 소호에 간다, 포르노 사진 찍으러. 샌프란시스코에 간다, 코메리칸에게 배추 팔러. 하와이에 간다, 안마사 되러. 할리우드에 간다, 스탤론 만나러. 뉴욕에 간다, 지하철에 낙서하러. 디트로이트에 간다, 세차하러. 엘파소에 간다, 멕시코놈과 싸우러. 시카고에 간다, 총 맞으러! ……어때? 제목은 '어디 가니? 아메리카'야."

"팝송 가사보다 못해."

"그렇지? 정말 그렇지? 민중시들은 다 그래."

어이가 없어서 말이 나오지 않았다. 대체 이 애의 머릿속엔 뭐가 들었는지 알 수가 없다. 나는 은선이가 말을 끝내는 순간, 힘껏 그녀의 뺨을 올려붙였다.

"네가 쓴 시가 만중시이기나 해!"

은선이는 커다란 나무 술통으로 만든 탁자에 엎드려 소리내 울었다.

"너는 내 고통을 몰라. 나는 그만 죽어버리고 싶어."

은선이와 나는 일 년 동안 하지 못했던 섹스를 하러 여관으로 갔다. 아주 옛날 살던 집에 다시 찾아온 느낌이었다. 하나도 낯설지 않았다. 섹스가 끝난 다음에 은선이와 나는 담배를 피워 물었다. 그녀가 말했다.

"들어가고자 한 대학에 들어갔었고, 시인이 되었어. 그런데 아무도 나를 시인으로 취급해 주지 않는 거야. 명색이 여류 시인이라는 자존심을 세워볼까 싶어서 문학서클에 가면, 그게 더 심했어. 아담은 알잖아. 내 허영. 거기에 막 금이 가기 시작했어. 모두들 박노해니 백무산이니 하는 시집들을 보거나 김남주나 김지하 시집들만 보는 거야. 꼭 고등학생들처럼 말이야. 게다가 집체까지 들고나와서 나 같은 건 저리

가라는 거야."

 은선이는 술집 여자가 신세 한탄을 하는 것처럼 서글프게 이야기를 계속했다. 차츰 그녀가 겪었던 고통이 마음으로 만져졌다.

 "모두들 나보고 재교육을 받으라는 거야. 아니면 구제 불능이 될 거라면서. 그래서 스터디를 했어. 물 마시기 싫은 말처럼 무슨 소린지도 모르는 이야기를 들었어. 「청춘의 땅」이니 하는 시, 그때 쓴 거야. 그건 사실 나만의 창작품도 아니었어. 오륙 명이나 같이 집체한 거니까. 그래서 고은선이라는 애는 공중분해 되고 만 거지. 초등학교에서부터 고등학교까지 12년을 애쓰고 배워 겨우 도달한 아카데미에서 고작 내가 한 일이라곤 나를 없애버리는 거였어."

 그녀는 연기를 후, 하고 공중으로 피워 올리곤, 재떨이에 담뱃불을 비벼 껐다.

 "나는 이름만 빌려주고 투사가 됐어. 선배가 말했지. 이번 일을 너의 부르주아 근성을 뽑아낼 전향의 기회로 삼으라고. 그 뒤는 신문에서 봤을 거야. 사회면 한구석에 여간첩처럼 음침하게 내 사진이 실리게 됐지. 하지만 기껏 이름만 빌려줘 놓고선 어떻게 부르주아 근성을 뽑아낼 수 있고 투사가 될 수 있었겠니. 나는 없는데 말이야. 주체적으로 사고하고 반성해야 할 나는 그들이 강요하는 데마고기 속에 해체

되어 버렸는데? 그들은 주체가 없는 이름과 명분만의 가속 운동을 계속했어. 아담, 진짜 나는 어디에 있지?"

나는 은선에게 미안했고, 내가 때린 뺨을 오래 만져주었다. 그동안 어떻게 지냈느냐는 은선의 물음에 나는, 공부만 했노라고 대답했다. 다른 이야기는 할 필요가 없었다.

"아담, 나는 새로 시작할 거야. 데뷔 이전으로 되돌아가서 말이야."

그녀와 나는 몇 번이나 더 몸을 섞으면서 그날 밤을 함께 지냈다. 너무 빡빡해서 꽂고 뺄 때마다 힘이 드는 플러그가 있는가 하면, 너무 헐렁해서 바로 꽂히지 않고 자꾸 빠져나오는 통에 전류가 깜빡, 깜빡 죽는 플러그도 있지만, 우리는 이상적이었다. 손끝이 닿아도 서로 행복한 전류가 통했다.

"등록일이 언제야? 여행 삼아 함께 서울에 갈까?"

"아니, 혼자 갈 거야."

결론부터 말하자면 나는 등록을 하지 않았다. 등록금을 가지고 서울에 올라갔을 때, 나는 높이 솟은 빌딩의 숲을 다시 보게 되었으며, 그 아래를 종종걸음 치는 숱한 인파를 보았다. 그리고, 귀에 익은 악기 소리를 들었다. 찰랑찰랑, 찰랑찰랑…… 등록금을 외투 안깃에 넣고 대학으로 가는 도중에 탬버린 치는 남자가 머리에 떠올랐던 것이다. 히죽히죽 웃으며 그가 말했다. 보라, 너도 곧 나처럼 될 테니! 찰랑찰랑, 찰랑찰랑. 너는 대학에 들어가 학점을 벌고, 졸업을 하게 될 테지. 찰랑찰랑, 찰랑찰랑, 그것의 대가는 겨우 오백억짜리 빌딩에 있는 책상 하날 차지하게 되는 것뿐이지. 그게 끝이야. 너는 컴퓨터를 배우게 될 거구, 빠른 정보처리 능력은 너를 쉬게 하는 것이 아니라 더 많은 일거리에 파묻히게 할 거야. 정보처리 능력이 신속하다고 해서 네가 쉴 수 있는 것은 아니거든. 너는 컴퓨터와 같이 빠르게 네 머리를 돌려야 할 거구, 컴퓨터가 가진 기능을 자유자재로 다룰 수 있도록 너를 훈련시켜야 해. 찰랑찰랑, 찰랑찰랑. 기껏해야 나처럼 탬버린이나 치게 될 뿐이라고. 미쳐서, 미쳐서 말이야! 하하, 하하!

즐비하게 늘어선 빌딩을 보며 나는 두통을 느꼈다. 탬버린을 치는 사람은 한 사람이 아니었다. 빌딩 아래를 분주히 오가는 모든 사람들의 손에 하나씩의 탬버린이 들려져 있었다.

내 고막은 터질 듯했다. 일천만이 넘는 탬버린이 한꺼번에 울리기 시작했다. 나는 버스에서 내려, 하루 종일 서울 거리를 걸었다. 모두가 낯선 사람들이었고 아무도 나와 이야기 상대가 되어줄 사람은 없었다. 심한 갈증처럼 이야기가 하고 싶었던 나는 전에 YMCA에서 강연을 했던 평론가를 생각해 냈다. 서점에 들어가서 그가 평론집을 내었던 출판사로 전화를 했다. 그의 이름을 대고 연락처를 물었다. 여직원인 듯한 아가씨가 말했다.

"이 선생님은 미국으로 이민을 가셨어요."

나를 조롱하는 것처럼 네온사인이 반짝반짝 빛났다. 고향에서 서울로, 서울에서 뉴욕으로 사람들은 가속도를 타고 난다. 나도 그처럼 빠른 것을 타게 될 것인가. 가속도에 브레이크를 걸지 못하면 우주 밖으로 날아가게 된다. 나사NASA가 지금 그것을 하고 있다. 나는 여관엘 찾아들었다. 언제나 문을 열고 우리를 받아주는 다정한 집. 나는 허기가 졌고, 탬버린 소리는 내 두 귀를 먹먹하게 했다. 수부로 전화를 해서 밥을 시켜 먹은 나는, 잠시 자리에 누워 잤다. 오랜만에 보는 무색의 잠이었다.

잠에서 깨어났을 때, 시간은 자정이 채 못 되어 있었다. 하루 종일 서울을 돌아다니며 검은 공기를 너무 많이 마셨던지, 몸속에는 버려야 할 쓰레기처럼 많은 정액이 고여 있었다. 나는 수부로 다시 전화를 했다. 한 반 시간 정도가 지나서 여자가 왔다. 이름을 에이미라고 하는 귀여운 여자였다. 이름만 그랬지 양키의 피가 섞인 것은 아니었다.

우리는 서로의 성기에 난 욕망이란 상처를 핥아주었다. 그녀와 나의 욕망이 다르긴 했지만, 거기에 무슨 큰 차이가 있을 것 같지는 않았다. 한 사람은 돈을 주고 성을 사고, 또 다른 사람은 돈을 받고 성을 판다. 손바닥을 뒤집으면, 누구나 그 역할을 바꾸어 할 수 있다. 그녀의 질 속에, 내 욕망을 고도로 농축한 권태를 쑤셔 박았다. 내 자신을 잊고 싶었다. 서울을 잊고 싶었다. 땀을 열심히 흘리며 엉덩이를 까닥여 보았지만, 그러나, 나 자신은 점점 또렷해져 왔고, 서울은 자꾸자꾸 커졌다. 사정이 되지 않았다.

서울에서 사정이 되지 않는다니! 나는 무척 애쓰고 있는 그녀에게 미안했다. 사정이 되지 않는다는 건, 정말 창녀에게 미안한 일이다. 그녀는 몇 번씩이나 나를 다시 빨아 일으켜 주었는데도 곧 그것은 흐물흐물하게 시들어졌다.

"미안해. 내 손으로 해보겠어."

나는 그녀의 엎드린 둔부를 보며 수음을 했다. 잠시 후, 중금속 같은 몸 깊숙이 내려앉아 있던 정액이 빠져나와 그녀의 맨 살갗을 더럽혔다.

"정신적으로 매우 피곤한 탓이야. 미안해."

"아녜요. 말 안 해도 그런 기분 알 수 있어요."

나는 그녀에게 돈을 더 주었다.

"여기서 자기 싫으면 가도 돼."

"괜찮아요. 오늘은 나도 편히 자고 싶어요."

나는 베개에 눈물을 흘리며, 밥 딜런의 〈낙킹 온 헤븐스 도어Knockin' on Heaven's Door〉의 가사를 중얼댔다. '어머니,

이제 내게서 이 악명을 벗겨주세요. 이제 나는 더 이상 무법자 노릇을 할 수 없습니다. 이제 점점 내 눈에는 어둠이 깃들고 있구요. 내가 천국의 문을 자꾸만 두들기고 있는 느낌이 듭니다.'

다음 날 아침. 나는 그녀의 몸을 씻겨주었고, 머리를 감겨주었으며, 방으로 돌아와서는 마른 수건으로 그녀의 몸을 닦아주었다. 발가락 사이사이에까지 깨끗하게. 그리고 우리는 아침 식사를 했다. 나는 좀 더 근사한 곳에 가서 그럴듯한 것을 사주고 싶었으나, 그녀는 패스트푸드점에서 간단한 것을 먹겠다고 우겼다. 우리는 코카콜라와 햄버거를 먹고, 켄터키 치킨 몇 조각을 먹었다.

"살이 찌고 나이를 먹으면 나 같은 건 금방 끝장나요."

나는 고개를 끄덕였다. 오늘까지 등록금을 마감하는 날이었으나 그때 나는 고향으로 내려가기로 결심을 하고 있었다. 괜찮다고 했는데도 그녀는 나를 서울역까지 배웅 나와주었고, 개찰을 할 때는 손을 흔들어주었다.

"낮에는 주로 영화를 보는데, 기차역이나 공항 같은 데서 남녀가 다정하게 이별을 하는 장면을 볼 때마다 눈물이 났어요. 나도 저렇게 이별이란 걸 한번 해보았으면 하고 말이에요."

그녀는 꽃집에서 꽃을 샀었고, 개찰구 앞에서 나에게 그

꽃다발을 안겨주었다.

"사랑하는 사람들끼리만 이별을 하게 되는데, 나는 지금껏 사랑을 해보지 못했거든요. 그렇다고 해서 아무나하고 이별을 해보자고 할 수도 없고. 어제저녁에 당신을 처음 보았을 때 당신이면 내 심정을 알 수 있을 것 같았어요."

나는 그녀가 안겨주는 꽃다발을 두 손으로 받았었다. 기분이 묘했고, 나 자신이 부끄러워졌지만, 나는 그녀로 인해, 창녀의 마음으로도 사랑을 시작할 수 있고 세계를 다시 지을 수 있을 것이란 용기가 생겼다. 가슴 깊숙이 나는 그녀에게 감사했다.

"창녀의 전송을 받는 게 기분 나쁘지 않으세요?"

"아닙니다."

내 입에서는 저절로 존댓말이 튀어나왔고, 개찰구 앞에 모여 있는 모든 여자들이 그녀를 부러워하도록, 아주 길게, 그녀를 끌어안고 입을 맞추었다. 그러곤 개찰구의 인파 속에 휩쓸려 들었다. 서울에서 내가 마지막으로 본 것은, 그녀의 깨끗한 미소와, 발기를 해도 사정이 되지 않던 내 성기와 같이 외롭게 우뚝 선 63빌딩이었다.

한없이 느리고 덜그럭거리는 보통열차를 타고, '고향 앞으로 갓'을 하면서, 나는 내가 대학에 다니거나, 번역문학가, 혹은 문학평론가가 되는 것보다 큰일을 할 수 있으리란 생각에 빠졌다. 나는 작가가 될 수 있을까? 문장을 쓴다는 것은 고통스러운 일일 것이다. 그것은 내 온몸으로 이 세계의 가속도에 브레이크를 거는 일일 것이며, 그러기 위해서는 내 존재의 의미를 끊임없이 반추해 되새겨야 할 것이다.

문장을 쓰는 일에서 나는 내가 그토록 원했던 '창조의 아픔'을 누릴 수 있을 것이다. 그 고통은 가짜 낙원을 단호히 내뿌리치고 잃었던 낙원, 실재, 진리를 되찾는 데 쓰이는 아픔이다. 가짜 낙원에서 잃어버린 실재를 되찾기 위해서는 두 가지 노력이 필요하다. 먼저 나는 내 오성의 능력을 과신하지 말아야 하며, 자유를 자제해야 한다. 거기에 필요한 것이 겸손이다. 그리고 좋은 세계는 쉽게 만들어지는 것이 아닐 것이므로, 단시일에 명확히 잡히지 않는다고 해서 포기해서는 안 된다. 그러기에 인내가 필요하다. 겸손과 인내는 문장을 쓰고자 하는 나뿐 아니라, 가속도의 낙원에 살면서 좀 더 나은 세계를 꿈꾸는 모든 사람들에게 요구되는 덕목이다.

대구에 내려온 나는, 등록금의 매우 적은 일부를 덜어 중고 사벌식 타자기를 한 대 샀다. 나는 늘 타자기가 필요하다고 생각해 왔고, 스무 살이 되어서야 그것을 갖게 되었다. 나는 이것으로 무엇을 쓸 수 있을 것이다. 편지나 일기, 아니 어쩌면 진짜 창작을 말이다. 그리고 만약, 내가 소설을 쓰게 된다면 제일 먼저, 이렇게 시작되는 내 열아홉 살의 초상을 그릴 것이었다.

내 나이 열아홉 살, 그때 내가 가장 가지고 싶었던 것은 타자기와 뭉크 화집과 카세트 라디오에 연결하여 레코드를 들을 수 있게 하는 턴테이블이었다. 단지, 그것들만이 열아홉 살 때 내가 이 세상으로부터 얻고자 하는 전부의 것이었다.

아담이 눈뜰 때

지금 내 가슴은 후회로 찢어질 듯하다. 나는 내일 죽어야 한다. 어쩌면 죽음도 나와는 상관없이 나의 가슴속 안뜰에 웅크리고 있는 한 마리 펠리컨이었을까? 필시 죽음 또한 거대한 펠리컨의 입속으로 빨려 들어가는 일에 다름아닐는지도 모르겠다.

펠리컨

◆◆

 나는 철창에 갇혔다. 부조리하게도 나는 철창에 갇혀, 철창 밖으로 나는 새 본다. 이제 곧 나는 죽으려는데 너는 푸른 하늘 아래를 날아가는가?

 방금 나는 부조리라는 말을 썼다. 그도 그럴 것이, 내가 사형선고를 받게 된 까닭은 펠리컨이라는 한 마리 새 때문이다.

> 펠리컨 : 펠리컨과 새의 총칭. 사다리새라고도 한다. 물새로 발은 짧고 네 발가락 사이에 물갈퀴가 있다. 부리 아래턱의 신축성 있는 주머니가 특징이며, 이것으로 물고기를 떠서 먹는다. 세계의 온대, 열대 지방에 분포하며 8종이 있다. 날개의 일부가 흑색이고 나머지 전신은 은백색이다.

펠리컨

펠리컨에 대한 위의 지식은 내가 교도소에 수감되고 나서, 나의 담당 변호사에게 차입해 달래서 읽은 세계조류도감에서 얻은 것으로서, 교도소에 수감되기 이전까지만 하더라도 내가 펠리컨에 대하여 알고 있는 지식이래 봤자 어린 시절에 보았던 만화영화에 가끔씩 등장하던 입이 큰 새 정도로만 알고 있는 터였다.

지금 이 글을 읽고 있을 당신은 연신 고개를 갸웃거릴지도 모른다. 아니라면 적어도 고개를 갸웃거리고 싶어 할지도 모른다. 그도 그럴 것이, 당신은 펠리컨이라는 우스꽝스러운 새 한 마리 때문에 만물의 영장인 인간이 교도소에 갇히게 된 영문을 궁금해할 것이고 펠리컨 때문에 한 인간이 사형선고를 받게 된 사실을 아무래도 납득하지 못할 것이기 때문이다.

그러나 그것이, 즉 펠리컨이, 사랑도 되고 미움도 되며 육법 혹은 민중이나 혁명 같은 것으로 수시로 얼굴을 뒤바꾸며 나오는 은유며 상징이라고 한다면 당신은 그 펠리컨을 이해할 수 있겠는가?

국내 굴지의 맥주회사인 C맥주주식회사 정예사원으로서 직장동료나 이웃, 친척으로부터 앞날을 촉망받던 엘리트인 내가, 이런 꼴로 패가망신하게 된 자초지종은 이렇다.

그날 아침, 여느 때와 꼭같이 일곱 시에 일어나 중풍에 걸려 근 십 년간 운신도 못 하시는 어머니의 침상에 가서 문안 인사를 여쭌 다음, 크고 작은 정원수가 몇 포기 늘어선 작은 앞마당을 지나 용변을 보러 화장실로 갈 때였다. 검은 깃털에 싸인 낯선 물체가 사철나무 둥치 아래 있길래 자세히 보니, 닭 비슷하기도 하고 오리 비슷하기도 한, 그러나 닭이나 오리보다는 훨씬 커 보이는 새 한 마리가 화장실 앞에 웅크리고 있는 거였다.

머리를 날개깃 속에 집어넣고 잔뜩 웅크리고 앉은 그놈의 모습을 보니 무척 고단하고 피곤해 보였는데, 원래는 희고 윤기가 있었을 듯해 보이는 그놈의 날개는 온통 폐수와 오물로 뒤덮여 악취가 진동했다.

내가 가까이 다가가자, 나의 발자국 소리를 듣고 대가리를 쳐든 그놈의 면상 또한 가관이었다. 가물거리며 반쯤 내려앉은 눈엔 온통 눈곱이 끼고, 입과 코로부터는 고름인지 타액인지 분간할 수 없는 누런 액체가 흘러나왔다. 그러고도 나를 물끄러미 바라보던 그놈의 눈동자라니!

나는 화장실에 들어가 용변을 보면서, 아닌 밤에 홍두깨마냥으로 나의 집 담장을 넘어 들어온 이놈을 어떻게 처리할까, 궁리했다.

궁리라고는 하였으나 사실은 이 불청객을 보는 순간부터 나는 이놈을 어떻게 쫓아낼까 하는 방법에다 나의 사고력을 모으고 있었다.

한참을 끙끙대며 쉽사리 나오지 않는 용변을 본 후 나는 화장실 문을 열고 나와, 날개깃 속에 제 머리를 파묻고 웅크린 그놈의 옆구리를 냅다 걷어찼다.

이상하게도 나는 어린애라든가 애완동물 또는 보통 사람들이 흔히 애정을 가지고 돌보는 화초 따위에 대하여 아무런 감흥이나 관심을 느끼지 못하는 터였다. 그런 이유로 이놈은 지독히도 운수가 나빠, 하필이면 나의 집 담장 안으로 날아 들어와, 이렇듯 아픈 발길질에 허리를 차이는 것이리라.

놈은 어디선가 날개를 상하였는지, 왼쪽 깃으로 땅바닥을 빗자루처럼 쓸면서 한두 발쯤 걷다가 다시 쿡, 쓰러져 웅크렸고, 약간은 더 잔인스러워진 심정으로, 나는 다시 그놈의 배때기를 걷어찼다.

네놈이 날지 못하였으면 어떻게 2미터나 되는 담장을 넘어 들어왔겠느냐?

나는 그놈이 잔뜩 꾀병을 부리고 있는 것이라고 생각했다. 그런데도 그놈은 나의 두 번째 발길질을 받고서도 날개를 펴, 자신이 온 곳으로 되돌아갈 엄두를 내지 않았다. 그놈이 어디서 날아왔든지 간에 그것은 나와 아무 상관없는 일이기도 했지만, 어디로든 내 집 밖으로 날아가주기만 한다면 나로서는 흡족할 일이었다.

지금 와 생각해 보니, 그놈은 그때, 아예 나를 망치려고 물 샐 틈 없는 작전을 짜놓고 나의 집으로 침투해 온 것이 아닌가 하는 느낌도 든다.

그놈은 내가 걷어찰 때마다, 적의로 번뜩이는 눈망울을 굴리며 꼭 이웃집의 구원을 청하는, 매 맞는 아내같이 꽥꽥거렸었다.

나는 그렇게 큰 소리로 울어대는, 천박스런 놈의 엄살이 더욱 미워져 자꾸만 거세지는 발길로 그놈의 허리를 도리깨질하고 있었는데 그때 조금이라도 주의를 해서, 그놈의 비명을 들은 많은 이웃들이 내 집 주위의 이층 베란다 혹은 높은 옥상에서 그 광경을 보고 있었던 것을 눈치챘다면 아예 나는 처음부터 놈을 마당 한복판에서 발길질할 것이 아니라 은밀한 지하실이나 연탄창고 같은 곳으로 데려가 원치 않았던 태아의 목에 탯줄을 감아 죽이듯 아무도 몰래 그놈의 목에 빨랫줄을 감아 죽였거나, 한 달 전에 새로 샀던 신형냉장고의 마분지 박스로 그놈의 등판을 내리눌러 죽였을 것이다.

후회란 무엇인가?

그때 이렇게 했었더라면, 지금은…… 하는 것이 바로 후회가 아니던가. 그러나 지금 와서 그런 넋두리를 하는 것보다, 그 후의 이야기를 계속하는 것이 여러분의 동정을 사기에 더 나으리라.

나는 그놈의 허리를 발길로 내지르다가 출근시간 때문에 다시 방으로 들어와 늘상 하던 식으로 토스트를 구워 우유와 함께 먹고 부랴부랴 출근을 했다. 어머님의 식사는 내가 출근한 다음 시간제 파출부가 와서 먹여줄 것이다.

나는 대문을 나서며 그놈에게 소리쳤다.

내가 회사에서 퇴근하여 돌아오기 전에 썩 꺼져버려, 알겠지?

그러면서 다짐이나 하듯 그놈의 배때기를 몇 번이나 광나는 구둣발로 걷어차 주었다.

나는 자가용이 없다. 까짓, 자동차 하나 마련할라치면 아버님이 유산으로 남기신 저금통장에서 약간의 금액을 되찾으면 되겠지만, 벌써 10년간을 중풍으로 꼼짝 못 하시는 어머님을 두고, 나만의 편의를 위해 자가용을 살 수는 없는 노릇이었다.

때문에 나는 바쁜 출근시간에 택시를 잡는다고 헐레벌떡거리며 아스팔트 위를 춤추거나, 아니면 콩나물시루 같은 버스를 두 번씩이나 갈아타는 수고를 해야만 했다. 한 번은 집에서 역까지, 또 한 번은 역에서 회사까지 꼭 두 번씩 복잡한 버스를 갈아타는 일은 매일 나의 어깨를 땅으로 처지게 했고, 그때마다 마이카 생각은 간절히 내 앞을 어른거렸다.

그날도 나는 내 집 앞에서 버스를 타고 역 앞에 내렸다. 그리고 두 번째 버스를 바꾸어 탈 양으로 육교를 오르기 시작했다. 아침의 산뜻한 공기를 폐부 깊숙이 들이마시며 육교 계단을 오르는 것은 언제나 즐거운 일이었다.

그러나 그날은 그 기분 좋은 육교 위에서 기분 잡치는 것을 만나고 말았다. 어디서 굴러왔는지 앳된 거지 소년이 육교의 중간쯤에 앉아 있었는데, 그놈은 새까만 얼굴에 잔뜩 깁고 기운 누더기를 걸쳐 입고, 마치 도시의 덫처럼 육교 한 모서리에 놓여져 있었다.

눈에는 눈곱이 끼고 콧물이 연신 흘러내리는 걸로 보아 놈은 감기에 걸린 것이 아닌지나 몰랐다. 당국은 왜 저런 것을 시민의 눈앞에 보이도록 함부로 방치하는 것일까?

평소부터 나는 육교나 지하도 계단에서 웅크리고 구걸하는 걸인들에게 일종의 피해망상 같은 것을 느끼고 있었다. 나는 그놈들을 미워했다.

배불리 먹고 든든히 내복을 껴입은 다음, 턱 엎드려 있기만 한다는 말이지? 내가 아침은 토스트와 우유로 때우고 죽자살자 회사로 뛰어갈 때, 너희들은 느긋이 깡통 하나와 돗자리 하나만을 가지고서 포근히 엎드려 있기만 하면, 우리는 애써 번 돈을 네 아가리에 던져 넣어주어야 한다는 말이지?

펠리컨

그들은 우리 호주머니에서 백 원짜리 동전 하나만 빼앗아 가는 것이 아니라 그들의 알량한 가난으로 우리의 양심마저 검사하고 있지나 않은 것일까? 나는 거지가 엎드린 육교나 지하도를 오르내릴 때, 마치 내 양심이 거지의 육신을 저울대처럼 밟고 있는 듯한 착각에 빠진다.

나는 그놈이 웅크리고 있는 지점을 피해 바쁜 걸음을 재촉했다. 그런데 재수 옴 붙듯이 그놈은 피해가는 나의 발치로 기어와 자석처럼 나의 바짓부리를 움켜잡는 거였다. 꼭 움직이는 덫같이 그놈은 나의 발목을 두 손아귀로 꽉, 물어 버린 것이었다.

나는 당황하여 그 소년의 얼굴을 비스듬히 내려다보았다. 내 눈동자를 맞받아 보는 그 소년의 눈은 한없이 가늘게 떨리며, 동정을 구하는 애원으로 번뜩였다. 그것을 보자 나는, 울컥, 구토증이 치밀었다.

그렇게 내가, 그 소년에게 발목을 잡혀, 오도가도 못하게 된 틈을 타서 다른 시민들은 재빨리 육교를 오르내렸다. 흘끔흘끔, 길거리에서 더럽게 흘레붙은 두 마리 개를 쳐다보는 것처럼, 이 아침의 해프닝을 바라보며 사람들은 빙글거리기조차 해대었다.

나는 얼굴이 뜨거워졌다. 그놈은 그런 줄도 모르고 점점 세게 나의 바짓가랑이와 발목을 홀켜 쥐었다.

"한 푼 줍쇼. 동정합쇼."

줄을 잘 세운, 먼지 하나 없는 나의 바지는 그 소년의 새카만 손으로 더러워졌다. 이런 개쓰키! 나는 그렇게 마음속으로 뇌인 다음, 나지막히, '놔!' 하고 말했다.

나는 소년의 병색이 완연한 얼굴을 내려다보며 이놈은 꼭 펠리컨 같은 놈이라고 생각했다. 그러자 그 소년이 더는 인간같이 보여지지 않았고, 필시 이놈은 인간이 아니라는 생각이 들면서, 가슴 깊숙이서부터 솟아오르는 자신감을 가지고, 결단성 있게, 자꾸만 들러붙는 그놈의 얼굴을 나의 무릎으로 슬쩍 밀어, 낙지발 같은 놈의 두 손아귀를 떼어놓았다.

그렇게 세게 밀지 않았는데도 흡사 그놈은 나의 구둣발에 차이기나 한 듯 과장스레 벌렁 뒤로 나자빠졌는데, 뒤로 나자빠지며 놈은 놈의 동냥그릇을 엎질러버렸다.

나는 놈이 다시 일어나 나의 바짓가랑이를 잡기 전에, 다시 한번 스타일을 구기기 전에 총총히 육교 계단을 올라갔다.

나는 그 소년의 아버지가 아니다. 주인도 아니고, 보호자도 아니다. 하므로 동정의 책임을 지지 않는다. 나는 이런 재수 옴 붙는 일을 당하지 않기 위해서라도 빨리 자가용을 하나 사야겠다는 생각을 했다.

신출귀몰, 펠리컨은 입이 크다.

모든 일은 펠리컨으로부터 시작되었고, 이보다 훨씬 뒤에 법정에 서서야 천천히 깨달은 일이지만 그날 있었던 일들은 꼭 완벽하게 씌어진 시나리오처럼 나를 곤경으로 밀어 넣는 일들로 점철됐다.

내가 근무하는 C맥주에서는 매해 캘린더를 만들곤 했다. 그것들은 어느 회사의 달력보다 대형으로 만들어지곤 했는데, 이름난 여배우나 여 탤런트들이 반라의 옷차림으로 선정적인 포즈를 취하고 있는 것들이어서 엉큼한 남자들에게 우리 회사 달력은 꽤나 인기가 있는 모양이었다.

열두 장의 캘린더, 열두 명의 미녀, 열두 달, 한 해. 나는 동료 사원들과 함께 새로 나온 캘린더를 넘기다가 8월달 달력장에 눈이 멈추었다. 8월의 모델은 요즘 가장 인기 있는 여배우 중의 하나였고 항간에는 모 항공사 사장으로부터 백지수표를 받았다는 구설수로 유명해진 배우였다. 나는 그녀를 무척이나 좋아해 그녀가 출연한 영화라면 수소문해서 찾아볼 정도로 열광적인 팬이었다.

달력 속의 그녀의 포즈는 묘했다. 금빛 백사장 위에 거의 실오라기나 같은 슬림형 수영복을 입은 그녀는 놀랍게도, 개처럼 엎드리고 있었다. 그것을 같이 보던 남자 직원들은 그 포즈가 상상케 하는 이미지를 유추해 내곤, 하나같이 킬킬거렸다.

나는 성욕을 느꼈다. 나는 오랫동안 찾던 사냥물을 발견한 사냥꾼같이, 두 다리 사이에 달린 방아쇠가 잔뜩 당겨지는 것 같은 느낌을 받았다.

펠리컨의 아가리는 어마어마하게 컸다. 그날 점심시간이 지나서였다. 오랫동안 만나지 못했던 동창생 녀석이 찾아왔다. 그놈은 고등학교 때부터 예수쟁이로 유명했는데, 아니나 다를까 높은 점수에도 불구하고 신학대학을 지원했던 놈이다. 이제 놈은 어엿한 목사가 되어 있었는데, 놈의 방문 목적인즉, 크리스마스가 열흘 앞으로 다가왔으니 굶주리는 고아들과 양로원의 외로운 노인들을 위하여 자선 기부를 하라는 것이었다. 나는 그놈의 설명을 들으며, 이놈도 꼭 펠리컨 같은 놈이로군, 하고 생각했다.

물론 나는 그 목사 친구에게 한 푼의 기부금도 내지 않았다. 그 친구는 두터운 안경 밖을 자꾸만 반짝거리는 눈빛을 쏟아내며 한 푼의 은전을 구했지만 나는 자동차를 사야 하기 때문에 가외로 덜어낼 돈이 없다고 냉정히 잘라 말했다. 그러면서 이런 충고를 한마디 덧붙였다.

"가난한 자들에 대한 그런 맹목적인 동정이, 그들을 스스로의 불행 속에 영원히 던져 넣는 것이야."

그러자 그 친구는 너를 위해 기도하겠다든가 어쩌겠다든가 하며 힘없이 뒤돌아서 갔다.

퇴근하자마자 나는 참기름처럼 잘 굴러다닌다는 H자동

차 전시관엘 들렀다. 자동차들은 장난감처럼 예쁜 모습으로 잘 전시되어 있었고 나는 이것저것 기종이 다른 여러 승용차들의 특성을 꼬치꼬치 캐물었다. 그런 다음, 하얀색 소형 승용차를 하나 사기로 하고 계약금을 물었다. 앞으로 육교 계단에서 거지의 손에 잡힐 일은 없을 것이다. 다시는 능욕 당하지 않을 것이다.

H자동차 전시관에서 흰색 포그니 한 대를 사기로 계약을 한 다음 나는 천천히 육교를 건너 역 앞의 버스정류장 앞에 섰다. 이때쯤이면 언제나 성의 사냥꾼인 듯 검은 창녀들이 지나가는 남자들을 붙잡곤 했다. 나는 한 번도 역전의 창녀들과는 관여란 걸 해본 적이 없다. 그들은 더럽기 때문이다. 그러나 낮에 보았던 캘린더 생각이 나자 불현듯 아랫도리가 무쭐해지는 것이었다.

그때 한 창녀의 두 손이 캘린더를 끼고 있는 나의 겨드랑이를 잡았다.

"같이 가세요, 잘해드릴게."

나는 순순히 그녀가 끄는 대로 따라갔다. 이제 마이카족이 되면 이 역전 앞에서 창녀들과 더러운 실랑이를 벌일 일도 없을 것이다. 앞으로는 창녀와 자더라도 고급 창녀를 살 것이고, 함께 드라이브도 즐길 것이다.

나는 흔쾌히 쇼트 타임에 응했다.

집에는 10년 동안 운신도 못 하시는 어머님이 계시다. 분명코 펠리컨은 입이 크다.

나는 키가 작고 눈이 커다란 그녀에게 듬뿍 돈을 건네줬다. 아마 그만큼의 돈이라면, 긴 밤을 자도 사나흘은 잘 수 있는 금액일 것이었다. 나는 놀라 입을 벌리는 그녀 앞에 C맥주주식회사 달력을 꺼내 8월달 장을 펼쳤다.

"이런 식으로 포즈를 취해줘."

그녀는 웃으며 방바닥에 펼쳐진 달력을 봤다.

"이 포즈를 원하시는 거예요, 백지수표를 받았다는 정계령을 원하시는 거예요."

"둘 다."

그녀는 웃으며, 엎드렸다.

"당신은 정계령의 지독스런 팬이군요. 혹시 그녀가 주연한 〈목요일은 목욕을 하세요〉라는 영화를 보셨나요? 그리고 〈금요일의 금도끼〉는?"

"그럼, 봤구말고, 나는 〈토요일의 토끼사냥〉과 〈일요일밤의 일각수〉도 벌써 봤는걸."

나는 개처럼 엎드린 그녀의 샅을 자세히 쳐다보았다. 남자들은 그런 체위, 그런 삽입에 대하여 정복감을 느낀다. 여자들은 그런 체위, 그런 삽입에 대하여 수치감을 느낀다. 그러나 나는 수치감을 상쇄할 만큼의 돈을 치렀다.

"참 예쁜 항문이군."

이 여자는 이렇게 예쁜 항문으로 몇 번이나 용변을 보았을까를 나는 생각했다. 이 여자의 나이를 27세쯤으로 잡고, 하루에 한 번씩 용변을 봤다면, 27×365가 되고…… 그러면…… 그러면…… 9855가…… 된다.

방바닥에 여배우의 사진이 펼쳐져 있었고, 나는 그 여배우를 간하듯 창녀의 목을 안았다. 정말이지, 그때, 나 한 사람의 정욕은 두 사람의 육신을 향해 불타올랐다.

사정을 하고, 집으로 돌아오는 버스를 탔다.

집에 돌아오니, 아직 펠리컨이 있다. 왜 이놈은 자신을 사정해 버리듯, 쉽게 죽거나 사라지지 않을까?

나는 후들거리는 하반신을 날려, 그놈의 옆구리를 걷어찼다. 너의 보호자는 누구냐, 그리고 너의 집은 어디냐? 나는 너의 보호자가 아니다. 하므로 여기는 너의 집일 수가 없는 것이다. 제발 꺼져다오!

그놈은 나의 발길질을 이기지 못하고, 몇 걸음을 비실비실 일어나 걷는 듯하더니 또다시 대가리를 날개 속에 묻으며 쭈그려 앉았다. 나는 다시 쫓아가 차려다가 그만두었다. 피곤했다.

안방으로 들어가 어머니께 인사를 했다.

"다녀왔습니다."

어머니는 허연 눈을 뜨고 아무 말 없이 천장을 바라보고 계셨다.

어머니는 입이 크고 날지 못하는 펠리컨만 같구나. 천장의 쥐오줌 얼룩을 바라보시던 어머니가 갑자기 주루룩 눈물을 흘리셨다. 아, 어머니는 눈물을 흘리시며 얼마나 오래 사시려는 것일까? 나는 안방을 나와, 파출부가 네발 달린 식탁 위에 차려놓고 간 저녁을 네발 달린 의자에 앉아 먹는다. 그리고 TV를 보거나 전축의 턴테이블 위에 레코드를 올려놓고 시간을 보낸다. 언제나처럼 평범한 저녁을, 당신들이 보내듯이.

나는 철창에 갇혔다. 부조리하게도 나는 철창에 갇혀, 철창 밖으로 나는 새 본다.

다음 날 아침, 나는 다시 펠리컨을 상면한다. 그놈은 어제보다 더 많은 눈곱이 끼었고 더 많은 콧물을 흘린다. 그리고 분명 어제보다 더 힘이 없어 보인다.

나는 그놈을 몇 번 발길질한 다음, 세수하고 남은 물을 퍼부었다. 펠리컨은 꼼짝도 않은 채 온몸에 비눗물을 뚝뚝 흘리며 누워 있다. 그 꼴을 보자 내가 뿌린 뿌연 세숫물이 온통 펠리컨의 몸속에서 쥐어짜듯 흘러나온 그놈의 콧물, 눈물인 듯 느껴졌다. 더럽다. 나는 다시 한번 꼼짝 않는 그놈의 몸 위에 세찬 발길질을 한다.

이놈이 여기서 죽으려나?

죽으려면, 나가서 죽으라고 나는 더 세찬 발길질을 퍼부었으나 놈은 바위처럼 꼼짝도 않는다. 그러면서도, 놈은, 얄밉게도, 꽥꽥, 소리를 질러댔다. 방 안에는 어머니가 병들어 누워 계시다.

출근에 쫓긴 나는, 세상의 온갖 더러움과 위악을 뿌리째 뽑아내기 위해 얼마만큼 많은 시간이 필요한 것일까, 그리고 그것들은 얼마나 철면피하게 끈덕진 것인가를 생각하며, 콩나물시루 같은 버스를 탔다. 그러면서 나는, 앞으로 일주일만 참으면, 마이카족이 될 꿈으로 부풀어 올랐다. 굿바이 버스! 굿바이 콩나물시루! 굿바이 육교 거지! 나는 세상에 잔뜩 묻어 있는 자질구레한 귀찮스러움을 향해 끝없이, 굿바이를 중얼거리고 있었다.

그러나 펠리컨은 입이 컸다. 나는 그것을 알게 되었다. 내가 의기양양 세상의 온갖 구태의연함을 향해 굿바이를 중얼거리고 있을 때, 그놈은 그 크고 컴컴한 목구멍으로 나를 슬슬 밀어 넣고 있었다.

내가 회사에 도착했을 때, 왠지 회사의 분위기는 이상했다. 기획실 문을 열고 들어갔을 때 미스 양은 나를 보자 다급히 눈을 내리깔았고 미스터 김에게, 일찍 왔군, 하고 말했을 때 그는 묵묵부답이었다. 이상하다고 느끼며 내 자리에 앉았을 때, 나는 평소 보지 못했던 낯선 두 남자가 과장과 함께 이야기하고 있는 것을 보았다.

그것도 잠시, 자리에 앉은 나를 향해 과장이 턱짓을 해 보이자 그 두 사람은 뚜걱뚜걱 나에게 다가왔다.

그러고 나서, 나는, 체포되었다.

그들은 모 기관에서 왔다는 증명을 슬쩍 꺼내 보이더니, 나의 이름을 확인했다.

나는 고개를 끄덕였다.

"그렇습니다만……"

그러자 늙수그레하게 보이는 자가 젊은 동행에게 말했다.

"이 작자군, 수갑 채워."

하얀 쇠고리는 금세 두 손을 덜컥 물며, 간단히 나의 자유를 구속했다.

나는 영문을 알 수 없었다. 그래서 바짝 졸았지. 하지만 행정상의 착오는 흔히 일어나는 일이 아니겠어? 나는 태연히 미소를 띠며, 그들에게 말했다.

"아침부터 수고하시는 줄은 알지만, 무언가 착오를 하신 모양이군요……. 곧 아시게 될 테죠."

그러자 젊은 사내가 뺨을 정확히 두 번 연거푸 갈겨댔다.

"아구 닥쳐, 그것마저 수갑 채우기 전에…… 임마, 너 같은 놈은 국사범으로 다룰 수도 있어."

사원들은 내 뺨이 그 젊은 사내의 우악스런 손바닥과 부딪치며 정확하게 두 번이나 철떡, 철떡, 내는 소리를 듣고서는 나를 정확히 한 번씩만 쳐다본 다음 곧바로 자신의 눈을 책상 위에 수북이 쌓여 올려져 있는 서류뭉치에 꽂았다.

나는 그때까지만 해도 내 잘못이 무엇인지 짐작할 수조차 없었다. 그러니까 곧 풀려날 기대를 하고 있었지. 그러나 그것은 참으로 순진한 착각이었고 순진한 희망이었다. 불시의 체포를 당한 후, 하루하루의 시간이 흐르면서 나는 내 죄를 차츰차츰 깨달아갔고 내게 내려진 벌을 달게 받겠다는 쪽으로 각오를 굳혀갔다. 펠리컨은 입이 크다.

나는 수갑을 차고 양쪽에 두 명의 보디가드를 거느린 채 엘리베이터를 타고 내려왔다. 그리고 빌딩 앞에 주차해둔 검은 지프에 실리듯 올라탔다. 좌석에 앉자마자 시동이 걸리고 사이렌이 울렸다.

지프 속에서 늙수그레한 자가 담배를 내밀었다.

"자, 피워. 이게 마지막 담배가 될지도 모르니까."

나는 이자들이 단단히 착각하고 있구나 하고서, 내심으로 웃었다. 그러나 그자가, 마지막이라고 일별하는 데 놀라 저절로 손끝이 떨렸다.

내가 담배를 받아 물자 젊은 사내가 성냥불을 켰다.

"참, 차 대위님은 인정이 많아 탈이십니다. 이런 악질놈에게 담배를 권하시니 말입니다."

차 대위란 늙수그레한 사내를 말하는 모양이었다.

"안 그러면 나나 자네나, 이 작자와 다를 게 뭐 있겠나?"

지프는 도심의 한적한 주택가에 위치한 어느 가정집에 다다라 시동을 멎었다.

나는 그곳에서 다시 한번 이름과 주소를 확인하고 지문을 찍거나, 소유물을 보관하는 등의 절차를 밟고 난 후, 곧바로 공안 조사원이라는 자에게서 조사를 받았다. 그는 대뜸, 집에 '날아온'—이것은, 나의 표현이다. 그 조사관은, 집에 '감금한'이라는 표현을 썼다—펠리컨에 대하여 이야기를 꺼냈다.

"당신은 연약하고 갈 데 없는 펠리컨을 감금, 학대했습니다. 인정합니까?"

"아닙니다. 감금이라뇨? 그놈이 저의 집으로 날아 들어왔을 뿐이고, 저는 집주인으로서의 저의 권리를 행사했을 뿐입니다. 펠리컨은 주거 침입자입니다. 저는 펠리컨을 고발하려 합니다."

그러자 조사관이 책상을 탁, 하고 쳤다. 나는 죽을 듯이 놀랐다.

"고발? 캬, 이 쓰키 봐! 야, 차 대위. 나 30분 동안 휴식하겠어."

펠리컨

그러면서 그 조사관은 지하실의 철문을 소리 나게 닫으며 밖으로 나갔다.

차 대위라는 자는 30분간 나를 휴식시켜 주지 않았다. 그는 야구방망이를 들고 내가 앉은 의자 앞으로 다가와 섰다.

"고발? 캬, 이 쓰키 봐! 너 여기 들어와서 윽, 하고 죽은 사람들이 얼마나 많은 줄 아니?……엎드려뻗쳐!"

그 30분 동안 나는 이상한 휴식을 취했고 조사관이 다시 들어왔을 때 나는 의자 깊숙이 엉덩이를 붙이고 앉을 수 없게 됐다. 조사는 다시 시작되었다.

"휴식 시간이 짧지는 않았나?"

"아, 아닙니다."

"너는 기소됐다. 죄명은 펠리컨 학대. 인정하나?"

"……."

"묵비권 행산가? 너 이제 보니 아주 지능범이야."

"법, 법대로 합시다. 이 나라엔 법도 없습니까!"

"법? 캬, 이 쓰키 봐! 너 같은 놈한테는 법 필요 없어. 야, 차 대위 나 내일 와서 다시 조사해야겠어."

조사관은 지하실의 철문을 소리 내며 열고 나갔고, 차 대위는 내가 앉은 의자 앞으로 다시 다가왔다.

"법? 캬, 우리는 법 필요 없어!"

펠리컨은 입이 크다. 펠리컨은 입이 크고, 무섭다. 펠리컨은 야구방망이를 들었다.

다음 날 정오, 조사는 다시 시작됐다.

"넌, 힘없고 갈 데 없는 펠리컨만 골라 마구 학대하고 착취했지? 민중의 피를 빨아먹었지? 맞지? 인정하지? 그렇지?"

"예…… 합니다."

나는 진술서를 쓰면서 몇 번이고 까무러칠 만한 휴식을 치러야 했다. 요컨대 내가 받는 조사란 것은 범죄 행위의 진위를 밝히는 데 그 목적이 있는 게 아니었고, 먼저 범죄 행위를 인정한 다음 범죄 행위가 이루어진 동기와 과정을 설명하는 데 있었다. 그 자세한 동기와 과정이란 이를테면, 내가 언제부터 펠리컨을 학대하기 시작했는가? 펠리컨으로부터 부당하게 착취한 살과 피와 부리와 깃털은 얼마나 되는가? 또 펠리컨을 학대하기 위한 어떤 정교한 이데올로기가 있는가? 그리고 펠리컨을 학대하는 다른 동조 세력이 있는가? 등등이었다.

결국 나는 120여 마리의 펠리컨을 학대 착취 학살 암장한 것으로 자술서 쓰기를 마쳤다. 그리고 그 자술서가 다 씌어지자 비로소, 나는 정식 재판에 회부되었다.

내가 기관으로부터 조사를 받는 동안, 신문, TV 등의 매스컴은 나의 범행을 연일 대서특필 해대고 있었다.

―제일 처음 이웃이 목격! 시민 제보가 결정적인 역할을 해!

―동물애호협회에서 모 기관에 진정! 사건화되는 계기 마련!

―120여 마리의 불쌍하고 갈 데 없는 펠리컨만 골라 죽인 사디스트!

―펠리컨을 보호하기 위한 제도적 장치 절실 요망!

대량 언론 세례를 받은 시민들은 분노했고, 연일 성토대회가 열렸다.

―누가 펠리컨을 학대하는가?

―펠리컨보다 못한 인간은 펠리컨보다 못한 인간이다!

―펠리컨은 바로 나다!

―시대의 어둠을 뚫고 일어나라 펠리컨!

나는 체포되었다. 그리고 철창 속에서, 철창 밖을 나는 새 본다. 여론은 용암같이 들끓고, 시민들은 화산같이 분노한다. 펠리컨은 무엇이고, 누구냐? 나는 날것으로 잡혔다.

조사를 마친 나는, 최후의 법정이란 곳에 서게 됐다. 이 법정에서는 지금까지 재판을 받은 1987명 가운데서 1986명이 사형선고를 받았다. 최후의 법정에서 사형선고를 받지 않은 유일한 피고는 재판 기간 중에 자신의 결백을 주장하며 혀를 깨물어 자살했던 어떤 목수의 아들뿐이었다.

검사는 나의 비정과 포악함을 입증하기 위하여 여러 증인들을 불러냈다. 맨 먼저 육교의 거지가 증인석에 올랐다.

"증인은 저 사람을 아는가?"

"네, 알구말구요. 그는 매일 아침 출근시간에 제 앞을 지나갔습니다."

"그는 증인에게 적선을 베푼 적이 있는가?"

"적선을 베풀다뇨? 그는 아침마다 제 동냥 쪽박을 걷어차곤 해서 그가 올 시간이면 언제나 동냥그릇을 등 뒤로 숨겨야만 했습니다."

방청객들은 우, 하고 나에게 야유를 퍼부었다. 두 번째는 목사 친구였다.

"증인은 저 사람을 아는가?"

"네, 압니다. 그는 저의 고등학교 동창입니다."

"당신은 불우이웃을 돕기 위한 성금을 모으기 위해 저자에게 간 적이 있었다고 하는데, 결과는 어땠습니까?"

"그는 단 한 푼도 내지 않았습니다. 승용차를 사야 한다고 뻐기면서 불우이웃을 위한 몇 푼의 성금을 낼 돈은 없다는 거였죠."

"예, 그랬습니다. 저자는 불우한 거지나 고아들을 위해 쓸 돈은 없었지만 자신의 편의를 위한 사치스런 자동차를 살 돈은 있었던 것입니다. 여기 보이는 이 용지가 그날, 즉 여기 계신 목사님이 성금을 구하러 갔던 바로 그날 오후에 자동차 매매계약을 했던 그 계약서입니다."

펠리컨

검사가 종잇장을 팔랑거려 보이자 방청객들은 다시 우, 하는 야유를 나에게 퍼부었다.

세 번째 증인이 나타났을 때 나는 약간 놀랐다. 그 증인은 바로 그날, 내가 샀던 창녀였다. 그녀는 까만 선글라스와 하얀 마스크로 얼굴 전체를 가리고 있었다.

"여기 이 아가씨는 역전에서 길손을 사랑하는 직업을 가진 분으로서, 숙녀의 명예나 인격을 내동댕이칠 각오로, 오늘 이 법정에 나와주셨습니다. 정의를 위해 어려운 결단을 내려 주신 데 대하여 우리 모두 박수를 보냅시다."

법정의 방청객들은 일제히 기립박수를 쳐댔고, 재판장마저 힐끔힐끔 감탄의 시선을 보내며 박수를 쳤다.

"아가씨는 저자를 압니까?"

"네, 압니다. 저자는 매일 저녁 저에게 와서 저를 요구하곤 하였습니다."

"그는 당신에게 아주 특별한 체위를 요구했다는데…… 말씀해 줄 수 있겠습니까?"

"예……. 그는 항상 저에게 엎드리길 요구했습니다."

"엎드리다니? 개처럼?"

"그건…… 그건……."

그러고 나서 그 창녀는 용감히 울먹이기 시작했고, 방청객들은 함부로 숙연해지기 시작했다.

"네, 알겠습니다. 구체적으로 말씀하지 않아도 좋습니다. 그렇습니다. 저자는 악마인 것입니다. 다시 말하자면 저자는 자신의 즐거움을 위하여 타인의 고통은 털끝만큼도 생각지 않는 극히 이기적인 인간이었습니다. 더욱 놀랄 만한 사실은, 피고의 어머니가 10년 동안이나 중풍에 걸려 운신도 못하는 매일매일을 아무런 양심의 가책도 받지 않고, 거리낌 없이 사창가를 드나들며 야비한 말초적 즐거움을 즐겼다는 사실은 우리를 경악케 합니다."

그 후, 내가 모 여배우의 사진을 펼쳐놓고 정사를 즐겼다는 사실이 밝혀지자 그 여배우는 정신적 간음을 당했다느니, 자신의 인기에 금이 갔다느니 하면서 정신적 피해보상을 강구할 것이라는 소문도 있었으나 그런 야사적인 에피소드에 대해서는 언급을 회피해도 좋으리라.

나는 철창에 갇혔다. 나는 전 재산을 압류당했고, 가슴 아픈 사실은 재산을 압류당하기 전에, 그보다 먼저, 이 집에서 일하는 것이 수치스럽다며 파출부가 오지 않는 바람에 어머니는 자리에 누워 계신 채 굶어 죽고 말았다.

내가 갇혀 있는 동안 그 펠리컨은 시민들로부터 '위대한 펠리컨' 혹은 '박해받은 자' '되찾은 인류애' 등의 이름으로 불리게 되었다. 그리고 그 펠리컨은 벤츠를 타고 다니며 자신의 경험담을 팔고 다닌다.

펠리컨

재판은 오래 끌지 않았고, 피고에겐 사형이 언도되었다. 나는 울부짖었다.

"이건 재판도 아닌 개판이야! 이건 타살이야! 이건 타살이야, 이 개쓰키들아!"

재판장이 나지막히 중얼거리며 퇴장했다.

"목수의 아들처럼 자살이나 하지 그랬어."

내 가슴의 한쪽은 펠리컨에 대한 증오로 타들어 갔고, 앙금과도 같은 원한이 한 숟가락의 소금같이 내 심장에 쌓였다.

그러던 어느 날, 나는 펠리컨에 대한 증오를 차츰차츰 달콤한 설탕처럼 녹여갈 수 있었는데, 그것은 교도소를 출입하며 사형수에게 마지막 구원의 은혜를 베풀던 신부님의 말씀에서 한 줄기 빛과도 같은 교훈을 얻을 수 있었기 때문이다.

"주님을 받아들이시오. 펠리컨을 받아들이시오. 그리스도 또한 한 마리 연약하고 핍박받던 펠리컨이셨소. 아무도 그를 안다고 말하지 않았고 아무도 나의 주님이라고 인정하지 않았던 그분이 바로 당신이 박해했던 펠리컨이셨소. 본디오 빌라도와 같이 되지 마시오. 그는 자신과는 상관없는 일이라고 손을 씻지 않았소? 그 때문에 그리스도는 죽어야 했소. 당신이 펠리컨을 모른다고 하는 것은 그리스도를 모른다고 하는 것과도 같소. 당신과 상관없는 일이라고 해서, 당신과 상관없이 일어나는 일이란 이 세상에 하나도 없는 법이오."

나는 내 가슴속에 날아든 펠리컨을 받아들였다. 그것이 민중이든 노동자 농민이든, 나와 상관있는 것으로 인정하기로 했다.

지금 내 가슴은 후회로 찢어질 듯하다. 나는 내일 죽어야 한다. 어쩌면 죽음도 나와는 상관없이 나의 가슴속 안뜰에 웅크리고 있는 한 마리 펠리컨이었을까? 필시 죽음 또한 거대한 펠리컨의 입속으로 빨려 들어가는 일에 다름아닐는지도 모르겠다.

그러면…… 나는 그만 죽어야겠다. 한 마리 펠리컨을 당신에게 주면서. 그러면 안녕히, —윽!

그는 평생 징역을 선고받았다. 그는 그의 말처럼 법의 정신 앞에서는 당당할 수 있었으나, 법의 폭력 앞에서는 무력했던 것이다. 그 후 사람들은 억울할 때마다 그의 어록을 꺼내 입에 올리기도 하는 모양이었으나, 20년의 세월은 그 명구를 남긴 그의 이름을 잊게 했다. 지금 그는 두 평 남짓한 좁은 감방에서 두 눈을 감고 좌선하듯 앉아 있다. 그의 이름은 큰주먹이다.

아버지를 ─── 찾아가는 ─── 긴 여행

1
실내극

아이가 돌아와 초인종을 눌렀을 때 그녀는 뜨개질을 하고 있었다.

"누구세요?"

"제기랄, 저예요, 어머니."

"아니, 얘야!"

어머니가 문을 열면, 중머리의 아들이 껌을 질겅질겅 씹으며 문설주에 기대고 서 있는 게 보인다. 잠시 감정 없는 포옹을 마친 두 사람은 실내로 돌아와 앉는다. 어머니가 말한다.

"이제야 돌아왔구나. 이게 1년 만이냐, 2년 만이냐?"

"2년 만이에요. 정확히는 1년 6개월하고 열다섯째 날."

어머니와 아들은 다시 한번 감정 없는 포옹을 한다.

"오, 1년 6개월하고 열다섯째 날. 놈들은 참 잔악하기도 하지. 하루도 더 붙잡아두거나 감해주는 법이 없으니. 그래,

이번 여행은 어땠니?"

"뭐, 어딜 가나 큰집은 똑같아요. 아무 데 없이 지루하고 따분하죠…… 게다가 인간 대접 못 받고, 자유 없고…… 그래요. 난 자유를 저당 잡혔어요. 뭐, 새삼스러운 일도 아니죠…… 그것보다 이번에 있던 곳엔 물이 귀해 욕봤어요."

"그랬을 테지, 고원지대니까."

"그래요. 해발 8천 미터!"

아들은 해발 8천 미터의 산악에 지어진 수용소에서 그야말로 모진 고생을 하고 돌아왔던 것이다.

"해발 8천 미터!"

"그리고 피부병이 돌았죠."

"피부병?"

"그래요, 피부병. 우린 그걸 딱지라고 부르죠. 하루 종일 긁고 문지르고…… 열 손가락 손톱 밑엔 항상 피가 말라붙어 있었어요."

"정상이 아니었구나."

"모두들 정상이 아니었어요. 하긴, 그게 정상이었을 테지만."

잠시 휴지가 생긴 다음, 어머니가 말했다.

"그래, 점심은 먹은 거니? 어떡한 거니?"

"포문을 나서자마자 짜장면 하나 사 먹었죠. 껌 한 통 하구요. 자, 보라구요."

아들은 어머니를 향해 입을 벌려 보인다.

"아, 그런데 2년 가까이 일한 노역 수당이 다 날아가버렸지 뭐예요. 어머니가 좋아하시는 물망초 한 다발 살 돈도 남기지 않고 말예요! 원, 기가 차서."

"그러게 웬 짜장면이고 껌이냐? 빨랑 와서 어미가 해주는 밥 먹을 생각은 않구서."

"그 안에 있으면 제일 먹고 싶어지는 게 뭔지 아세요? 전에도 말씀드렸잖아요. 그건 짜장면과 껌이라고요. 그러고 보니 이제야 술, 담배가 생각나는군요. 뭐, 좋은 담배하고 술 있음 좀 주시겠어요? 고급품으로 말예요."

어머니는 아들에게 담배를 건네주고 아들은 담배 냄새를 천천히 맡아본 다음 불을 붙여 문다. 그 사이에 그녀는 두 잔의 칵테일을 만들며 콧노래를 흘리고 있다. 가족이 함께 모인다는 건 저절로 흥겨워지는 일이었다.

"아들아, 그동안 고생이 심했을 테지, 자, 건배!"

"건배!"

두 사람은 한 모금씩의 독한 진을 마신다.

"이번에 제가 있던 집에서 제가 누굴 만났는지 아세요?"

"네가 있던 집에서 누굴 만나다니? 글쎄, 너를 재판한 판검사 부인들이 위문을 왔더냐?"

아버지를 찾아가는 긴 여행

"아뇨"

"그럼 유명 가수가 왔었니?"

"아녜요."

"법무부 장관이 순시를 온 거냐? 아니면 더 높은 사람?"

"모두 아니에요. 놀라지 마세요. 나비."

아들은 진을 한 모금 마신다.

"할아버지와 제가 한방에 있었어요."

"나비와 할아버지와 네가 한방에 있었다고? 그것 참 우스운 일이었구나."

"아니, 아니, 나비하고 할아버지하고 제가 한방에 있었다는 말이 아니고 나비할아버지 말예요. 나비할아버지!"

"아, 가슴에 나비 문신이 있다는 그 할아버지 말이냐?"

"맞았어요. 나이가 칠십이신데 아직 정정하시죠."

"정말?"

"그렇구말구요. 자기 몸 하나로 자신의 열두 가족을 먹여 살리신 분이죠. 별이 40개도 넘어요. 그런데도 그 할아버지 말로는 앞으로 10년도 더 뛰실 수 있다는 거예요."

"앞으로 10년이나 더?"

"그렇다니까요. 큰집에서는 나비할아버지 이름만 나와도 모두들 엄숙해지곤 하죠. 간수놈들도 나비할아버지 앞에선 차렷 자세를 해요."

"그 간수놈들 정상이 아니구나."

"간수뿐 아니에요. 주임도 보안과장도 거기다가 소장까지도 나비할아버지를 영감님, 영감님 하며 부르는걸요. 정말 대단한 영감님이세요. 두 손에 침을 바르고 쫓아간대도 그분의 위업은 아무도 따라갈 수 없을 거예요."

"그래 그 정도면 위업이다. 암, 위업이라 할 만하고말고. 그러니까 그건 나비할아버지가 위대한 게 아니라 산다는 게 위대한 거고, 삶 자체가 바로 나비할아버지의 위업인 게지."

"그런 분과 같은 방에서 2년 가까이 지냈다는 것만 해도 저에겐 얼마나 큰 영광인지……"

"그래, 언제 출감하신다든? 저녁이라도 한번 대접해 드리고 싶구나."

"멋진 생각인데요. 아마, 내년 여름이 만기일 거예요. 어쩌면 여름이 오기 전에 독립기념일 특사로 나오실지도 모르겠어요…… 그런데 그동안 생활비가 모자라진 않으셨어요?"

"지금까지, 그래, 지금까지는 괜찮았단다. 그런데 앞으로가 걱정이구나. 몇 달 치의 생활비밖에 남은 게 없구나."

울상을 짓고 떠듬떠듬 말하는 어머니의 자초지종을 들은 아들은 들고 있던 술잔을 거칠게 탁자 위에 내려놓는다. 2년 전쯤에 그는 얼마나 많은 현금을 어머니께 드렸었던가 말이다.

아버지를 찾아가는 긴 여행

"얼마나 흥청망청 써댔으면 그 많은 현금이 벌써 바닥났단 말요?"

"요즘 물가가 얼마나 올랐다고 그러니? 넌 모를 게다. 돈 가치가 얼마나 떨어졌는지를."

"그만두쇼. 매일 파친코나 하고 술 마시고, 카바레에 나돌아 다니고, 돈을 물 쓰듯 했겠지요."

"얘야, 아무렴 그 피 같은 돈을 그렇게야 썼겠니?"

그제서야 그는 어머니께 너무 심한 말을 했다고 깨닫는다.

"죄송해요, 어머니. 따질 생각에서가 아니라……." "그래 안다. 네 심정을 어미가 왜 모른단 말이냐. 하지만 살림만 하고 집 안에 가만있기도 쉬운 일은 아니란다…… 그런데, 너에게 좋지 않은 소식이 있구나."

"뭔데요?"

"네가 들어가기 전에 사귀었던, 그 피부가 뽀얀 계집 말이야…… 어떤 보험회사 과장과 결혼을 했다는구나."

어릴 때는 자기의 옆 짝이 다른 애와 말은 한다는 이유로 종종 식음을 전폐하기도 할 만큼 보기보다 여린 성정을 가진 아들이었다.

"그게 정말이에요? 그녀가? 그녀가? 그럴 수 없어요. 우리는 얼마나 서로 사랑했는데."

그녀는 자신의 품에 엎드려 우는 아이의 등을 잘 토닥여

주었다.

"벌써 여덟 번째다, 빌어먹을 년들. 네가 큰집에 들어가기만 하면, 그 사이를 참지 못하고 달아나들 버리는구나. 까짓 계집들 잊어버려라."

그녀는 아이의 입에 입을 맞추어준 다음 오랫동안 슬픔에 빠진 아이를 위로하기 시작하는 거였다.

"너같이 듬직한 남자에게 여자가 또 없으려구…… 그런데 지금 네가 입고 있는 옷은 너무 누추해 보이는구나. 예쁘게 차려야지. 내가 너를 키울 때 얼마나 예쁘게 키웠다구. 너는 꼭 계집애 같았었지. 자, 전에 입던 옷들을 찾아보자."

그녀는 옷장에서 2년 전에 그가 입었던 옷을 하나씩 꺼내 차례대로 아들의 몸에 견주어보았다. 그러나 그 옷들은 하나같이 색이 바래져 있거나 유행에 뒤떨어져 있어 아이가 입고 있는 현재의 옷보다 더 나을 게 없었다.

그래서 어머니와 아들은 나란히 손을 잡은 듯이 발을 맞추어 시내의 한 중심부에 있는 백화점에서 쇼핑을 하였던 것이고, 일류 멋쟁이가 된 아들은 부지런히 여자들의 뒤꽁무니를 따라다녔던 모양으로 사흘이 넘도록 낯선 술집 여급들을 집으로 데리고 오는 거였다.

그날도 아들은 어머니가 잠시 집을 비운 사이에 말 없고 새침한 주근깨투성이의 여자 하나를 데려와 자신의 무릎

위에 앉히고 한번 보자 얘, 네 볼기짝에도 얼굴에 있는 것처럼 주근깨가 있는 거니, 그러면 얼마나 욕정적일까 얘, 난 언젠가 양 볼기짝에 보조개가 피는 여자를 본 적이 있더란다, 어쩌구 하고 있었는데 마침 예상보다 일찍 집에 돌아오게 된 어머니가 그 모습을 발견케 되었다.

"오, 벌써 새로운 사랑을 시작한 거니?"

그녀는 마음에도 없는 기쁨을 가장하기 위해 짐짓 호들갑스런 말짓, 몸짓을 꾸미며, 몇 개의 소파와 낡아 다리가 절름거리는 탁자가 있는 명색의 응접실로 들어섰는데, 아들은 그냥 아는 여자라고만 하며 무척 송구해 하였다. 어머니는 그러는 그는 본 체도 하지 않고 아들이 데려온 작부를 향해 먼저 고개를 까닥여 아는 체를 하곤 사근사근히 말을 붙였다.

"안녕하세요. 저는 우리 아이가 여자들로부터 사랑을 받지 못하면 어쩌나 하고 늘 조바심하곤 한답니다. 그런데 아가씨가 있어서 참 다행이에요. 이 심정 아시겠어요? 저는 새로 결혼을 하는 신부들을 볼 때마다 그 아가씨들이 모두 이 아이의 신부였으면 하고 바란답니다."

어린 작부는 아무 말이 없었다. 어머니는 이번엔 이야기의 방향을 바꾸어 아들을 보고 말했다. 약간 하소연 조로.

"그런데 얘야, 몇 주일 사이에 돈을 물 쓰듯 하다 보니 생각보다 빨리 생활비가 떨어졌다. 냉장고도 텅텅 비어 있고 집세며, 다른 세금도 많이 밀렸구나."

아이는 자신의 무안스러움을 만회할 기회라고 생각을 했던지 생활비가 떨어졌다는 어머니의 하소연을 듣자마자, 잠시 기다리세요, 라고 말하곤 바람처럼 밖으로 사라졌다. 그러기 전에 자신의 여자 친구에게 조금 기다려달라고 부탁하는 것도 잊지 않은 것은 물론이고, 어린 계집은 고개를 끄덕였었다.

"그래 걱정 마라, 이 아가씬 내가 잘 대접할 테니까."

그러나 아들이 밖으로 나가자마자 어머니는 아들이 남기고 간 어린 계집의 발끝에서 머리끝까지를 찬찬히 뜯어보았고, 약간 주눅이 들어 어색하게 서 있는 그녀의 주위를 한 바퀴 뺑, 둘러보다간 냅다 그 어린 작부의 찰진 엉덩이를 걷어차는 것이었다.

"이 갈보년아 냉큼 꺼져!"

엉덩이를 걷어차인 어린 계집이 부리나케 사라지자, 곧이어 아이가 옷 주머니, 주머니마다 잔뜩 돈다발을 채워 왔다. 어머니는 아들이 건네주는 돈다발을 급히 받아 카펫 아래로, 화분 속으로, 사진액자 뒤로 숨기며 아들이 벌어온 액수를 가늠해 보았다.

"그런데 어머니, 내 여자는 어딜 갔죠?"

"네가 나가자마자 약속이 있다고 가버렸구나. 내가 온갖

수로 다 말렸는데도 말이다."

"빌어먹을 계집애…… 벌써 몇 번째람."

"염려 마라, 세상엔 마음씨 고운 여자도 얼마든지 많단다."

그렇게 말하면서 그녀는 아들에게 입을 맞추어주었다. 바로 그때, 신중하게 계산된 초인종 소리가 두 번 들렸는데, 초인종을 누른 사람은 두 명의 경찰관이었다. 아들은 수갑을 차고 나가며 그녀에게 말했다.

"어머니 걱정 말아요. 전 아홉 번째 별을 따러 가는 거라구요."

"그래, 그래, 나는 네가 자랑스럽고 대견하구나."

"이번에도 한 2년 가까이 썩을 거예요."

"그래, 가거라. 편지하마!"

어머니는 아들의 뒷모습이 보이지 않을 때까지 손을 흔들어주었다. 세월은 갔고, 아이가 돌아와 초인종을 눌렀을 때 그녀는 뜨개질을 하고 있었다.

"누구세요?"

"제기랄, 저예요. 어머니."

"아니, 얘야!"

그들은 또다시 문밖에서 얼싸안고, 감정 없는 포옹을 하였다.

"출감일이 예정보다 한 달이나 늦구나."

"건방진 신참 놈들 두들겨 패다가 징계를 먹었어요. 그놈이 무슨 장관의 먼 친척뻘이라지 뭐예요. 원 재수 없이."

"큰일날 뻔했다. 그런 줄도 모르고 난 터무니없는 걱정을 했지 뭐냐, 앞으로는 너보다 출신이 좋은 신참에게는 절대로 손대지 말아라. 밥은 먹은 거냐?"

"네, 짜장면하고 껌이죠 뭐."

"그럼 담배하고 술만 있으면 낙원이겠구나."

어머니는 아들에게 담배를 건네주고 곧이어 칵테일을 만들어 온다.

"그래, 이번에 있던 곳은 어떤 곳이었니?"

"말도 마세요. 부식 사정이 얼마나 나쁜 곳이던지 2년 동안 무만 씹었어요. 가끔씩 나오던 달걀과 오리고기는 나으리들께서 모두 떼어먹었구요."

"그래서 네 얼굴이 그렇게 상했구나. 자, 건배."

"그런데 작년 10월 어느 날 무슨 일이 일어났나요? 하루 종일 국기가 올라가지 않고 간수놈들은 무슨 회의를 그렇게나 오래 하는지 우리는 배식을 받지 못하고 하루 온종일 굶었어요."

"작년 10월이라, 아, 그날! 옳아. 그날은 부하가 상관을 죽인 날이란다…… 그리고…… 그 부하가 부하한테 죽구……."

"그러니까 그건 신참들의 반란 같은 것이로군요."

아버지를 찾아가는 긴 여행

"그래, 그런 셈이지. 그런데 그때 물가가 올라 네가 벌어준 돈이 무척 헤프게 쓰였었다. 공화국은 바뀌어도 서민들 생활이란 바뀌지 않는 법이지."

"……그런데 제가 들어가기 전에 사귀었던 그 여자에게서 소식이 오지 않았나요?"

"누구 말이냐? 곱슬머리 여자? 아니면 엉덩이가 추켜 올라간 그 계집? 쌍꺼풀을 말아 올린 년?"

"아니, 이번에 제가 들어가기 전에 사귀었던 여자 말예요. 주근깨가 있던."

"아, 약속이 있다며 부리나케 달아난 그 화장을 짙게 한 작부 말이로구나. 그날 이후로 한 번도 소식이 없더구나. 어디 몸 팔러나 갔겠지."

아들은 손에 들고 홀짝이던 진을 단번에 마셔버리고 한숨을 내쉰다.

"결국 그런 여자였군요. 그래도 난 편지 오길 기다렸었는데. 에잇, 세상에 믿을 계집 하나 없네."

"무슨 소리. 넌, 정말 괜찮은 여자를 아직 못 만난 거다."

그녀는 자신의 가슴을 헤쳐, 쭈그렁바가지가 된 젖을 아이에게 물려준다.

"걱정 말아라. 너만큼 예쁘고 착한 아이에게 왜 따를 여자가 없겠니? 그런데 옷이 이게 무슨 꼴이람. 자, 가자. 시내

구경도 하고 바람이나 쐬면서 쇼핑을 하자."

몇 군데 백화점을 순례한 아들은 일순에 멋쟁이가 되었고, 여자들의 꽁무니를 따라다녔다. 그리고 어머니가 집을 비운 사이에 순해 보이는 작부들을 끌고 와 응접실에서 뒹굴었다.

"얘야 생활비가 다 떨어졌다."

그녀가 힘없이 애원했을 때, 아이는 열세 살 난 계집아이에게 빠져 있었다.

"옆집에 가서 빌려보세요."

아이는 열세 살 난 계집에게 미쳐 있었다.

"제발 저에게 나쁜 일을 시키지 마세요."

"아니, 애야! 살려고 하는 일이다. 그걸 누가 나쁘다고 하겠니? 아무 일 하지 않는 게 더 나쁜 일이란다."

아들은 열세 살 난 계집을 힘주어 포옹하면서 말했다.

"전 이 아가씨가 달아날까 두려워요! 어머니가 한 번 다녀오세요."

아들은 열세 살 난 계집에게 정신을 잃었나 보다. 어머니는 제 짝이 다른 애와 이야기를 했다고 며칠씩 식음을 전폐하던 아이의 성정을 잘 알고 있었다.

"……그럼…… 이번만은 내가 해보마…… 하지만 서툴러서."

그는 여전히 열세 살 난 연인과 사랑을 하고 있었고, 그녀를 외면한 채 이렇게 말했다.

"처음 하는 거니까!"

그는 열세 살 난 계집아이와 열애에 빠져 있었다.

"이 어미는 꼭 잡힐 것만 같구나."

"완전범죄를 꿈꾸지 말아요. 그건 치사한 도적놈들이나 하는 속임수인 데다가 그거야말로 용서받지 못할 죄이니까요."

"그래도 떨리는구나."

"일하기 싫은 자는 먹지 말랬어요."

그러자 그녀는 결심을 했다.

"그럼, 해보마. 뭐 도움 될 만한 사항은 없니?"

아이는 열세 살 난 소녀의 밋밋한 젖을 힘들게 빨아 세우다가, 잠시 고개를 들고 말했다. 아이의 관자놀이와 귀밑에 피가 붉게 모여 있었다.

"지문을 남기지 말아요. 그것만 잘해도 처음 하는 일치곤 좋은 성과예요."

어머니는, 지문, 지문이라고 중얼대며 집 밖으로 나섰고, 아이는 기타를 치며 노래를 불렀다.

잡히지 않는 건 쉽고

잡히는 건 어렵다.

그래서 나는 잡히기로 결심했다.

그렇지 않나?

죄짓고 잡히는 일은

훌륭하지.

죄짓고 벌 받는 건

당연하지.

그런데 왜 이렇게

울적해지는 거야?

도적질하고

수갑 찰 생각을 하니

길고 느릿한 노래를

자꾸 부르고 싶구나.

정강이 후려깔

나으리가 오기 전에

길 건너 색시집

늙은 구멍에도

숨고 싶구나.

노래가 끝나고, 해가 질 녘에 어머니가 돌아왔다.

"얘야, 왜 혼자 있는 거냐?"

"가버렸어요…… 그만 가버렸어요. 우리가 사는 방식을 설명해 주었더니, 울면서 뛰쳐나가 버렸어요. 별이 아홉 개나 된다고 말해 주었더니……."

"그런 세상 물정 모르는 계집이 있나. 아예, 손 끊어라. 그런 여자와 사는 건 고문이다. 바가지나 긁어대고, 밤마다 사내 정액이나 뺏으려 들지, 아무런 소용 없다."

그녀는 아이의 바지 지퍼를 내리고 입으로 아이의 성기를 만져준다. 그때, 초인종 소리가 점잖게 두 번 울렸다. 어머니는 황급히 자신의 품속에 든 돈다발을 소파며, 휴지통 속에 쑤셔넣고 아들은 멈칫, 멈칫, 문을 연다. 두 명의 형사는 그녀의 손에 은팔찌를 채운다.

"잘 있어라."

"예, 어머니. 벼룩 조심하세요. 고참들 말에 무조건 순종하구요."

아들은 어머니의 등이 보이지 않을 때까지 손을 흔든다. 세월이 간다. 그녀가 돌아와 초인종을 눌렀을 때 아이는 술에 취해 곤드레가 되어 있었다.

"누구세요?"

"제길, 나다 이 시러베 자식아!"

"아, 어머니세요."

아들이 비틀거리며 문을 열면, 껌을 씹고 있는 어머니가 의기양양히도 문설주에 기대고 서 있는 게 보인다. 두 사람은 감정 없이 포옹한다.

"지내시기가 어땠어요?"

"괜찮더구나. 그런데 너는 그렇지가 못했던 모양이구나."

아이는 어머니에게 담배와 술병을 병째로 건네준다.

"모든 게 어렵고 힘들었어요. 매일 술로 세월을 보냈죠. 전 이런 곳에서 살아갈 체질이 아닌 모양예요. 정상적이 아니었어요. 전 어딘가 포근한 구멍 가운데 들어가 있길 원해요. 갇히길 원해요!"

"맞다. 거기 생활이 사회보다 더 나쁘진 않더라. 생각보다 자유롭고 윤기롭더구나. 고참들도 부드럽게 대해주고…… 그 왜 있잖니, 여자가 여자를 사랑해 주는 것…… 또 할 일 없고 심심할 땐 가끔씩 남자 간수들이 우릴 못살게 굴고…… 전혀 새로운 경험이었단다…… 짜릿하기도 하고."

"사면이 안전하게 막혀 있고, 의식주 걱정 없고, 아, 선이랄까, 기도랄까, 수도 같은 생활이지요."

"그래 그건 구속이 아니라 자유였다."

"그런데 여긴 엉망진창이에요. 사는 게 이렇게 힘드는 건지는 여기서야 처음 알게 되었어요. 그리고 왜 이렇게 불안한지…… 누가 자꾸 잡으러 오는 것 같고…… 훔치지도 않았는데 말예요."

어머니와 아들은 병 주둥일 옷소매로 닦아가며 병째 입을 대고 마셨다.

아버지를 찾아가는 긴 여행

"아 참, 이번에 내가 있던 방에서 나비할아버지의 부인을 만났단다."

"사모님을요? 아니 나비할아버지의 부인이 왜 그곳에 있을까요? 늘그막이 되어 맞벌이를 시작하시는 건가?"

"그게 아니고, 나비할아버지 건강이 좋지 않아서 대신 부인이 나선 거란다. 수감생활을 여간 즐겁게 보내시는 게 아니었다. 그걸 보고서 보통 부인이 아니라는 걸 한눈에 짐작했었지…… 그래, 생활비는 어떻게 되었냐?"

"한 푼도 남지 않았어요. 벌써 옛날에 거덜이 난 걸요."

"그럼 내가 또 뛰어야겠구나."

"아니에요. 제가 가야지요. 어머니는 원래 한 번만 하시기로 했으니까."

"아니다. 징역살이를 해서라도 어미가 아이를 먹이는 것은 당연하잖니, 그러니까……."

"아닙니다. 허벅지살을 떼서라도 자식이 어머니를 먹여 살려야죠."

두 사람은 잠시간 서로를 멀뚱히 바라다보았다. 그리고 나서 그녀가 말했다.

"그럼 이렇게 하기로 하자. 둘 다, 들어가기로!"

아이가 환히 웃었다.

"그것 참 좋은 생각이로군요."

그해엔 도적이 들끓었다. 온 도시가 도적에게 약탈을 당했다. 어느 혹자는 그 도적이 30대 초반의 남자라고도 하고, 어느 혹자는 50대 노부인이라고 했다. 또 어느 혹자는 남녀 2인조라고도 했는데, 그들의 솜씨는 신출귀몰한 것이어서 현상금은 하늘 높은 줄 모르고 치솟았다. 거리엔 현상금을 쫓는 사냥꾼들로 득시글했다. 도적은 경찰의 방범망을 비웃듯이나 하루에도 몇 차례씩 이 도시를 약탈해 갔다. 대책이 없었다.

"애야, 넌 또 꽃을 훔쳐 왔구나. 그것 말고는 훔칠 게 없더냐?"

"그래요. 꽃은 이 세상에서 내가 훔치고 싶은 유일한 거예요. 이것들을 훔치려고 손을 내밀면 이들은 가늘게 떨며 수줍게 움츠려요. 그럴 때는 내 가슴이 마구 뛰어요. 꽃잎은 깨끗한 거울처럼 내 더러운 손을 비추어요. 나는 꽃을 훔치는 게 정말 부끄러워요. 나는 내가 혐오스러워요. 견딜 수 없어요."

"그러니까 꽃보다는 좀 더 실용적인 것을 훔쳐 오지 그러니."

"우리한테 없는 게 뭐가 있어요? 우리한테 모자라는 건 아무것도 없잖아요."

그들의 좁은 집은 훔쳐 온 장물들로 가득이었다. 발 디딜 틈조차 없었다. 아이는 방 안의 벽에 빽빽이 못을 치고 훔쳐

온 꽃을 걸어 말렸다. 집 안엔 수분이 빠지고 색이 바랜 드라이플라워가 계절을 가리지 않고 만발했다.

"듣고 보니 네 고충도 알 것 같다. 정말이지 우리에겐 아쉬운 게 하나도 없구나. 그러면 얘야, 다음엔 물망초를 좀 가져와다오. 난 물망초를 좋아하거든."

아이는 다음 날부터 부지런히 물망초를 갖다 나르기 시작했다. 하얀 물망초 꽃떨기만큼의 많은 세월이 다시 흘렀다.

"왜 우릴 잡으러 오지 않죠? 왜 우리인 줄 모르는 거죠? 지문을 그렇게도 많이 남겨놓았는데!"

"나는 거기에 내 시민증도 일부러 떨어뜨려 놓았다."

"우리가 안 잡히는 건 아닐까요? 자수를 하는 게 어때요."

"자수를 하다니? 넌 불안한 거냐? 불안할 게 없잖아!"

"죄를 지었으니 잡혀야 할 게 아닙니까."

"하지만 놈들은 우리가 자수하길 원하지 않을 거다. 우리가 자수하려고 손을 들고 거리로 나서면 놈들은 거리에서 우릴 총으로 쏠 거다. 아니지, 놈들은 우리가 십자로에 나올 때까지 기다렸다가 미리 조준해 놓은 대포로 쏠 거다. 놈들은 법이 지켜지길 원한다. 죄를 지은 놈에게 법이 시행되길 원한다. 그들은 우리에게 양심이 있다는 걸 인정하려 하지 않는다. 우리는 죄를 짓고 벌을 받아야 하지 스스로 뉘우쳐서는 안 된다. 놈들은 우리에게 벌을 주고자 원하지 용서를 주고자 하지 않는다. 우리는 법대로 처리되어야 한다. 놈들은 그걸 원해!"

"돌대가리 경찰들! 초동수사도 제대로 할 줄 모르니 어떻게 우릴 잡겠어요."

"이건 정상이 아니야."

"그들을 기다리는 게 지루해요."

"지루하고, 권태롭고, 심심하다."

"그래요, 무척이나 심심해요."

심심해하고, 권태로워하며, 지루해하면서 두 사람은 혼곤한 낮잠 속에 빠져든다. 그러는 중에 무딘 초인종 소리가 2회 들린다. 두 사람은 그 소리를 꿈결 가운데, 이명처럼 들었다. 잠시 후 다시 한번 2회의 무딘 초인종 소리가 울렸다. 그제서야 두 도적은 잠에서 깨어나 벌떡 일어섰다.

"아 왔다!"

"아 왔다!"

두 도적은 쌍수를 들어 환영하듯 두 손을 머리 위까지 치켜올리고 문을 향해 달려갔는데, 바깥에서 문을 박차고 들어오던 두 명의 경관은 도적이 반항하며 달려드는 줄 착각하고, 잔뜩 놀라 한 명은 앉은 자세로 또 한 명은 선 자세로 총을 내질렀다. 순간 아들은 발목을 쥐고 뒹굴어져 떼굴떼굴 구르며 비명을 지르는데, 그의 어미는, 아야, 소리 한번

지르지 않고 손끝 하나 움직이지 아니하였다.

무릎 앉은 자세의 경관은 앉아쏴 자세를 풀지 않았고, 선 채로 총을 쏜 경관이 신중한 걸음으로 다가와 어미의 죽음을 확인했다. 아이는 어머니에게 기어가, 식어지는 그녀의 몸뚱이를 흔들어댔다.

"어머니 일어나세요. 마침내 우린 붙잡혔어요! 어머니 빨리 일어나세요!"

그는 두 경관에게 양어깨를 붙잡혀 개처럼 질질 끌려가며 울부짖었다.

"어머니, 빨리 따라와요. 지금 일어나지 않으면 다시 기회가 없을 거예요, 어머니!"

세월이 흘러갔다. 그는 한 통의 껌을 몽땅 입에 까 넣고 씹으며 집으로 돌아왔다. 눈에 뜨이지 않을 정도의 경미한 절뚝걸음으로.

"어머니…… 제가 왔어요…… 이번에 있었던 곳은 정말 멋있는 곳이었어요…… 매일 쇠고깃국에 흰 쌀밥이 나왔구요…… 겨울에는 스팀, 여름에는 에어컨…… 없는 게 없었다구요…… 그리고 매일처럼 유명 연예인들이 와서 우리를 즐겁게 해주었어요…… 밤마다 예쁜 여자들이 왔어요…… 어머니같이 마음씨 좋은…… 아참, 어머니. 별이 40개나 되는 나비할아버지 있죠? 가슴에 나비 문신이 있는…… 그

할아버지가 돌아가셨어요…… 행복하게도 감옥에서 숨을 거두셨어요…… 정말 훌륭한 일생이고, 훌륭한 장례식이었죠. 그가 땄던 별의 숫자대로 예포가 꼭 45번 울렸고…… 저도 그렇게 되려고 해요…… 어머니…… 도와주세요."

아이는 소파에 앉아 조금씩 흐느껴 울었다. 아들은 가슴에 안고 있던 한 다발의 물망초를 탁자 위에 올려놓고 바닥에 무릎을 꿇고 앉아 기도를 한다.

"하늘에 계신 우리 아버지……."

기도를 하려던 그는 중간에서 기도를 멈추어 무엇을 생각하는 듯하다. 그러고 나서 '아버지'를 '어머니'로 바꾸어 다시 기도를 시작하는데, 껌을 씹으며 하는 기도는 불경해 보이기도 하고 장난스러워 보이기도 하지만, 왠지 그것이 더 심각하고 절실히 느껴도 진다.

"하늘에 계신 우리 어머니의 이름이 거룩히 여김을 받으시오며 나라이 임하옵시며 뜻이 하늘에서 이룬 것 같이 땅에서도 이루어지이다. 오늘날 우리에게 일용할 양식을 주옵시고 우리가 우리에게 죄지은 자를 사하여 준 것 같이 우리 죄를 사하여 주옵시고 우리를 시험에 들게 하지 마옵시고 다만 악에서 구하옵소서. 나라와 권세와 영광이 어머니께 영원히 있사옵니다. 아멘."

아버지를 찾아가는 긴 여행

2
어머니

 그는 몇 개의 개인적 어록으로 인해 유명해진 바 있는데, 그의 개인적 어록에 기록될 첫 번째 명언이 말해진 것은 호랑이 검사로 호가 난 수도검사장과의 조서 작성이 끝나고 나서 행해진 현장검증에서였다. 그 현장검증 장소에 미리 와 대기하고 있던 분노한 시민들과 무고하게 희생된 희생자의 가족들이 욕설과 돌팔매질로 그를 맞았을 때 그는 가슴의 옷 단추를 풀어헤치고 나서 성난 군중을 향해, '나 자신의 용기와 힘에서 비롯하는 모든 행위들은 진실하고, 아름답고, 선 하다!'고 외쳤다는 것이다.
 재판 과정 중에 대판관과 주고받은 그의 일문일답은 장안을 회자했었는데 사람들은 그 일문일답을 '법과 진실의 대련'이라고 불렀다. 아니, 그렇다면 대판관이 '법'이고, 그냥 '법'이기만 할 뿐이고, 살인자는 '법'을 뛰어넘어 '진실'을 대변했단 말인가? 아니라면 살인자가 '법'이고, 살인이 바로 '법'이고 그를 문책하는 대판관이 '진실'을 대변했단 말인가?

"살인을 해서 얻는 것이 무엇이오?"

"강해지는 거요."

"살인자들은 대개 자신이 살인을 할 때 그것이 현실이 아니라 마치 연극 속에서 일어나는 사건처럼 느껴졌다고 하는데, 당신은 어땠소?"

"그건 그들이 멍청이거나 겁쟁이들이기 때문이오. 나는 그때만큼 강렬하게 현실을 느껴본 적이 없었소."

"당신의 궤변이 법을 뛰어넘을 수 있으리라 생각하오?"

"내가 살인을 할 때 법은 무력했소. 그러나 내가 죄를 짓고 나자 비로소 그것은 자신의 힘을 나타냈소. 법은 폭력에 다름 아니오. 내가 뛰어넘을 수 없는 것은 법의 정신이 아니라, 그 정신이 숨겨 가진 폭력이오."

"호오! 자네가 뭔가를 좀 아는 것 같은데, 그래, 법의 정신이 뭐요."

"나는 그것을 거미줄이라 부르오."

"그것만으론 너무 어려운데, 설명해 보시오."

"거미줄은 날파리나 작은 벌레는 잡을 수 있지만, 큰 새는 그것을 뚫고 지나간다고 합니다."

아버지를 찾아가는 긴 여행

그는 평생 징역을 선고받았다. 그는 그의 말처럼 법의 정신 앞에서는 당당할 수 있었으나, 법의 폭력 앞에서는 무력했던 것이다. 그 후 사람들은 억울할 때마다 그의 어록을 꺼내 입에 올리기도 하는 모양이었으나, 20년의 세월은 그 명구를 남긴 그의 이름을 잊게 했다. 지금 그는 두 평 남짓한 좁은 감방에서 두 눈을 감고 좌선하듯 앉아 있다. 그의 이름은 큰주먹이다.

"야, 흰얼굴!"

"넷!"

"너 곧 출옥할 거라며?"

"예, 어제 대판관님이 그러셨습니다."

장기간의 감옥살이는 남자의 정신을 좁스럽게 한다. 20년이란 세월은 보이지 않는 녹같이 큰주먹의 남성 정신을 조금씩 갉아먹어 왔다. 그는 쥐꼬리만 한 금고를 선고받고, 그보다 늦게 감옥에 들어와, 그가 치러낸 형량의 반도 지나지 않아 출옥을 하는 모든 신참자들을 질투했다.

"짜식, 대판관님이야 늘 그러시지. 고분하게만 있으면 곧 출옥하게 된다고…… 그러나 너, 곧 출옥하게 된다고 이 큰주먹님의 말을 소홀히 듣는 일은 없어야 한다."

"예, 잘 알고 있습니다."

"지금 무슨 시간이지?"

"큰주먹님의 운동시간입니다."

"좋아, 준비!"

흰얼굴은 자리에서 벌떡 일어서서 차렷 자세를 취했다. 그러자 천천히 일어난 큰주먹이 유도를 하듯 흰얼굴의 몸뚱이를 바닥에 메어쳤다. 흰얼굴은 바닥에 꼬나 박혀, 으으으, 신음을 하였으나 자리에서 일어나 다시 차렷 자세를 취할 때는 고통으로 일그러진 표정을 지우고, 고통의 얼룩 위에 미소 띤 표정의 가면을 덧씌웠다. 큰주먹은 오뚝이처럼 일어난 흰 얼굴의 몸뚱이를 다시 한번 엎어쳤다.

"으으, 으으으!"

그런 행위는 지루하리만큼 오래 반복되었다. 큰주먹의 운동시간이었다.

"으으으, 으!"

발목걸어넘기기를 끝으로 오늘 몫의 운동을 마친 큰주먹은 바닥에 널브러져 신음을 하는 흰얼굴을 내려다보며 명령했다.

"수건을 줘, 그리고 간식 준비해!"

흰얼굴은 큰 소리로 대답할 수 없었다. 흰얼굴은 모기만한 소리로 대답했다.

"네……."

그러자 큰주먹은 그가 늘 자랑하는 왼쪽 주먹으로 흰얼

굴의 복부를 깊숙이 강타했다. 흰얼굴은 다시 바닥에 뒹굴어졌다. 창자가 끊기는 것 같은 고통이 복부를 깊숙이 파고들었다. 배꼽을 새로 파는 듯한 고통이었다. 마른 땀이 목덜미와 등줄기에 주르르 쏟아졌다.

"대답 소리가 작다, 이 새끼야! 난 네 신음 소리가 정말 싫다, 이 새끼야! 네가 매일같이 한밤중에 깨어나 혼자 우는 소리는 견딜 수가 없다, 이 새끼야!"

큰주먹은 발꿈치를 허리까지 들어 올렸다간 곧바로 흰얼굴의 등덜미를 향해 내리찍었다.

"자, 잘하겠습니다."

큰주먹은 손수 벽에 걸어놓은 수건을 벗겨 자신의 이마를 닦았다.

"엇다, 그것도 운동이라고 땀이 나는군."

간신히 일어나 후들대는 사지를 수습한 흰얼굴은 버터와 설탕을 식기에 떠다 넣고 그것들이 잘 섞이도록 대나무 젓가락으로 오래 휘저었다. 그리고 그것을 마른 건빵 열 알과 함께 큰주먹의 발치 아래로 밀어내놓았다. 큰주먹은 건빵 하나를 들어 식기 속의 버터에 찍어 입에 집어넣었다. 빠직, 하고 건빵 부서지는 소리가 들렸다. 흰얼굴은 꿀꺽, 하고 침을 넘겼다. 술수가 담긴 은근한 목소리로 큰주먹이 말했다.

"너도 먹어."

"예."

흰얼굴이 조심스레 손을 뻗쳐 건빵을 집자, 큰주먹은 잡아먹을 듯 흰얼굴을 노려보았다.

"대판관님이 오셨다며?"

"예, 곧 출옥하게 될 거라고."

"그런데도 간식을 먹겠다는 거야? 곧 출옥하게 되면 짜장면, 탕수육, 잉어회, 갈비, 삼겹살 같은 것으로 배 속을 잔뜩 채울 수 있는 놈이 이 큰주먹님의 간식을 빼앗아 먹겠단 말이지?"

큰주먹은 흰얼굴을 노려보며 자신의 가슴을 제 주먹으로 쾅, 쾅, 쳐댔다.

"오오오, 으이익, 이 천하의 도둑놈이 이 불쌍한 큰주먹의 간식을 뺏들어 먹는단다. 담당요(담당 간수), 담당님요오오오, 이 날강도놈 좀 보소오!"

20년간의 감옥살이는 그를 정신병적이게 했다. 가끔씩 큰주먹은 자기 연민성 신경증을 폭발시켰다. 그의 피해망상증은 사소한 일에도 과잉된 자기방어를 노출시켰다.

"오오오, 으이익, 천하에 둘도 없는 도둑놈의 새끼야! 인정머리라곤 쇠파리 좆만큼도 없는 새꺄!"

큰주먹은 그의 분노만으로도 이미, 거의 반죽음이 되어버린 흰얼굴을 연거푸 발길질해댔다. 큰주먹의 왕발은 단 한

방에 황소도 거꾸러뜨린다지 않는가.

"용서해 주십시오, 살려주십시오."

흰얼굴은 비처럼 퍼붓는 큰주먹의 발길에 차이면서도 바닥에 납작 엎딘 채 머리 위로 두 손을 내밀어 손바닥을 싹싹 비볐다.

"잘못했습니다. 살려주십시오."

어느 정도 화풀이가 끝났는지 큰주먹은 발길질을 거두었다. 그리고 자리에 앉아 중단된 간식을 다시 먹기 시작했다. 고소하게 탄 건빵을 설탕을 섞어 크림같이 만들어놓은 버터에 찍어 먹는 맛은 두 사람이 먹다가 한 사람이 사라져도 모를 만큼 맛있는 것이었다. 큰주먹은 세 번째의 건빵을 버터에 찍었다. 그러곤 입을 앙, 벌리고 그것을 먹으려는 순간 좀 전에 흰얼굴이 먹으려다가 자신의 발길질에 차이면서 바닥에 떨어뜨린 건빵을 보게 됐다. 그것을 본 큰주먹의 심술이 다시 발동했다. 그는 자신의 다리를 바닥에 떨어져 있는 건빵에까지 뻗쳐 발가락 사이로 건빵을 내집었다. 그리고 그것을 흰얼굴의 입가로 내밀었다.

"먹어."

"괜찮습니다. 큰주먹님."

"흐흠, 냄새난단 말이지?"

이런 비열한 행위가 위대한 어록을 만든 자의 그것인가?

이자가 정말 어록을 남긴 자란 말인가? 흰얼굴은 도리질을 했다. 굶주리는 한이 있더라도 이것을 받아먹진 않으리라.

"새꺄! 먹어!"

그러나 그 결심도 잠깐이었다. 큰주먹이 눈을 부릅뜨고 화낸 목소리로 명령하자 흰얼굴은 황급히 입을 열고 큰주먹의 냄새나는 발가락 사이에 낀 건빵을 받아먹었다. 마치 신부가 입에 넣어주는 성체처럼 경건히. 큰주먹은 네 번째 건빵을 버터에 찍으며 말했다.

"네가 사회에 나가서 먹게 될 과일들을 열거해 봐. 천천히 말이야."

그는 흰얼굴이 불러주는 과일의 이름을 귀로 들으며, 자신이 씹고 있는 건빵을 흰얼굴이 불러주는 과일들로 상상하려는 것이다.

"복숭아…… 앵두…… 자두…… 포도…… 참외…… 사과…… 배…… 감……."

큰주먹은 눈을 지그시 감고 건빵을 하나씩 버터에 찍어 먹으며, 흰얼굴이 불러주는 과일을 먹는 환상에 빠져들었다.

"됐어, 이젠 과일 이름은 그만 부르고 출옥해서 네가 할 일들을 열거해 봐."

"연극 구경…… 꽃 기르기…… 실내 장식…… 산책…… 고양이 기르기…… 뜨개질…… 시 쓰기…… 음악 감상……."

큰주먹은 다시 흰얼굴의 가슴팍을 내찼다.

"이 새끼는 꼭 여자들이 하는 일만 하려고 하는구나. 그러니까 꽃이나 훔치고 이런 델 들어오지. 내가 너 같은 좀도둑하고 같은 감방에 앉아 있다는 게 수치스럽다. 수치스러워."

사실 그랬다. 큰주먹이 흰얼굴 같은 좀도둑과 한방에 있다는 건 수치이다. 무엇보다도 그는 어록을 남긴 대살인자가 아닌가? 국토의 요소요소에마다 세워진 형옥에서는 하루도 그의 이름이 불리지 않고 지나는 일이 없었다. 수인들은 '나는 누구를 안다' 방식으로 서로의 서열을 매겼다. 아침저녁으로 하루에 두 번씩 그들은 지치지도 않고 '족보 따먹기'를 하였다. 예컨대, 자네 901형옥에 있는 나비를 알고 있나? 나는 그 나비와 징역을 같이 산 적이 있다네. 또는 자네 467형옥에 있는 피칠갑이를 아나? 나는 그와 전당포를 같이 턴 적이 있지. 또는, 자네 383형옥에 있는 방망이를 아나? 나는 그와 재판을 함께 받았다네. 또는, 자네 156형옥에 있는 쌕쌕이를 아나? 그와 나는 함께 탈옥을 시도한 사이라네……. '나는 누구를 안다' 게임을 통해 한번 인정된 족보는 형옥 내에서 확고부동한 자기 위치를 만들었다. 이때, 자네 715형옥에 있는 큰주먹을 아나? 나는 그에게 좆나게 얻어터진 적이 있다네! 정도만 나와도 나머지 수인들은 오체투지를 하며 벌벌 떠는 것이었다.

"인마, 그런 거 말고 좀 재미난 걸로 해보자, 재미난 걸로."

"공굴리기…… 수영…… 연애…… 성교…… 담배 피우기……."

"그만, 방금 뭐라고 했지?"

"담배 피우기라고 했습니다."

"아니, 그 앞에 말이야."

"……연애라고 했습니다."

"아니, 아니 그 뒤에 말이야 인마."

"……성교 말씀입니까?"

"성교! 그래, 너 그거 해봤니?"

"못 해봤습니다."

"왜?"

"시간이 없었습니다. 어머니께서 언제나 편찮으셨기 때문에 저는 약값을 벌기 위해 하루 온종일을 바쳐 일해야만 했습니다."

"시간이 없어서 못했다고? 오오오 으이익!"

큰주먹은 왕방울 눈을 뜨고 흰얼굴을 노려봤다. 흰자위가 번뜩이는 무시무시한 노여움이었다.

"나에겐 20년이란 시간이 있었다. 20년이라는 긴 시간, 지루해서 썩을 것만 같은 시간이 있었지만 나는 여자의 머리카락 냄새조차 맡아보지 못했다. 그런데도 너는 출옥하기만 하면 이 큰주먹님이 하지 못했던 그것을 해보겠단 말이지? 내가 20년 동안이나 하지 못했던 것을 너는 매일 할 수 있단 말이지?"

흰얼굴은 고개를 떨어뜨렸다.

"……괜찮아, 괜찮아…… 대신에 말이야 흰얼굴, 이 큰주먹님이 너에게 부탁할 게 하나 있는데 들어주겠지?"

흰얼굴은 기뻤다. 큰주먹의 청이라면 부탁이 아니라 죽으라는 명령이라 하더라도 들어야 할 판이었다.

"예, 큰주먹님! 부탁이 아니라 명령만 내리십시오."

큰주먹은 입이 찢어지도록 벌쭉벌쭉 웃음을 흘리며 흰얼굴에게 다가갔다.

"그래, 그래. 그래야지."

큰주먹은 무릎걸음으로 다가앉아 흰얼굴의 턱을 어루만졌다.

"넌, 네가 훔쳤다는 한 다발의 물망초 같구나. 너 감방에서 몇 년을 보냈지?"

"큰주먹님 앞에선 부끄럽지만 겨우 여섯 달을 살았습니다."

"그런데도 너는 벌써 출옥을 한다지?"

"죄송합니다…… 대판관님께서."

"아냐, 아냐, 괜찮아. 나 같은 살인자, 강도는 영원히 이런 곳에 코를 박아도 싸지, 그렇지 않나?"

"아닙니다. 빨리 출소를 하셔야죠. 대판관님이 아시기만 하면 오늘이라도 큰주먹님을 사면시켜 주실 겁니다."

"나는 평생 징역을 선고받았다. 이제까지 20여 년을 썩었지. 그러니 대판관놈이 나를 잊어버리고 다시 기억하지 못하는 게 당연하지. 사면은 애초에 바라지도 않았지만 내겐 어울리지도 않는 일이야. 나는 지금 법과 대면하고 있는 거야. 내 정신은 낙타와도 같아서 용서 따윈 바라지 않지. 내 억센 정신은 자꾸만 용서를 빌고 사면을 받으려는 비겁한 육신을 짊어지고 법이라는 사막을 건너가려 해. 그렇게 건너간 사막의 건너편에서 내 정신은 사자로 변하고, 끝내는 불모의 법을 다스리는 군주가 되는 거야."

큰주먹의 두터운 손바닥은 흰얼굴의 턱을 어루만지다, 어느새 흰얼굴의 푸른 수의 속으로 들어가 그의 새가슴을 만지고 있었다.

"그래서 부탁인데, 너, 나한테 한 송이 주지 않을래."

"무얼 말씀입니까?"

"꽃을."

"꽃이라뇨?"

연극 중에 조명이 어두워지듯, 손바닥만 한 작은 창으로 검붉은 황혼이 내려와 감겼다.

아버지를 찾아가는 긴 여행

"나는 굶은 사람이다. 20년 동안이나 꽃을 보지 못한 사람이다. 그리고 앞으로 얼마를 더 굶주리게 될지도 모르겠고…… 아마, 평생 꽃구경을 못 할 테지."

큰주먹은 흰얼굴의 상체를 밀어 무너뜨렸다.

"안, 안 됩니다."

"안 되긴, 이렇게 하면 되는데."

"싫습니다. 담당을 부르겠습니다."

"가만, 가만있어. 담당이 네 아버지라도 되냐? 네가 부른다고 올 것 같냐? 그러지 마. 정의감에 불타는 간수는 없는 거야!"

새로운 어록이 나왔다. 정의감에 불타는 간수는 없다. 수인만큼 썩은 것이 간수 아니더냐. 세상은 모두 썩었다.

"안 됩니다. 안 됩니다."

"이렇게 하면 되잖아."

서서히 어두워지던 조명은 완전한 암전으로 바뀌었다. 그것과 함께 흰얼굴의 비명과 큰주먹의 씨근거리는 소리가 두 평 남짓한 공간을 가득 채웠다. 얼마만 한 세월이 흘렀을까. 꺼질 때와 같이 느릿한 속도로 새로운 태양이 희미하게 창가를 비추었다. 이른 아침 배식을 마치고 큰주먹과 흰얼굴은 좌선하는 자세로 바닥에 앉아 있다. 다정한 목소리로 큰주먹이 말했다.

"이봐, 흰얼굴."

"응."

"너, 너 말이야."

"왜? 말해 봐, 큰주먹."

"너 곧 출옥하게 될 거라고."

"그래, 어제 대판관님이 그러셨어. 곧 출옥하게 될 거라고."

"정말?"

"그래, 정말!"

대판관이 올 때마다 큰주먹은 우울해했다. 대판관은 이 형옥에 순시를 올 때마다 흰얼굴을 불러냈고, 흰얼굴에게 곧 출옥시켜 주겠다고 약속을 했다.

"흰얼굴, 넌 좋겠구나. 이제 곧 바깥세상을 구경할 수 있게 되었으니."

마치 가성을 쓰는 것 같이 큰주먹의 목소리는 금세 우울하게 바뀌어 있었다. 흰얼굴은 그의 슬픔을 눈치챘다.

"글쎄…… 대판관님이야 늘 그러시지…… 곧 출옥하게 된다고…… 그러면서도 벌써 10년이란 세월이 흘렀는걸."

"아냐, 그건 굉장히 중요한 거라구. 날 봐, 난 30년 동안 한 번도 부르지 않았어."

"그만, 그 이야긴 그만두자. 누구든 출옥을 점칠 수는 없는 노릇이잖아? 나가야 나가는 거니까. 모든 건 대판관님만 아시는 일이지. 큰주먹, 지금 몇 시쯤 되었을까?"

"글쎄, 해가 창살 중간에 왔으니 두 시쯤 되었나?"

"우리 운동하자."

"그래."

두 사람은 일어서서 등을 맞대고 서로를 등짐 져주기도 하고 서로의 등을 두들겨주기도 한다.

"야, 이 땀 좀 봐."

큰주먹은 자신의 옷깃으로 흰얼굴의 얼굴을 닦아준다. 그러는 큰주먹에게 흰얼굴이 입을 맞추어줬다.

"고마워. 간식 준비할게."

두 사람은 버터에 건빵을 찍어 먹는다. 서로에게 건빵을 먹여준다.

"흰얼굴."

"왜?"

"너 글씨 쓸 줄 알지?"

"그럼."

"그럼 말이야. 네가 출옥하게 되거든 나에게 편지를 써주지 않을래?"

"물론, 써야지."

"좋았어! 난 너의 편지를 받으면 너무 기분이 좋을 거야.

그런데 뭐라고 쓸 거야? 미리 이야기해 주지 않을래?"

"글쎄, 내가 너에게 쓰는 편지를 지금 말해버린다면 너는 편지를 받아보는 재미가 없어질 텐데."

"그 점은 걱정하지 않아도 좋아. 난 글을 읽을 줄 모르거든. 그러니까 네가 보낼 편지를 지금 미리 읽어줘. 그러면 난 네가 무엇을 써 보내든 알아들을 수 있잖아…… 나는 네가 하는 말을 외우고 있을게."

"……그럼…… 이렇게 쓰지……."

흰얼굴은 초등학생이 책을 읽듯이 또박또박 편지를 읽기 시작한다.

"편지…… 큰주먹에게…… 흰얼굴 띄움…… 큰주먹 보아. 오늘은 파란 색종이같이 하늘이 맑다. 큰주먹, 오늘 같은 날이면 네가 더욱 그립다. 왜냐하면 이런 날은 창살을 통해서 하늘을 내다봤던 그 시간들이 생각나기 때문이야. 큰주먹, 난 널 기다린다. 젖소들이 부드러운 풀을 뜯는 강언덕에서 난 네가 빨리 오길 기다린다. 그리고 우리가 그 안에서 지냈던 것처럼, 서로 사랑하며 지냈으면 좋겠다. 그래, 큰주먹…… 나는 네가 그리워 운다. 내가 울 때 내 울음은 젖소들의 울음보다 더 크며 플루트보다 부드럽다. 어떤 젖소도 나만큼 부드럽고, 크게 울진 못한다. 큰주먹, 나는 풀을 뜯는 젖소같이 너의 넓은 가슴에 입을 대고 힘껏 빨고 싶다.

아버지를 찾아가는 긴 여행

어떤 젖소도 나만큼 힘껏 풀을 뜯진 못하고, 어떤 젖소도 나만큼 오래 굶은 젖소는 없다. 큰주먹, 왜 빨리 출옥하지 못하지? 대판관님께 사정을 해봐. 큰주먹, 빨리 나와서 나를 안아주지 않을래? 빨리 나와, 이 커다란 하늘 아래 울고 있는 나의 슬픔을 끝내게 해. 빨리, 큰주먹. 빨리 와, 빨리 와……."

감옥 속의 해는 늦게 밝아와 순식간인 듯 잽싸게 지워져 버린다. 홀린 듯이 큰주먹은 흰얼굴에게 다가가고, 방 안엔 어둠이 고인다. 흰얼굴은 편지의 마지막 말을 내쏟았다.

"큰주먹, 빨리 와서 나를 안아줘!"

가쁜 교성은 그들이 몸담은 두어 평 옥사를 넘쳐나 형옥의 복도에까지 가득 찼다. 세월이 흘렀다. 두 사람은 밝은 햇빛 아래 좌선하듯 앉아 있었다.

"흰얼굴."

"응, 왜 그래, 큰주먹."

"우리 얼마나 같이 지냈지."

"20년."

"대판관님이 널 내보내 준다면서 벌써 20년 세월이 흘렀구나."

"어젯밤만 해도 그러셨지…… 곧 출옥하게 된다고."

"……흰얼굴, 넌 어머니가 계시지."

"……그래, 병에 걸려 누워 계시지."

"보고 싶지 않니?"

"무척 보고 싶지."

"…… 난…… 난…… 어머니가 안 계셔…… 내가 태어나자마자 매독으로 돌아가셨지…… 나는 죄 중에 생겨났고 …… 내 어머니가 죄 중에 나를 잉태하고 계셨지……."

"안됐구나."

"그래서 나는 죄 많은 짐승처럼 떠돌았지…… 살인도 하고 강도도 하고…… 이렇게 감옥에 와 있지."

"큰주먹, 정말 네가 안됐구나."

"……나의 소원은 죄 없는 태 속에서 다시 태어나는 거야…… 순결한 뱃속에서…… 그러나 둥근 자궁 속에서 내가 다시 태어나는 일은 불가능하겠지…… 살인을 하고 강도질을 하면 지옥에나 갈 뿐이겠지…… 아니, 벌레로 다시 태어난다지……."

"아아, 큰주먹. 너는 세상에서 가장 불쌍하구나."

"흰얼굴…… 나, 고백할 게 있어."

"뭔데."

"언제부터인가 난 네게서 어머니를 느껴. 왜일까?"

"글쎄…… 내가…… 20년 동안…… 너의 여자 역할을 했으니까…… 그 여자 역할에서, 어머니를 느낀 거겠지."

아버지를 찾아가는 긴 여행

"그래, 넌 그동안 정말 여자같이 되었어…… 흰얼굴……
그래서 말인데…… 네가…… 나의 어머니가 되어줘!"

"너의 어머니? ……어떡하면 되는데?"

"네가 여장을 하고, 정말 어머니같이 모든 걸 하는 거야."

"네 어머니같이! 네 어머니 같이만 해!"

그럭해서 흰얼굴은 큰주먹의 자애한 어머니가 되고, 큰주먹은 흰얼굴의 착하디착한 아들이 되었다. 두 사람은 인간관계의 최소 단위인, '너와 나'에 불과했지만, 그들의 힘으로 세상 혹은 인류를 보여주었다. 세상에 흔히, 쫙, 깔려 있는 것이 바로 상전과 부하 간의 종속관계이고, 남과 여의 의미 맺음이며, 어머니와 아들 간의 운명적인 대좌가 아니던가. 처음에 두 사람은 고참과 신참의 종속관계로 만났고, 그것이 연인관계로, 다시 모자 관계로 바뀌었다. 두 사람은 모성이 없는 황폐한 세계에서, 모성을 찾아내므로, 황폐한 세계를 사람이 살 만한 세계로 가꾸었다.

"얘야, 지금 몇 시쯤 됐냐?"

"해가 창살 가운데 걸려 있으니, 두 시쯤 되었을 거예요."

"내가 승마를 할 시간이구나. 말이 좀 되어주렴."

"예."

큰주먹은 바닥에 납작 엎드려 말이 되었고, 흰얼굴은 큰주먹의 등을 타고 방 안을 돌았다.

"얘야, 네가 많이 마른 것 같구나. 등이 아니라 꼭 등뼈 위에 올라앉은 것 같다."

"아니에요. 저보다, 어머니가 매일 야위시는 것 같아 걱정이에요. 빨리 출옥을 하셔야 좋아하시는 걸 잡수실 텐데."

"안 그래도 어제 대판관님을 만났다."

"뭐라고 하시던가요."

"나를 곧 내보낸대."

"기쁘시겠어요. 어머니."

"그래, 빨리 여길 나갈 수 있었으면 좋겠다."

"그러셔야죠. 그래야 살도 찌실 테고, 좋아하시는 진짜 말을 마음껏 타실 텐데."

"그런데 내가 출옥하고 나면 넌 어떡하지?"

"뭘요, 어머니께서 먼저 나가시기만 하면 저도 곧 따라갈 수 있겠죠."

그러면서 큰주먹은 창살 밖을 조심스레 겨누어 보았다.

"……창살을 자르고 담을 뛰어넘는 것쯤 문제도 아니거든요."

"그래, 넌 몸이 날렵하니까 이곳의 담이 아무리 높더라도 쉽게 뛰어넘을 수 있을 거야."

"그럼요. 어머니가 계시는 곳이 어디든, 전 금방 어머니 곁으로 달려가 안길 거예요."

아버지를 찾아가는 긴 여행

"그래, 그래야지…… 이젠 됐다. 요즘엔 승마를 하는 것도 힘이 들기만 하는구나."

흰얼굴은 큰주먹의 등에서 내려오고, 큰주먹은 자리에서 일어났다.

"간식을 드셔야죠."

큰주먹은 설탕을 버터에 넣고 그것들이 잘 섞이도록 대나무 젓가락으로 으깨었다.

"자, 드세요."

"그래. 너도 먹자."

두 사람은 건빵을 먹는다. 세월은 갔다. 건밀가루 빵같이 건조한 세월이.

"얘야, 이상하게 자꾸 배가 불러오는구나. 자고 나면 자꾸 커진다."

"종양인 모양이죠, 수술을 해야 할 텐데."

"놔두면 저절로 가라앉겠지…… 그것보다 네가 아프다면서? 어떻게 아픈 거냐?"

"예, 온몸에 힘이 없고 자꾸 눈이 감겨와요."

"대판관님이 오시면 너를 병동으로 옮겨달라고 해야겠다. 그런데 대판관님이 이제는 그림자도 보이시지 않으시는구나. 마지막으로 나를 내보내 준다는 말을 한 지도 벌써 10년이나 지났어."

"죄수들이 많이 늘어났나 보죠. 세상이 조용해지면 다시 어머니를 면담하실 거예요. 그러곤 그날로 출옥시키실 거예요."

그러나 아들은 알고 있었다. 대판관이 어머니를 불러내서 무슨 짓을 하는지를, 큰주먹은 언제부터 알고 있었던 것이다. 흰얼굴이 처음 715형옥에 왔을 때 대판관은 매일같이 순시를 왔고, 흰얼굴은 면담에 불려갔다. 그때마다 흰얼굴은 으슥한 한밤이 되어서야 방으로 돌아왔고, 밤새 울었었다. 큰주먹은 대판관이 흰얼굴을 부르는 이유를 알고 있었다. 대판관은 흰얼굴이 큰주먹의 여자였을때도 자주 찾아와 불렀고, 흰얼굴이 그의 어머니가 되었을 때도 가끔씩 찾아와 불러내었다. 그러나 세월이 흐르자 대판관은 영영 다시 오지 않았다.

"내가 여기에 갇힌 지도 그럭저럭 30년이나 되는구나…… 그동안 어머니께선 어떻게 지내셨는지…… 여태껏 살아나 계신지……"

"어머니라뇨?"

"내 어머니 말이다…… 그러고 보니 내 어머니에 대한 이야기를 한 번도 해준 적이 없구나. 너에겐 할머니가 되시겠지만."

"얘기해 주세요."

아버지를 찾아가는 긴 여행

"어머니는 항상 편찮으셨어. 언제나 천장을 보고 반듯이 누워 계셨지. 꼼짝도 않으신 채. 게다가 곧 아이를 낳을 듯이 배는 늘 불러 계셨지…… 마치 활짝 핀 꽃처럼…… 그러면서 고름을 흘리셨어…… 귀로…… 코로…… 눈으로…… 입으로…… 배꼽으로…… 항문으로…… 고름을 질질 흘리셨지…… 붉은 고름을 질질…… 그렇게 고름을 흘리시면서도 고름을 흘리지 않는 나머지 구멍으론 아이를 만드셨지…… 어머니는 단 하나의 성한 구멍으로 쉬지 않고 아이를 낳으셨어…… 쉬지 않고…… 그 아이들은 부쩍부쩍 자라서 곧 지옥 같은 세상을 만들 것이었지…… 나는 매일 꽃 한 다발씩을 사서 어머니께 갖다드렸었지…… 어머니가 온몸으로 풍기시는 악취를 없애려고 매일 꽃다발을 사서 누워 계신 어머니의 머리맡에 놓아두었지…… 어떤 날은 목련을…… 어떤 날은 창포꽃을…… 안개꽃을…… 어머니는 내가 갖다드리는 온갖 꽃들을 좋아하셨어…… 그중에도 물망초를 가장 좋아하셨지…… 나는 기뻐하시는 어머니를 보고 즐거워졌지…… 그래서 이젠 한 다발이 아니라 두 다발을 갖다드리기 시작했지…… 매일 두 다발이 아니라 세 다발을…… 매일 세 다발이 아니라 네 다발을…… 드디어 나는 꽃집의 꽃을 훔치기 시작했어…… 날이 갈수록 어머니가 누워 계신 방에 꽃다발이 쌓여갔지…… 어머니는 꽃밭에 계신 것만 같았어…… 조화에 묻혀 있는 시체 같았어…… 가끔씩 그 속에서 어머니는 우셨어…… 그리고 긴 울음이 끝나고 다시 긴 울음을 시작하시기 전에, 그러니까 울음과 울음 사이에, 아니 하나의 긴 울음일 뿐인 울음 중에, 가끔씩 아주 짧게 웃으셨어…… 호호호…… 아름다웠어…… 진정…… 아름다우셨어……."

"저는 어머니를 상상할 수 없어요. 어머니를 본 적이 없는걸요. 대체 어머니는 어떤 모습을 하고 있나요? 얼마나 아름다우신 건가요?"

"너는 벌이야. 꿀이 먹고 싶은 벌. 그럼 네가 꿀을 빨아 먹고 싶은 꽃을 상상해 봐. 네가 가장 좋아하는 꽃은 뭐지? 너는 어떤 꽃 속에 다시 들어가고 싶어? 어떤 꽃의 씨앗이 되고 싶어? 네가 가장 순결하다고 생각하는 것은 뭐냔 말야. 가장 아름답고 순결한 태, 순수하고 죄 없는 씨방, 바로 그게 어머니야. 상상해 봐, 그런 꽃을!"

"……찔레꽃."

"그래, 어머니는 찔레꽃이야! 어머니는 찔레꽃같이 아름다우시지. 또……."

"……제비꽃."

"그래, 어머니는 제비꽃같이 순결하시지! 또……."

"분꽃."

아버지를 찾아가는 긴 여행

"그래, 분꽃같이 죄가 없으셔!"

"접시꽃같이."

"감자꽃같이."

"봉숭아꽃같이."

"채송화같이."

"백일홍같이."

"모란같이."

"해당화같이."

"진달래같이."

"철쭉꽃같이."

"들국화같이."

"나생이꽃같이."

"작약같이."

"박꽃같이."

"연꽃같이."

"배꽃같이."

"유채꽃같이."

"복숭아꽃같이."

"금잔화같이."

"……."

"매화같이."

"……."

"맨드라미같이."

"……."

"나팔꽃같이."

"……."

"동백꽃같이."

"……."

"왜 그래? 자는 거야? 큰주먹?"

"자꾸 눈이 감겨…… 자꾸…… 나는 자게 되려나 봐…… 다시 깨어나지 못할 거야."

"깨어날 수 있어…… 깨어나야 해."

"……대신…… 나는 꿈을 꿀 거야…… 나는 그 꿈속에서…… 어머니 배 속으로 다시 들어갈 거야…… 그래 맞아…… 우선 나는 두 눈을 꼭 감아…… 그런 다음 잠을 자…… 그런 다음 꿈을 꾸게 돼…… 그리고 그 꿈속에서 어머니 배 속으로 다시 들어갈 거야…… 그런 다음 꿈에서 깰 거야…… 그땐 어떤 죽음도 날 건드리지 못하지…… 왜냐하면 나는 이미 어머니의 태 속에 들어가 있으니까…… 그런 다음…… 그런 다음…… 나는 가만있기만 하면 돼…… 어머니가 나를 다시 낳아주시겠지……."

말하는 것이 힘드는지 큰주먹은 한 마디씩 느릿느릿하게

마지막 말을 내뱉었다. 큰주먹은 누운 자세에서 하늘을 향해 한 손을 들어 올렸다.

"어머니…… 어머니…… 이제 다 이루었나이다…… 하늘에 계신 어머니의 자궁에 저를 맡기나이다."

"큰주먹! 큰주먹! 오, 하느님!"

큰주먹은 죽었다. 흰얼굴의 느린 울음소리에 맞추어 방 안은 서서히 어두워졌고, 엽전같이 노란 해 대신, 두둥실 붉은 달이 떴다. 흰얼굴은 맑은 달빛을 받으며 바닥에 드러누웠다. 흰얼굴의 배는 남산만큼 크게 불러 있었다.

"……편지…… 큰주먹에게…… 흰얼굴 띄움……."

흰얼굴은 한껏 억제된 감정으로, 큰주먹에게 쓰기로 약속했던 편지를 읽었다.

"……큰주먹 보아. 오늘은 파란 색종이같이 하늘이 맑다. 큰주먹, 오늘 같은 날이면 네가 더욱 그립다. 왜냐하면 이런 날은 창살을 통해서 우리가 머리를 같이 붙이고 손바닥만 한 하늘을 내다봤던 그 시간들이 생각나기 때문이야. 큰주먹, 난 널 기다린다. 젖소들이 부드러운 풀을 뜯는 강언덕에서 난 네가 빨리 오길 기다린다. 그리고 우리가 그 안에서 지냈던 것처럼, 서로 사랑하며 지냈으면 좋겠다. 그래, 큰주먹…… 나는 네가 그리워 운다…… 내가 울 때 나의 울음은 젖소들의 울음보다 더 크며 플루트보다 부드럽다. 어떤 젖소도 나만큼 부드럽고, 크게 울진 못한다. 큰주먹, 나는 풀을 뜯는 젖소같이 너의 넓은 가슴에 입을 대고 힘껏 빨고 싶다. 어떤 젖소도 나만큼 힘껏 풀을 뜯진 못하고, 어떤 젖소도 나만큼 많이 굶은 젖소는 없다…… 큰주먹, 왜 나에게 올 수 없지? 여기서 빠져나간 그곳에도 대판관님이 있어 너를 나에게 보내주지 않는 거니? 큰주먹, 빨리 그 천국에서 달려와 이 지옥 속에서 울고 있는 나의 슬픔을 끝내게 해. 빨리 큰주먹, 하느님께 사정해 봐. 큰주먹, 빨리 와서 나를 안아줘. 빨리 와서 나를 달래줘. 빨리 와서 나를 데려가. 빨리 와, 나를 안아줘."

흰얼굴은 혼신으로 외치며 두 손을 하늘로 내뻗었다.

"빨리, 큰주먹. 빨리 와!"

고통에 길고, 애소에는 짧았던 밤이 지나가고 붉은 달이 졌다. 캄캄했다. 핏물이 뚝뚝 떨어지던 붉고 환한 달이 지고, 노란 해가 아직 떠오르기 전의 짧은 암흑이 두어 평의 작은 세계를 채우고 있었다. 그 어둠 속에서 흰얼굴의 외마디 신음이 길게 찢어졌다. 곧이어 아이의 울음소리가 들렸다. 노란 해가 동편에서 떠오르고, 인색한 햇살이 옥사의 손바닥만 한 창으로 삐어져 들어와 흰얼굴이 안고 있던 어린 아기의 얼굴을 내비쳤다. 아이를 어르는 흰얼굴의 입에서 자장가가 흘러나온다.

아버지를 찾아가는 긴 여행

둥둥둥 내 사랑

어디 갔다가 이제 왔나 어디 갔다가 이제 와

하날에서 떨어졌나 땅에서 불끈 솟았나

하운^{夏雲}이 다기봉^{多岐峰}하니 구름 속에 싸여 왔나

둥둥둥 내 사랑아 어화둥둥 내 사랑아

아무리 꽃이 좋다 해도 단 한 번 보면은 그만인데

자식의 사랑은 자고 나도 새사랑 자고 나도 새사랑

창지창지 내 창지 쓸개쓸개 내 쓸개

오장오장도 내 오장 똥창조차도 날 닮아라

자장자장 내 사랑 자장자장 내 사랑.

3
긴 여행

 기차의 기적소리와 함께 우리들의 긴 여행은 시작된다. 객실엔 이미 우리들의 주인공 M과 W가 앉아 있다. 그 두 사람은 서로 알지 못하는 사이에도 불구하고 다정히 얼굴을 맞대고 쉴 새 없이 고개를 주억거리고 있다. 그러나 자세히 보면 그들은 대화를 하는 게 아니라 졸며 앉아 있는 것이다. 조용하던 객실에 안내 방송이 시끄럽게 울려 나왔다.

 "승객 여러분께 알려드리겠습니다. 잠시 후, 승차권 검사가 있겠습니다. 번거롭더라도 승객 여러분께서는 미리 승차권을 꺼내고 계셨다가 검표원이 지나갈 때 승차권을 보여주시기 바랍니다. 승객 여러분께 알려드리겠습니다……."

 몇 차례나 되풀이된 안내 방송이 끝나고, 객차의 문이 차례대로 열렸다. 검표원은 한 걸음, 한 걸음씩 M과 W가 놀라 깨어난 객차로 다가왔다. M이 벌떡 자리에서 일어났다. 그러곧 검표원이 다가오고 있는 반대 방향의 문을 열고 사라진다. 그 순간과 때를 맞추어, 짙은 암전과도 같이 기차는 캄캄한 굴속으로 빠져 들었다. 아무것도 보이지 않는다. 기차가 긴 굴속에서 빠져나왔을 때, 우리는 두 무릎에 얼굴을 파묻는 자세로 흔들거리는 기차 지붕 위에 홀로 앉아 있는 W를 보게 된다. 그것을 우리는 한참 동안이나 보게 된다.

"여보시오, 여보시오, 날 좀 구해주시오. 곧 떨어질 것 같소!"

W는 검표원인 줄 알고 깜짝 놀라 일어선다. 그리고 두리번거리며 방금 소리가 난 쪽을 살펴본다. 소리가 난 곳엔 검표원을 피해 기차 지붕 위로 올라오려는 M이 있다. 그는 기차가 심한 굽잇길을 도는 순간에 한쪽 손과 두 발을 허공에 버둥거린다.

"여보시오, 여보시오. 내 손 좀 잡아주시오, 죽을 것 같소!"
"누구세요?"
"누구긴? 무임승차객이올시다. 빨리 손 좀 빌려주시오. 빨리……."

W는 멈칫멈칫 M에게 다가가, 허공으로 자꾸 미끄러지는 그를 지붕 위로 끌어올린다.

"어떻게 해서 표도 사지 않고 기차를 타셨어요? 보기엔 신사 같으신데……."

"그러게 말이오, 나 원……."

"직업이 무엇이세요?"

"무덤 파는 인부요."

"무덤 파는 인부요? 아이 무서워."

"우리 동업자들끼리는 보통 그렇게 부른다오. 나는 고고학자요."

"어머나, 멋있어요! 그런데 고고학자들은 무임승차를 하는 버릇이 있나 보죠?"

"안 그래도 그걸 말하려고 했소…… 역에 와서 기차표를 사려고 했을 때였소. 나는 역사의 긴 나무 의자에서 잠을 자는 한 처녀를 구경하게 됐소. 그러다 기차표 사는 것을 잊어 버렸던 거요."

"호호호, 그건 우스운 이야기로군요. 만약 그런 게 무임승차를 정당화해 줄 이유가 될 수 있다면, 방금 당신이 말씀한 그것보다 더 우습고 그럴듯한 이유들을 나는 수백, 수천 가지라도 만들어낼 수 있어요. 자, 내가 한번 해볼까요?"

"아니오, 아가씨 이건 농담이 아니라오."

"그럼 뭐예요? 나에겐 잘못 만든 농담처럼 들리는데…… 아, 알겠어요. 그러니까 그 나무 의자에 웅크리고 자던 여자는 당신이 오래전에 잃어버린 첫사랑의 여인이었군요? 맞죠?"

"아니오."

아버지를 찾아가는 긴 여행

"그럼, 어려서 잃어버린 당신의 외동딸이었나요?"

"아니오, 그것도."

"그럼요? 아이 궁금해."

M은 자신의 이야기를 꺼내기에 앞서 한동안 흘러가는 먼 산을 바라보았다.

"당신은 잘 이해할 수 없을 거요. 나는 지금껏 그토록 깊이 잠들어보지 못했소. 나는 그녀의 깊은 잠이 부러웠소. 긴 나무 벤치 위에 웅크리고 잠든 그 걸인 처녀의 잠은, 아, 너무너무 부러웠소. 비록 걸인의 행세였지만 그 잠든 모습엔 여왕의 기품이 깃들어 있었소. 그렇게 행복해 보일 수 없었다오."

"피, 아저씬 꼭 한 번도 잠들어보지 못한 사람처럼 이야기하세요."

"아가씨 말이 맞아요. 나는 정말 한 번도 깊은 잠에 들어본 적이 없었다오. 내가 잠들려고 자리에 누울 때마다, 누가 나를 불렀소. 아주 먼 곳에서……."

"누가요? 누가 아저씨를 불러내기에?"

"수많은 미라들이…… 내가 잠을 깨워놓은 숱한 미라들이."

"아, 미라! 나는 당신이 방금, 피! 라고 말한 것처럼 느꼈어요."

"그래, 그건 피였어. 그건 복수고 저주였소⋯⋯ 아마 당신도 보았을 거요. 투탕카멘 대왕의 미라와 다른 숱한 파라오의 미라들을⋯⋯ 그리고 유카탄반도에서 막 나온 인디언들의 미라들을⋯⋯."

미라 이야기를 하는 M의 초췌한 눈빛이 갑자기 반짝거리며 빛났다. 그러나 W에게 그것은 심드렁한 관심사였다.

"글쎄요, 나는 미라 같은 것에는 관심이 없거든요."

그러자 M은 마치, 자기를 알아달라고 사정하는 막 등단한 시인 같은 조바심을 쳤다.

"그래도, 그래도, 그건 본 적이 있을 거요. 몇 년 전에 누란에서 발견된 미라 말이요."

"아, 그건 기억나요. 그 처녀는 아주 예쁜 비단옷과 여러 가지 구슬로 치장을 했었죠."

"아, 그걸 알아주시는구려. 그게 내 가장 최근의 발굴 성과였소."

M은 비로소 환한 얼굴을 지었다. 동그라미 다섯 개를 맞은 아이같이 기뻐했다. 그러나 그건 금방 시무룩해졌다.

"그런데, 그것들이 나를 잠 못 들게 하고 있소."

"미라들이?"

"그렇소. 내가 파헤쳐 잠을 깨워놓은 미라들과 아직도 땅속 깊이 잠들어 있는 미라들이."

아버지를 찾아가는 긴 여행

"아직 파헤치지 않은 미라들까지?"

"말했잖소…… 나는 고고학자라고…… 내 소원은 미라를 가장 많이 발굴한 고고학자가 되는 거요."

"아하, 알겠어요. 아저씨를 불면에 걸리게 한 건 미라가 아니라 아저씨의 욕심이 불면증을 만든 거예요. 미라들은 얼마나 순하다구요. 그건 아저씨가 더 잘 아실 거예요. 아니, 그래서 역사의 나무 벤치에 곯아떨어진 그 걸인 여자마저 깨우고 싶었나요? 그러다가 기차표도 끊지 못하고 기차가 발차한다는 소리에 허겁지겁 기차를 향해 올라타신 거죠?"

M의 얼굴은 고통스레 일그러졌다.

"그래, 틀리지 않아! 그래 맞아! ……그러나 내가 그 걸인 여자를 보며 했던 생각은 그게 아니었어…… 아, 나도 저렇게 깊은 잠에 빠지고 싶다, 나도 저렇게 꿀처럼 달디단 잠을 자고 싶다, 아, 그녀가 꾸는 꿈을 나도 꾸고 싶다. 정말이지 그녀는 숲속의 잠자는 미녀처럼 그녀를 한번 본 사람을 잠들게 하는 마력을 가지고 있었어…… 실제로 나는 그녀 옆에 같이 누워 잠들려고 생각했지…… 그러다가 기차가 발차한다는 소리에 놀라 허겁지겁 이 기차에 올라탔지. 미처 차표를 끊지 않았다는 것도 잊어버리고…… 그런데 아가씨는 어떻게 무임승차를 하게 됐지?"

"알아맞혀 보세요."

"차표를 잃어버린 건가?"

"아녜요. 저는 아주 어린 시절부터 기차를 타고 매일같이 여행을 다녔어요. 그렇지만 차표를 끊은 일은 없었어요."

"무전여행에 취미가 있으신 모양이군."

"무전여행이라구요? 아녜요, 전 아버지를 찾아가고 있어요."

"아버지? 어디 계신데?"

"이 세상 끝에요."

"이 세상 끝이라구?"

"세상 끝까지 가서라도 아버지를 찾아내겠다는 거예요."

"글쎄, 아버지찾기 이야기라면 내가 많이 알고는 있는데…… 그러니까 옛날 신화나 동화는 모두가 아버지를 찾는 놀이로 이루어져 있지. 예를 들어 길을 잃거나 버려진 자식이 자기 집을 찾아간다거나, 양부모에게 자란 아이가 진짜 부모를 찾는 이야기 혹은 고아로 자란 주인공이 자기를 낳은 부모를 찾아내는 과정이나 모험들이 모든 옛날이야기의 주요한 뼈대를 이루고 있지."

"저한테 그것들을 이야기해 주세요."

M이 이야기를 고르는 데는 그리 많은 시간이 필요하지 않았다.

"해주지. 오이디푸스 대왕의 이야기를 들어봤나? 이거야말로 그 흔한 아버지찾기 이야기 가운데 하나지. 옛날, 아주

아버지를 찾아가는 긴 여행

옛날, 시브스라는 나라가 있었지. 그 나라는 캐드무드라는 용사가 만든 작은 나라였어. 캐드무드는 델피의 신탁에 의해서 그 나라를 만들었는데 시브스는 신의 보살핌으로 자꾸자꾸 커져갔어…… 캐드무드는 폴리도르스를 낳고, 폴리도르스는 라브다크스를 낳고, 라브다크스는 라이어스를 낳았어…… 라이어스와 그의 아내 조카스터에게서는 아들이 하나 태어났지. 그런데 이 어린아이에게 이름도 붙여주기 전에, 아니 어떤 설에 의하면 태어나기도 전에 그 아기의 생은 흉조로 덮여 있었지. 아폴로의 신탁에 의하면 이 아이는 어느 날엔가 그의 아버지를 살해하고 자기 자신의 어머니의 남편이 될 운명에 있었던 거지……."

W는 마른침을 꿀떡, 삼켰다.

"그래, 그래서요."

"어느 인간이 감히 신탁을 거스르려 했겠어? 인간의 힘으로 신의 예언을 막을 길이 도시 없었던 거야. 그러나 라이어스와 조카스터는 그렇게 해보려고 했어. 희망을 줄 수 있는 길이 하나 있긴 있었던 거지."

"어떻게요?"

"즉 어린아이를 살지 못하게 하는 것이었지. 그러나 그들은 차마 유아를 살해할 마음은 없었어. 그래서 하인을 시켜 산속 깊이 내다 버리도록 했지. 아이가 걸어 나오지 못하도록 쇠꼬챙이로 그 아이의 두 발을 꿰매도록 해서 말이야. 그것은 명령대로 시행되었지. 그러자 아폴로 신의 예언은 득세를 했지. 그리고 인간의 동정심도…… 그 하인은 어린아이를 차마 죽도록 남겨둘 수 없어 아이를 이웃 나라의 목동에게 맡겼어. 시브스의 국경 밖에서 키우라고 말이야. 코린스의 왕 폴리브스의 하인인 그 목동은 마침 자녀가 없는 그의 임금에게 가져다 보였고 임금은 쾌히 그 아이를 양자로 맞아들었지. 그리고 오이디푸스란 이름을 붙여주었지. 그건 '부어오른 발'이란 뜻이었어…… 오이디푸스는 훌륭한 청년으로 자라나 왕과 왕비의 사랑을 한 몸에 지니게 되었어. 그런데 그는 아폴로 사제들의 입에서 그에 관한 몸서리 나는 예언을 듣게 되었어. 그러자 그는 그 신탁이 실현되지 못하도록 영원히 코린스를 떠나게 되지…….”

이때, 누군가 기차 지붕 위로 올라오는 사람이 있었다. 제복을 입은 것으로 보아 검표원이 틀림없어 보였다. 그는 기차 지붕 위에 척, 하니 두 손을 올리고, 고개를 내어민 채 이렇게 말했다.

“너희는 달리는 기차 안에 든 쥐다. 아무래도 수상하니 두 사람을 체포해야겠다. 그러니 순순히 이리로 내려오라.”

W가 떨며 말했다.

“무서워요. 아, 나는 무서워.”

M은 검표원에게 다가가, 그가 기차 지붕 위로 올라오지 못하도록, 지붕 위에 올려놓은 검표원의 손등을 밟았다. 검표원은, 아약, 비명을 내지르며 달리는 기차에서 추락을 했다. W가 M에게 달려와 안겼다. 이야기가 계속되었다.

"……오이디푸스는 이리저리 헤매다가 하필이면 시브스에 당도하게 되는데, 당시 이 나라는 온통 재난을 당하여 혼란스러웠지. 스핑크스라는 괴물이 시브스의 성문을 가로막고 서서 자신이 낸 수수께끼를 풀지 못하는 사람들을 죄다 죽여버리고 있었지. 그런데 오이디푸스는 시브스에 당도하기 전에 어느 외길에서 수 명의 수행원이 호송하는 마차에 탄 노인과 그 수행원들을 다 죽여버렸어. 통행상의 선행권을 놓고 성급한 두 사람이 논쟁을 하다가 오이디푸스가 그들을 살해한 거지. 그 일행은 스핑크스를 제거하는 방법을 알아보고자 델피로 가던 라이어스 일행이었어."

"어머, 벌써, 신탁 중에 하나가 이루어졌네. 아아, 무서워……"

W는 M의 품 깊이에 파고들었고, M은 자신의 가슴을 파고드는 W를 힘주어 안고, 입술을 맞추어주었다. 기차는 속력을 더 냈고, 세월은 갔다. 두 사람은 기차 지붕 위를 뛰어다니며 가지가지 색깔의 스프레이로 낙서를 했다.

─섹스! 섹스! 섹스!

─여기 살다, W와 M.

─오직 네가 필요해!

─우리는 여기를 떠나지 않는다!

─M과 W의 영원한 보금자리.

─우리는 행복하다.

시브스에 당도한 오이디푸스는 스핑크스의 수수께끼를 단번에 풀어버렸다. 아침에는 네 다리로 걷고, 정오에는 두 다리로, 또 저녁에는 세 다리로 걷는 동물은 바로 인간이었던 것이다. 이 업적으로 인해 오이디푸스는 시브스의 왕으로 추대되고 미망인이 된 조카스터와 결혼하여 두 아들과 두 딸을 두었다. 이리하여 약 십오 년이란 번영의 세월이 지나갔다. 그러나 신들은 침묵하지 않았다. 평온했던 십오 년이 지나고 곧이어 기근과 황폐가 찾아왔다. 땅에는 비 한 방울 내리지 않았고, 샘물은 모두 말랐다. 농부들은 한 톨의 곡식도 거두지 못하였으며, 어부들은 한 마리 고기도 낚지 못했다.

"너희들은 죄를 지었어!"

M과 W가 오수에 빠져든 어느 날, 한 떼거리의 무장한 검표원들이 기차 지붕 위를 덮쳤다.

아버지를 찾아가는 긴 여행

"여기서 살인이 있었어, 살인이!"

"딸 같은 아이와 무얼 했지! 열세 살짜리를 어떡했지!"

"용서받지 못할 죄, 죄!"

"잡아라, 재판을 해라, 눈을 도려내라!"

졸음에서 깨어난 M과 W는 객차로 연결된 여러 기차 지붕 위를 이리저리 뛰며 도망다녔으나, 끝내는 차츰차츰 포위망을 좁혀오는 검표원들에게 둘러싸였다. 그들은 M과 W를 둘러싼 채 둥근 원을 좁혀오며 춤을 추고 노래 불렀다.

후, 주―이 주이, 주이, 주이!

후, 주―이 주이, 주이, 주이!

M과 W는 무릎을 꿇고 두 손을 가슴에 모았다. 그리고 하늘을 우러러보며 기도를 했다.

"하늘에 계신 아버지여, 우리를 불쌍히 여겨주시옵소서. 하늘에 계신 아버지, 만약 저희를 버리시려거든 썩은 새끼줄을 내려 주시고, 만약 저희를 살리시려거든 썩지 않은 새끼줄을 내려 주십시오. 오, 하늘에 계신 아버지여. 저희는 아버지의 자비만을 믿사오며, 아버지의 은혜만을 구하옵니다……."

하늘 끝에서 여린 헬리콥터 소리가 들렸다. 처음에는 작게, 그러나 점점 커져, 귀청이 터질 만큼 커다란 헬리콥터 소리가 온 하늘을 가득 채웠다. 커다란 헬리콥터가 그들이 타고 있는 기차 지붕 위에 머물렀을 때, 태양은 수십 배의 밝기로 빛났다. 무릎 꿇고 기도를 하던 M과 W는 두 팔을 크게 벌리며 일어섰다. 그리고 외쳤다.

"오, 자비로우신 아버지여!"

벌을 서듯 두 팔을 V자로 치들고 두 사람은 두 짝의 헬리콥터 다리에 한 사람씩 매달렸다. 살인범을 놓친 검표원들이 소리쳤다.

"도망간다, 떨어뜨려라!"

"총을 쏴라, 팔이나 다리를 맞혀라!"

외침에 이어서 요란한 총소리가 들렸다. M이 총에 맞았는지 얼굴을 고통스레 찡그려 보였다.

"사정거리를 벗어난다!"

"무전을 쳐라, 항공 지원을 요청해라!"

헬리콥터는 쏜살같이 하늘 멀리 달아났다.

"이젠 살았어요. 기차가 산마루 뒤로 숨어 보이지 않아요."

"그래, 어디 다친 데는 없어?"

"없어요. 당신은요?"

"음…… 나도…….."

"누굴까요? 이 헬리콥터 조종사는?"

아버지를 찾아가는 긴 여행

"……."

헬리콥터의 다리를 두 손으로 꽉 잡고 매달린 채, 지치고 피곤한 세월이 갔다.

"언제까지 이렇게 매달려 있어야 하죠? 무척 힘이 들어요."

M에게서는 아무런 말이 없었다.

"힘들어요. 우린 왜 이렇게 있는 거죠?"

M에게서는 아무런 말이 없었다.

"뭐라고 말 좀 해보세요. 아무 말이나 들려주세요. 아버지를 찾는 다른 이야기를 해주세요."

M에게서는 아무런 말이 없었다.

"그럼 제가 이야기를 하나 해드릴까요? ……아브라함과 다윗의 자손 예수 그리스도의 세계라. 아브라함이 이삭을 낳고 이삭은 야곱을 낳고 야곱은 유다와 그의 형제를 낳고 유다는 다말에게서 베레스와 세라를 낳고 베레스는 헤스론을 낳고 헤스론은 람을 낳고 람은 아미나답을 낳고 아미나답은 나손을 낳고 나손은 살몬을 낳고 살몬은 라합에게서 보아스를 낳고 보아스는 룻에게서 오벳을 낳고 오벳은 이새를 낳고 이새는 다윗왕을 낳으니라. 다윗은 우리야의 아내에게서 솔로몬을 낳고 솔로몬은 르호보암을 낳고 르호보암은 아비야를 낳고 아비야는……."

W의 이야기 도중에 M이 잠꼬대를 했다.

"미, 라."

W가 이야기를 그치고 M에게 물었다.

"당신 지금 뭐라고 했어요?"

M에게선 아무런 대답이 없었다. 그는 깊은 잠에 빠져 있었다. W는 이야기를 계속했다.

"아비야는 아사를 낳고 아사는 여호사밧을 낳고 여호사밧은 요람을 낳고 요람은 웃시야를 낳고 웃시야는 요담을 낳고 요담은 아하스를 낳고 아하스는 히스기야를 낳고 히스기야는 므낫새를 낳고 므낫새는 아몬을 낳고 아몬은 요시야를 낳고 바벨론으로 이거할 때에 요시야는 여고냐와 그의 형제를 낳으니라. 바벨론으로 이거한 후에 여고냐는 스알디엘을 낳고……."

이야기 도중에 W마저 지쳐 잠에 빠져 들었다. 세월이 흘러갔다. M이 말했다.

"귀를 기울여 봐. 무슨 소리가 들리지 않아?"

W는 곤한 잠에 빠져 있었다. M이 크게 소리쳤다.

"무슨 소리가 들려, 저 소리를 들어봐!"

그것은 요란한 프로펠러 소리였다.

"저것 봐, 헬리콥터들이야. 전투 헬리콥터들이 우릴 쫓아오고 있어."

"그럼 우린 어떡해요? 아아, 무서워요, 난 무서워! 이젠 더 매달려 있을 힘도 없는데……."

셀 수 없을 만큼 많은 전투 헬리콥터들이 M과 W가 매달려 있는 헬리콥터에 사격을 개시했다.

"어떡하긴! 우릴 인도하시는 조종사에게 맡겨야지. 오, 아버지여!"

추적자의 기관총 세례에 맞서 그들이 매달린 헬리콥터에서도 기관포가 발사되었다. 생사를 건 공중전이었다.

"또 한 대 잡았어!"

"삼백다섯 대째예요!"

"또, 또, 하나 잡았어!"

"잘한다, 우리 조종사 최고예요!"

"왼쪽으로, 아니 좀 더 꺾어, 옳지! 이젠 열두 대만 더 잡으면 다 끝나!"

"아니, 저것 봐요, 비겁하게 도망가잖아요!"

"야, 우리가 이겼다! 만세!"

"만세!"

세월은 갔다.

"아, 저 밑은 바다예요, 보세요, 저 일렁이는 바다를."

"그래, 조금만 기다려. 이제 곧 근사한 섬이 나올 거야."

"늦었어요…… 이제 조금도 더 버틸 수 없어, 나는 이카루스가 될 운명을 타고 태어났나 봐요. 안녕, 내 사랑. 당신

혼자 가세요."

W는 M이 뭐라고 말릴 틈도 없이, 깊디깊은 허공 가운데로 떨어져 내렸다. M은 깃털같이 떨어져 내리는 W를 바라보면서 저 혼자 여기 매달려 영벌을 받을 것인가, 아니면 W를 따라갈 것인가를 생각했다. W 혼자 하늘 밑으로 곤두박질치게 내버려두는 것은 비겁한 일이었다. 무엇보다도 그녀 없이 M만 어떻게 외로이 살아간단 말인가?

"이봐, 날 버리고 어딜 가는 거야? 난 널 사랑해, 이 세상 끝까지라도 따라갈 거야."

M은 그렇게 큰소리로 외치면서, W가 떨어진 허공 밑으로 따라 떨어져 내렸다. 얼마나 긴 세월을 떨어져 내렸을까? M과 W는 하늘 밑으로 떨어져 내리며 기도를 했다.

> 아버지 당신이 나를 부르셨나이다
> 어머니 당신이 나를 끌어당기나이다
> 우리를 다시 받아주시오, 천연의 대지여
> 예전처럼 항상 우리를 되받아주소서
> 우리들 각자의 육신이 당신의 육신인 것처럼

그들이 떨어져 내린 바다는 아버지의 피처럼, 혹은 어머니의 양수처럼 두 사람의 생명을 잘 거두어주었다. M과 W

는 바다에 떨어져 두 마리의 은빛 물고기가 되었다. 처음에 M과 W는 온 바다 밑을 헤매어 다니며 서로를 찾았었다. 그것은 오랜 세월을 필요로 했다. 그들은 다른 물고기에 묻거나, 물풀의 가지를 꺾어 표시를 하면서 오랜 세월을 보냈다. 하여 M과 W는 어렵게 다시 만났다. 그러나 해저 속에서의 안온한 날들도 잠깐이었다. 바닷속의 폭군인 상어가 W를 원했다. 놈은 매 해마다 살찐 수컷과 예쁜 암컷을 진상 받았다. 놈은 M을 잡아먹고자 했고, W의 작고 예쁜 보지를 탐냈다. 놈의 성질은 포악하여 방금 성교를 한 상대방의 성기를 횟감처럼 뜯어 먹는다고 하였다. M과 W는 바다 밑을 이리저리 피해 다녔다. 상어는 끈질기게 그들을 쫓아왔으며 은빛 물고기는 끊임없이 쫓겼다. M과 W는 도주의 막다른 길목에서, 뭍으로 달아났다. 아가미가 타는 듯 고통스러웠고, 피부가 날것으로 벗겨지는 것 같이 쓰라렸다. 그러나 물속으로 되돌아갈 수는 없었다. 그들의 꽁지 바로 뒤에는 상어가 큰 입을 벌리고 있었다. 몸뚱어리가 산 채로 찢어지는 아픔 끝에, 그들의 원통형 허리에서 손이 튀어나오고 발이 튀어나왔다.

"아, 이 고통, 이 고통…… 죽을 것만 같다."
"아, 아, 마치 아이를 낳는 것만 같다."
"아, 내가 세상을 낳는 것만 같다."

"맞다, 내가 태어나는 고통은, 이 세계를 낳는 고통이다."

"살 것 같다, 살 것 같다."

"오, 오, 고통을 더 다오, 내 숨을 끊어다오."

"이 숨을 끊어다오, 죽여다오, 새로 태어나겠다!"

해가 서서히 밝아오는 박명 무렵, M과 W는 몹시 바람부는 어느 들판을 건너지르고 있었다. 두 사람은 매우 피곤해 보였으며, M은 약간의 다리마저 절고 있었다.

"아, 배고파. 이 마을엔 아무도 살지 않는가 봐. 논과 밭이 모조리 타죽었어. 물 한 모금 마실 수 없구나."

"조금만 참으세요. 조금만 더 가면 또 다른 마을이 나올 거예요."

"벌써 몇 번째야? 우리가 도착하는 곳마다 사람은커녕, 개 한 마리 보이지 않으니."

"이제 다 왔어요. 보세요, 저기 촌로가 오는군요."

"아, 몇 년 만이냐? 처음 사람 구경을 해보는 게?"

그들은 다가오는 촌로에게 말을 건넸다.

"할아버지 여기가 어딘가요?"

"이 땅이 왜 이렇게 말랐습니까? 물 한 방울 구할 수 없습니다, 어르신네."

촌로가 대답했다.

"살인이 있었다오. 선량한 역부가 참살을 당했소. 그때부터

아버지를 찾아가는 긴 여행

이 땅은 비 한 방울, 곡식 한 톨 나지 않는 황무지가 되었소."

M과 W는 동시에 반문했다.

"황무지요?"

"역부가요?"

촌로가 힘없이 말했다.

"그렇소, 그 살인자를 잡아내지 않고서는 이 땅에 씌워진 저주를 벗어날 길이 없소. 우리는 그놈의 눈을 파내야 하오. 다른 방법이 있기도 하지만……."

M이 물었다.

"다른 방법이라뇨?"

"일찍 아비를 여의거나 어려서 아비를 잃어버린 처녀를 천제님께 바치는 일이요."

그 말을 들은 W가 놀라 소스라쳐, 물었다.

"예에? 아비 잃은 처녀를요?"

"그렇소."

M이 다시 물었다.

"그것 말고 또 다른 방도는 없나요? 어르신네."

"제일 좋은 방도가 하나 있기는 하네만…… 앞에 든 두 개의 방도보다 더 어려운 게 탈이라네, 그건…… 천제의 아드님이 이 땅에 직접 내려오시는 것일세만…… 자, 나는 그만 가봐야겠네. 저 아래 마을에서 역부를 죽인 살인자를 잡아낼 회의를 한다니까…… 그런데 젊은이. 자네 혹 다리를 절지 않았었나? 언제, 어디서 다쳤지?"

"아, 아닙니다. 어르신네. 저는 원래 태어날 때부터……."

"그런가? 저기 저 수숫대를 보게. 옛날에 역부를 죽인 살인자가 다리에 총상을 맞아 흘린 피를 먹고부터 저렇게 붉은 물이 들었다네."

"예, 그렇군요."

"이제, 어느 쪽으로 가려고 하나?"

"이 길을 따라 동쪽으로 계속 올라가 보려고 합니다."

"그럼, 잘들 가게. 요사이는 길목마다 화적떼가 득실거리니."

M과 W는 촌로에게 인사를 했다.

"고맙습니다, 어르신네."

"감사합니다, 할아버지."

두 사람은 바람 부는 들판으로 걸어 들어갔고, 촌로는 그들의 거동을 눈여겨 바라보았다. 잠시 후, 한 떼의 마을 사람들이 그들을 뒤쫓아왔다.

"저놈이다, 저 병신이 액을 불러왔다."

"저년이다, 저년이 애비 없는 년이다."

"저자다, 저자가 역부를 죽인 자다."

"저놈들의 근친으로 천제님이 노하셨다."

M과 W는 황급히 들판을 내어달렸다. 바람 속에 섞인 티

끝이 두 눈을 때렸다. M이 말했다.

"우리는 우리들 심장 위에 발자국을 느낀다."

W가 말했다.

"심장의 박동은 달아나는 도피처의 부름이다."

이번엔 M과 W가 함께 외쳤다.

"우리는 언제까지 쫓겨야 하나?"

멀리서 기적이 울렸다.

"어머, 기차의 기적 소리가 들려요. 이 근처로 기차가 다니나 봐요."

"그래, 이젠 됐어."

"자, 조금만 더 힘을 내세요. 우리 뒤엔 곡괭이와 죽창이 따라와요."

"그래, 그래, 저기, 저, 커브를 돌 때 올라타는 거야."

M과 W는 아슬아슬하게 마을 사람을 피해 기차에 올라탔다. 거친 숨을 내쉬며, W가 말했다.

"이제 이 기차의 종착역에 닿으면 우린 헤어져야겠죠."

"그래야겠지. 나는 새로운 미라를 찾으러 그리고 아가씨는 아버지를 찾으러. 불안한 예감이지만, 우리들의 방황은 대종말이 올 때까지 멈추지 않을 거야."

"아니에요. 설사 대종말이 온다 하더라도 우리들의 탐구는 그치지 않을 거예요…… 그러나 걱정하지 마세요, 제가 살아있는 한은 대종말도 오지 않을 거니까요."

"그건 왜지?"

"사랑하기를 그칠 때. 이 세상 사람들이, 어느 날, 어느 시간에, 모두 한꺼번에 사랑하기를 그칠 때, 그때에야 대종말이 오는 거예요. 그러나 그 언제라도, 어느 한 사람이, 어느 한 사람을 사랑할 것이기 때문에 대종말은 오지 않아요."

W의 말이 끝나자, 객차 내의 안내방송이 흘러나왔다.

"승객 여러분께 알려드리겠습니다. 잠시 후, 승차권 검사가 있겠사오니 승객 여러분께서는 번거롭더라도……."

낭패한 듯 M이 말했다.

"이것, 또 도망가야겠군."

W가 가볍게 M의 말을 되받았다.

"까짓것, 또 가요!"

두 사람은 낑낑거리며 기차 지붕 위에 올라, 우두커니 멈춰 섰다.

"아니, 이 낙서 좀 봐?"

　-섹스! 섹스! 섹스!
　-여기 살다, W와 M.
　-오직 네가 필요해.
　-우리는 여기를 떠나지 않는다!

아버지를 찾아가는 긴 여행

―M과 W의 영원한 보금자리.
―우리는 행복하다.

"이건 옛날에 우리가 해놓은 낙서잖아!"
"어마, 정말! 우리가 떠났던 곳으로 다시 되돌아왔군요."
W는 M에게 안겨왔다. M은 오랫동안 벗겨보지 못했던 W의 옷가지를 벗겼다. 때맞추어 기차는 캄캄한 굴속으로 들어가 주었다. 아주 아주 긴 터널이었다. 세월이 갔다.
"자기, 이 땅은 어떻게 생겼지?"
"응, 반듯한 네모야. 사방은 낭떠러지로 되어 있고……."
"그럼, 그 네모난 땅은 어디에 있지?"
"응, 그건 말야…… 그 네모난 땅은 한 마리의 큰 코끼리 등 위에 있지, 그리고 그 코끼리는 세 마리의 거북 등 위에 있고 말이야. 그리고 마지막으로 그 모든 것을 다섯 마리의 코브라가 받치고 서 있어……."
"자기는 모르는 게 없구나. 그럼 우리는 어디에서 왔지?"
"우리는 모두 걸인 여자의 꿈속에서 왔어…… 추억 속에서 왔고."
"추억 속에는 낙원이 있어. 기억나 자기야?"
"우리는 울며…… 그것을 파괴하고……."
"아아, 추억은 천재야. 추억은 잊혀지지도 않는 기억의 천재야. 추억은 울보야, 우리는 옛 추억을 항상 울며 기억해야 하지."

"근원은 어디 있나? 끝은? 바닥은? 거의 비슷한 삶, 끝없이 반복되는 삶. 그러나 그 모든 무수한 삶은 거의 같지! 몇천 년 동안, 몇천 번을 반복되는 삶. 하나의 통과제의에 붙들린 삶. 삶의 시작은 누구든 거의 같지. 그러나…… 종말은 알 수가 없어!"

기차는 굴속을 들락날락, 어두워졌다, 밝아지고, 하늘로부터 숱한 아기인형들이 떨어져 기차 지붕 위를 가득 메웠다. 낯선 목소리들이 뒤죽박죽되어 들려왔다.

─엄마, 엄마, 나는 어디서 왔어?

─지구는 만원이다.

─황새가 물어왔지.

─나는 내 심장 위에 발소리를 느껴.

─우리들 조상은 물고기야, 물고기.

─너희는 죄를 지었어.

─누란의 미라를 보셨나요?

─난 껴안는 게 좋더라.

마침내, M과 W는 폭우처럼 쏟아진 인형에 가려 보이지 않는다.

아버지를 찾아가는 긴 여행

해설

문학의 성자, 장정일은 전설이다

한영인(문학평론가)

1. 새로운 문학적 형식 실험자의 등장

장정일은 시인이다. 1984년 「강정 간다」를 발표하며 활동을 시작한 그는 1987년 『햄버거에 관한 명상』으로 최연소 '김수영 문학상'을 수상했다. 장정일은 희곡작가이다. '김수영 문학상'을 수상한 그해, 그는 동아일보 신춘문예 희곡 부문에 「실내극」을 투고해 당선되었다. 당시 신춘문예 당선 소감의 마지막 문장은 지금까지 전설처럼 내려온다. 장정일은 이렇게 썼다. "정진하라. 聖「카프카」, 聖「베케트」, 聖「장정일」. 위대한 문학의 삼위일체를 위하여!" 장정일은 소설가이다. 1988년 발표한 「펠리컨」을 시작으로 『너에게 나를 보낸다』(1992), 『너희가 재즈를 믿느냐』(1994) 등의 인기작을 발표하며 평단과 대중의 주목을 동시에 받았다. 2021년 KBS는 이 책의 표제작 중편 「아담이 눈뜰 때」를 〈우리 시대의 소설〉 50편 중 하나로 선정하였다. 장정일은 서평가이다. 1994년 첫 선을 보인 『장정일의 독서 일기』는 이후 10권 가까이 이어지며 대한민국 독서인의 필수 교양서로 자리 잡았다. "聖「장정일」"의 영광은 오늘날 서평의 왕국에서 가장 찬란하게 빛나는 듯 보인다. 한국 문학사에서 두 번 없을 천재 장정일의 학력은 그러나 중졸에 불과하며 십 대 시절 폭력 사건에 휘말려 소년원 신세를 진 적도 있다. 장정일의 글은 자주 논란에 휩싸인다. 소설가로 이름을 날리던 1996년에는 음란물 제작 혐의로 구치소에 수감 되었다. 장정일에게 문학은 관념의 성채이자 무기이며 그 관념은 현실의 물리적인 제도와 정상성의 습속을 강력하게 타격한다.

한국 문학사에서 장정일은 신경숙, 윤대녕, 김영하 등과 함께 대표적인 '1990년대 작가'로 거명된다. 1990년대는 혁명, 역사, 민중, 계급과 같은 무거운 개념들이 지배하던 1980년대와 달리 개인, 일상, 시민, 소비사회, 대중문화와 같은 개념들이 전면에 나타나기 시작했던 시기였다. 그 당시 문학 담론을 대표하는 것이 근대적 표현 형식의 급진적 해체와 유희적인 실험으로 대표되는 '포스트모더니즘'이다. '포스트모더니즘'은 실재적 진리와 객관적 합리성에 대한 회의를 바탕으로 다원적이고 이질적인 요소들의 혼합을 환영한다. 장정일은 김춘수의 「꽃」을 패러디

한 「라디오처럼 사랑을 끄고 켤 수 있다면」을 썼고 다양한 작가들과 작품들을, 심지어 자기의 창작물마저 임의로 다른 작품 안에 마구 뒤섞는 혼성모방 기법을 즐겨 사용했다. 따라서 장정일의 소설이 1990년대 새로운 문학적 경향을 대표한다는 설명이 완전히 근거 없는 것이라고 할 수는 없다. 하지만 이런 설명은 장정일의 소설을 당시 유행했던 '포스트모더니즘'의 아류 정도로 폄훼하는 관점과 맞닿아 있다는 점에서 무척 조심스럽게 개진되어야 하는 의견이기도 하다. 장정일의 소설은 새로운 문학적 형식 실험을 자유롭게 구가하면서도 1990년대를 규정하는 두 가지 거대한 힘 - 공산주의 없는 자본주의와 혁명 없는 민주주의 - 에 대한 근본적인 비판과 저항의 성격을 함께 지니고 있음을 유념해야 하는 것은 그 때문이다. 이 책의 표제작 「아담이 눈뜰 때」는 이 점을 잘 보여주는 작품이다.

2. 인내와 겸손, 글쓰기의 테크놀로지

「아담이 눈뜰 때」는 "가짜 낙원"의 폐허 속에서 진정한 자기 자신을 찾아 나서는 열아홉 소년의 성장담이다. 성장이란 무엇인가. 미성숙한 미성년 주체가 어른들이 만들어놓은 기존 세계와 벌이는 갈등과 투쟁을 통해 본격적으로 세상 속에 자신의 존재를 기입하는 과정이다. 이 과정에서 미성년 주체는 기존 세계가 설정한 좌표 어디에도 자신이 위치할 곳은 존재하지 않는 다는 사실을 깨닫게 되고 그리하여 그는 이제 자신이 설 곳의 좌표를 스스로 그려나가야 하는 윤리적 임무에 직면하게 된다.

'아담' 역시 세계와 불화하는 인물이라는 점에서 이 작품 역시 성장의 문법을 따르고 있다. '아담'이 자신이 속한 세계와 불화하게 된 표면적 이유 중 하나는 그가 대입에 실패하고 재수생 신세가 되었기 때문이다. '아담'은 자신의 "수험번호가 합격자 명단에 끼이지 않은 것을" 확인한 순간 "세상과 나는 서로 소원해져 버렸다."고 말한다. 대학 입시 결과가 이후의 삶에 지대한 영향력을 발휘하는 한국 사회에서 대입에 실패했다는 사실은 출발부터 낙오자가 되어버렸다는 "피해망상증"에 가까운 열패감을 안겨 주기에 충분하다. 대입 실패가 세계와의 불화를 구성하는 개인적 차원의 계기라면 1988년 대선 결과는 '아담'이 한국 사회를 불신하게 만든 정치적 계기로 나타난다. 1987년 6월 항쟁의 결실로 대통령 직선제를 쟁취했지만 김대중과 김영삼은 끝내 후보 단일화에 실패했고 결국 전두환의 후예 노태우가 대통령에 당선된 사건은 순수했던 '아담'의 내면에 거대한 환멸을 남겼다. "더러운 정치 모리배들에 의해 진실이 뒤집힌 것을 목격한" '아담'은 "아무도 믿을 수 없어, 아무도, 아무도, 아무도!"라고 외치며 세계에 대한 근본적인 불신에 휩싸인다.

실재 세계에서 자신이 추구하는 온전한 세계의 모습을 발견

할 수 없을 때, 인간은 그 세계를 등지고 물러나 자신만의 성벽을 구축하고 그곳에 은거하고자 한다. 디오게네스의 통나무와 헨리 데이비드 소로의 『월든』의 '숲'은 그와 같은 내적 처소의 대표적인 표상이다. 장정일은 이 작품의 시작과 끝을 원환圓環처럼 감싸고 있는 인상적인 문장을 통해 한국 문학사에서 가장 인상적인 내적 처소를 다음과 같이 그려냈다.

> 내 나이 열아홉 살, 그때 내가 가장 가지고 싶었던 것은 타자기와 뭉크 화집과 카세트 라디오에 연결하여 레코드를 들을 수 있게 하는 턴테이블이었다. 단지, 그것들만이 열아홉 살 때 내가 이 세상으로부터 얻고자 원하는, 전부의 것이었다.

여기서 타자기는 글쓰기를, 뭉크 화집은 사춘기 특유의 "청순한 세계에 대한 동경과 불안"을, 그리고 턴테이블은 '락스피릿'으로 대변되는 타락하지 않은 순수한 정열에의 충동을 각각 지시한다. 이 소설은 주인공 '아담'이 이와 같은 세 가지 욕망의 대상을 획득하는 모험을 중심으로 구조화 되어 있다. 세 가지 욕망의 대상 중 '아담'이 가장 먼저 얻는 것은 뭉크 화집이다. '아담'은 클럽에서 만난 어느 여성 화가의 모델이 되어준 대가로 그녀가 갖고 있던 일본판 뭉크 화집을 갖게 된다. 화가는

'아담'과 하룻밤을 보낸 뒤 자신을 이상한 여자라고 생각하지 말아 달라며 타인의 생활방식과 사고방식을 인정할 줄 아는 사람이 자유인이라는 말을 '아담'에게 작별인사처럼 건넨다. '아담'은 화가의 말을 듣고 진정한 자유의 조건을 비판적으로 점검하게 된다.

미성숙한 정신은 자신이 타인에 의해 만들어진 기존 세계를 전면적으로 부정하고 그로부터 달아난 내적 처소에서 누구로부터도 간섭받지 않을 온전한 자유와 열락을 희구한다. 미숙했던 열아홉의 '아담' 역시 그와 같은 '타인이 제거된 주관적인 자유의 세계'를 온전한 자유라고 착각하고 희구했던 면도 없지 않다. 하지만 화가와의 만남을 통해 '아담'은 무제한적인 자유를 추구하는 과정에 무책임함과 방종이 깃들어 있으며 그것은 진정한 해방이 아니라 "질서도 진리도 없는 가짜 낙원"을 제작하는 결과로 귀결될 뿐이라는 사실을 깨닫게 된다. 이 깨달음은 결말 부분에 나타나는 글쓰기를 통한 '자아의 테크놀로지'를 구성하는 핵심적 요소가 된다는 점에서 주목할 필요가 있다.

두 번째 욕망의 대상은 턴테이블이다. '아담'은 이를 오디오 가게 사장과의 성적 거래를 통해 획득한다. 흥미로운 것은 이때 사장 역시 화가처럼 단지 욕망의 대상만을 건네줄 뿐만 아니라 세계에 대한 나름의 비판적 판단을 제시한다는 점이다. 사장은 아담에게 '뮤직 러버Music Lover'와 '일렉트로닉 리스너Electronic

Listener'의 구분에 대해 설파하고 이를 들은 '아담'은 '일렉트로닉 리스너'를 "항시 새로운 정복지를 찾아 떠나는 스피드족"에, 그리고 '뮤직 러버'를 "자신의 내면을 찾아 창조적 고독 속에 묻히는 오디오족"에 각각 할당한다. 이와 같은 '아담'의 구분은 뭉크 화집을 건네준 화가가 설한 "가속도의 세계"에 대한 비판과도 연결된다. 화가가 비판하는 "가속도의 세계"란 "스피드가 최고의 가치가 되고 앞으로 전진하는 것만이 발전이며 성공이라고 믿는 세계"를 의미하는데 이는 산업사회에서 정보 사회로 이행하던 세기말의 현실에 대한 저항적 태도를 함축하고 있다. 아담은 화가와 오디오 가게 사장으로부터 각각 뭉크 화집과 턴테이블만을 얻은 것이 아니라 이를 매개로 "가속도의 세계"에 대한 비판적 인식까지 함께 얻고 있는 것이다. "가속도의 세계"에 대한 비판은 '아담'이 마지막으로 획득하는 욕망의 대상이 어째서 "중고 사벌식 타자기"인지를 설명해준다. 그 타자기는 마치 수레 앞에 선 사마귀처럼 자동화 및 정보화라는 시대적 대세를 거스르며 '아담'의 품에 안겨 온다.

하지만 화가와 사장이 일반적인 성장담에 등장하는 '멘토르' 유형의 인물이라고 보기는 어렵다. 그는 '아담'이 갖지 못한 학식과 나름의 통찰을 소유하고 있지만 화가의 경우 키치의 '가짜 낙원'에 갇힌 한계에서 자유롭지 못하고 사장 역시 자신의 성욕을 채우기 위한 거래를 제안하고 있기 때문이다. '아담'

은 다락방을 나와 거리에서 마주친 다양한 인물들을 통해 성장하지만 그 성장은 인물들이 지닌 덕성이 아니라 그들이 품고 있는 적나라한 타락과 마주하는 과정에서 이루어지고 있다.

마지막 욕망의 대상인 타자기는 '아담'의 성장과 그 이후에 펼쳐질 새로운 이야기를 기대하게 만든다. 현재의 자살 이후 다시 입시에 매진한 '아담'은 마침내 원하는 대학에 합격하지만 결국 등록을 포기한다. 타자기는 대학 등록금을 헐어 구입한 것이다. 아담은 대학을 포기하고 돌아오는 길에 "온몸으로 이 세계의 가속도에 브레이크"를 걸기 위해 고통스러운 작가의 길을 순교자처럼 걷기로 결심한다.

문장을 쓰는 일에서 나는 내가 그토록 원했던 '창조의 아픔'을 누릴 수 있을 것이다. 그 고통은 가짜 낙원을 단호히 내 뿌리치고 잃었던 낙원, 실재, 진리를 되찾는 데 쓰이는 아픔이다. 가짜 낙원에서 잃어버린 실재를 되찾기 위해서는 두 가지 노력이 필요하다. 먼저 나는 내 오성의 능력을 과신하지 말아야 하며, 자유를 자제해야 한다. 거기에 필요한 것이 겸손이다. 그리고 좋은 세계는 쉽게 만들어지는 것이 아닐 것이므로, 단시일에 명확히 잡히지 않는다고 해서 포기해서는 안 된다. 그러기에 인내가 필요하다. 겸손과 인내는 문장을 쓰고자 하는 나뿐 아니라, 가속도의 낙원에 살면서 좀 더 나은 세계를 꿈꾸는 모든 사람들에게 요구되는 덕목이다.

 "자신을 완전히 다스릴 줄 아는 완전한 자유인, 곧 내 자신의 독재자가 되는 것"을 열망했던 '아담'이 마침내 도달한 '주체의 테크놀지'가 "겸손과 인내"라는 사실은 인상적이다. 언뜻 고대 그리스의 스토아학파의 가르침을 연상케 하는 이 대목에서 우리는 '포스트모던적 해체와 파괴'가 아니라 도래하는 "가속도의 세계"에 맞서 스스로를 지켜내기 위한 청춘의 내적인 투쟁을 읽을 수 있다. 무엇보다 장정일이 '아담'의 입을 빌어 설파한 저 덕목은 세계의 가속 운동이 훨씬 극단화된 오늘날 되새길 만한 깊은 울림을 준다. 세계의 가속 운동은 주체로 하여금 언제나 활동적일 것을 요구한다. 늘 깨어있고 움직일 것! 인간의 생생한 활동은 인간을 노드로 삼아 전개되는 자본의 운동을 활성화한다. 이런 가속 운동은 자본의 운동에 국한되지 않는다. 정치적 선의와 정의를 향한 열정 역시 그 과정에서 가속화 할 것을 요구받기 때문이다.

3. 민중주의를 비판한다

 장정일이 1980년대 말 '민중주의'를 비판했던 이유도 이와 무관하지 않다. 「아담이 눈뜰 때」에서 민중주의에 대한 비판은 '아담'의 형이 책에 끼적인 독후감과 젊은 문학평론가의 사회주의 리얼리즘 문예 이론 비판, 그리고 은선의 자기반성 등으로 나타난다. 물론 사회주의는 자본의 가속 운동에 결정적인 제동을 건 역사적 사건이었다. 하지만 장정일은 그런 사회주의조차 자본주의와 똑같이 "파시스트적 속도"를 공유하고 있다고 보았다. ("그들은 주체가 없는 이름의 명분만의 가속 운동을 계속했어. 아담, 진짜 나는 어디에 있지?") 사회주의는 너무나 열심히 자본주의의 속도를 모방했으니 사회주의 '운동'과 자본의 '운동'은 모두 개인의 주체성을 억압하고 목표를 향해 돌진하는 가속 기계에 불과했던 것이다.

민중주의에 대한 풍자적 비판은 장정일의 첫 소설 「펠리컨」에 잘 드러나 있다. 이 작품의 주인공은 국내 굴지의 맥주회사에 다니는 "촉망받는 엘리트" 사원이었는데 자신의 집 마당에 들어온 병들고 누추한 펠리컨을 걷어차 쫓아냈다는 이유로 사형선고를 받고 교도소에 갇혀 있다. 물론 그 주인공이 펠리컨에게만 유독 야박하게 군 것은 아니다. 그는 출근길 육교에서 늘 마주치는 걸인 소년에게도 포악하게 굴었으며 양로원의 노인들을 위해 기부금을 걷고 있는 목사 친구에게는 "가난한 자들에 대한 그런 맹목적인 동정이, 그들을 스스로의 불행 속에 영원히 던져 넣는 것이야."라며 차가운 태도를 보이며 한 푼의 기부금도 내지 않았다.

그러던 어느 날 국가 기관에서 요원이 들이닥치고 연약하고 갈 데 없는 펠리컨을 감금, 학대했다는 죄목으로 주인공을 구속하고 추궁하기 시작한다. 재판정에는 육교의 거지와 목사 친구와 그가 샀던 창녀가 차례로 등장해 주인공이 "자신의 즐거움을 위하여 타인의 고통은 털끝만큼도 생각지 않는 극히 이기적인 인간"임을 고발한다. 주인공에게는 사형이 언도되었고 그의 가슴 한 구석에는 "펠리컨에 대한 증오"와 "앙금과도 같은 원한"이 쌓여간다. 하지만 어느 날, "그리스도 또한 한 마리 연약하고 핍박받던 펠리컨"이었으며 "당신과 상관없는 일이라고 해서, 당신과 상관없이 일어나는 일이란 이 세상에 하나도 없는 법"이라는 신부님의 말씀을 듣고 그는 "내 가슴속에 날아든 펠리컨을 받아"들이게 된다.

이 작품에 다소 황당하고 뜬금없는 설정이 이어지는 이유는 이 작품이 익살과 풍자, 조롱을 동반하는 한 편의 패러디Parody이기 때문이다. 그렇다면 이 소설은 무엇에 대한 패러디인가? 무엇보다 먼저 찰스 디킨즈의 『크리스마스 캐럴』이 떠오르지만 그보다는 알베르 카뮈의 『이방인』에 대한 패러디로 보는 것이 더욱 적절할 듯싶다. 『이방인』의 뫼르소는 어머니의 장례를 치른 뒤 친구 레몽과 알제 교외의 바다에 놀러 갔다가 레몽과 시비가 붙은 아랍인을 총으로 살해해 구속된다. 재판 과정에서 뫼르소는 어머니의 장례식에 참석했던 사람들에 의해 어머니가 죽었는데도 슬퍼하거나 울지 않은 냉혈한으로 비난당한다.

어머니의 장례식 이후 옛 동료와 코메디 영화를 보았다는 증언도 그를 '소시오패스 살인마'로 몰아가는데 결정적인 근거로 작용한다. 『이방인』에서도 뫼르소를 설득하려는 가톨릭 신부가 등장한다. 차이가 있다면 「펠리컨」의 주인공이 그 신부의 말에 설득되어 펠리컨을 가슴 속에 받아들이는데 반해(물론 이 받아들임은 반어적 행위이다.) 뫼르소는 신부의 설득에 꿈쩍도 하지 않고 홀로 죽음을 향해 나아간다는 점이다.

장정일은 이 작품의 첫 문장에 "부조리"라는 단어를 넣음으로써 이 작품이 카뮈의 『이방인』과 영향 관계를 맺고 있음을 넌지시 드러내고 있다. 그렇다면 장정일이 카뮈를 패러디함으로써 드러내고자 했던 당시의 부조리한 현실은 어떤 것이었을까? 그것은 주체에게 실존적 죄의식을 주입함으로써 정치적 주체로 탈바꿈시키는 민중주의의 윤리의 메커니즘이다. 물론 장정일은 펠리컨을 "사랑도 되고 미움도 되며 육법 혹은 민중이나 혁명 같은 것으로 수시로 얼굴을 뒤바꾸며 나오는 은유며 상징"이라고 말하며 단 하나의 실체로 고정하지 않았다. 하지만 펠리컨의 변검술의 핵심에는 '억압받는 낮은 자'에 대한 윤리적, 정치적 관계성이 자리잡고 있다. 육교에서 만난 걸인과 양로원의 노인, 그리고 창녀는 바로 그 '낮은 자'들을 대표한다. 그런데 그 '낮은 자'들을 대하는 주인공의 태도는 매우 이기적이고 폭력적이다. 하지만 이 소설은 찰스 디킨스의 『크리스마스

캐럴』처럼 이기적인 엘리트 회사원이었던 주인공의 정죄담이나 참회담으로 진행되지 않는다. 사법 권력과 시민 사회의 우스꽝스러운 행태가 겹쳐지면서 사태는 기이한 희비극의 양상을 띠게 된다.

사태의 클라이맥스는 주인공의 개심改心이다. "펠리컨에 대한 증오"와 "앙금과도 같은 원한"에 사로잡혀 있던 주인공은 신부님의 말씀을 통해 "한 줄기 빛과도 같은 교훈을" 얻고 펠리컨을 용서하게 된다. 신부님의 이렇게 말한다. "그리스도 또한 한 마리 연약하고 핍박받던 펠리컨이었고. (……) 당신이 펠리컨을 모른다고 하는 것은 그리스도를 모른다고 하는 것과도 같소. 당신과 상관없는 일이라고 해서, 당신과 상관없이 일어나는 일이란 이 세상에 하나도 없는 법이오." 이 말을 들은 주인공은 자기 가슴속에 날아든 펠리컨을 받아들여 "그것이 민중이든 노동자 농민이든, 나와 상관있는 것으로 인정하기로" 한다. 신부의 설교 한 마디에 개심하는 주인공의 행동은 거부할 수 없는 윤리적 대의로 등극한 민중주의에 대한 풍자의 의미를 담고 있다.

그것은 '진실 없는 세계'에 대한 냉소에서 비롯되는 것이다. 주인공에게는 자신의 소시민적 일상의 쾌락 이외의 인간적 진실이 존재하지 않는다. 사법기관은 공정하게 사건의 진실을 밝히려는 의지가 존재하지 않는다. 시민들에 의해 "위대한 펠리컨' 혹은 '박해받은 자' 등의 이름으로 불리며 "벤츠를 타고 다니며 자신의 경험담을 팔고"다니는 펠리컨 역시 주체의 진실함과는 거리가 먼 존재다. 장정일에게 있어 민중주의는 그것이 윤리적 진정성을 타인에게 강요하기 때문에 문제인 것이 아니라 오히려 자기 자신에 대해 충실하지 못하기 때문에 비판받아야 한다. 물론 한국 민중주의의 성취와 한계에 대해서는 다각도의 논의와 분석이 필요하고 또 가능할 것이다. 1980년대에 거대한 문학적 초자아로 등극했던 민중주의에 대해 장정일이 취했던 비판적 관점은 정치적 이념에 의해 분할되기 쉬운 민중주의에 대한 평가를 보다 유연하게 수행할 수 있는 중요한 참조점이 되어준다.

4. 아비 없는 피카레스크의 미학

「아버지를 찾아가는 긴 여행」은 이후 〈실내극〉, 〈어머니〉, 〈긴 여행〉이라는 소제목을 거느린 세 편의 이야기로 구성되어 있다. 〈실내극〉은 장정일의 희곡 제목이기도 하며 그것은 〈어머니〉와 〈긴 여행〉도 마찬가지다. 이 작품들은 소설과 희곡을 넘나드는 장정일의 장르 횡단성을 잘 보여주는 작품이다.

세 편의 이질적인 이야기가 느슨하게 결합된 이 작품은 마치 피카레스크 소설처럼 읽힌다. '악당을 주인공으로 한 이야기'쯤으로 번역할 수 있는 피카레스크Picaresque 소설의 주인공들은 대개 떠돌이 부랑자들이거나 무뢰한 악당들이다. 이는 그들이 안정적인 공동체의 습속과 윤리로부터 훌쩍 벗어나 있음을 의미한다. 요컨대 피카레스크 소설은 기존 사회 질서를 교란하고 농단하는 악한들을 통해 현실을 상상적으로 위반하는 쾌감을 안겨줌과 동시에 우리가 발 디딘 세계의 허위성을 폭로한다.

첫 챕터 〈실내극〉에 등장하는 아들과 어머니는 '정상적인' 가족 규범의 눈으로는 도무지 이해할 수 없는 존재들이다. 도둑인 아들은 제 방 드나들 듯 감옥을 왕래하고 어머니는 그런 아들의 절도 행각을 부추긴다. 어머니의 부추김에 진절머리가 난 아들은 자기에게 더는 나쁜 일을 시키지 말라며 어머니에게 도둑질을 하라고 종용하고 어머니는 도둑질을 한 뒤 감옥에 간다. 출소한 어머니는 감옥 생활이 좋았다며 그리워하고 감옥으로 돌아가기 위해 두 모자는 함께 절도에 나선다. 경찰이 잡으러 오길 고대하던 어머니는 마침내 경찰이 자신들을 잡으러 오자 너무 기뻐 환영하듯 달려 나가다가 반항하며 달려드는 줄 착각한 경찰에 의해 총에 맞고 사망한다.

이들이 우리 눈에 비정상적으로 보이는 이유는 단지 근친상간의 터부를 서슴없이 위반하고 있기 때문만은 아니다. 그들에게는 감옥 안의 부자유와 감옥 밖의 자유에 대한 인식 역시 전도되어 있다. 오히려 이들은 감옥 안에서 평안을 맛보고 감옥 밖에서 불안에 휩싸인다. ("누가 자꾸 잡으러 오는 것 같고······

훔치지도 않았는데 말예요.) 장정일은 이 불안을 야기하는 대타자–아버지가 존재하는 상징적 질서의 세계의 억압성을 상상적 폭력을 통해 전도한다. 감옥을 배경으로 하는 두 번째 이야기 〈어머니〉를 살펴보자. 평생 징역형을 선고받고 20년 동안 수감 중인 '큰주먹'과 그에게 육체적 폭력을 당하는 '흰얼굴'이 이 이야기의 주인공이다. '큰주먹'은 곧 출옥한다는 소식이 도는 '흰얼굴'을 학대하고 괴롭힌다. 하지만 출옥의 시간은 고도처럼 기다려도 오지 않고 이들은 이내 블라디미르와 에스트라공과 같은 우정의 관계(나아가 애정의 관계)로 진입하게 된다. 흥미롭게도 이들은 모자 관계를 연기하며 그 안에서 애틋함과 따뜻함을 맛본다. '흰얼굴'에게 잔악한 폭력을 가하던 '큰주먹'은 마침내 '흰얼굴'에게 모성을 느끼게 되며 그로 인해 '흰얼굴'은 '큰주먹'의 상상적 어머니가 되고 만다. 폭력적으로 군림하던 가부장이 모성을 갈구하는 아이로 전환하면서 둘 사이에는 기묘한 사랑이 싹튼다. 감옥 밖 세상의 논리로는 결코 상상할 수 없는 사랑이!

앞선 두 이야기에 이어지는 〈긴 여행〉에 등장하는 오이디푸스 모티프는 이 작품의 악한들이 상징계의 대타자가 부재하는 세계에서 자신의 불안을 다스리고 있음을 드러낸다. 피카레스크의 세계가 사회의 윤리와 규범에 대한 부정과 교란의 욕망을 표출하고 있다면 장정일은 온갖 '아버지'들이 부과하는 세계의 억압과 폭력에 맞서 아비 없는 세계의 카니발을 비타협적인 상상력으로 탐구했다. 장정일의 탐구는 음란물 시비에 시달린 『내게 거짓말을 해봐』에서 그 정점에 달한다.

5. 위반과 전복, 또다른 서사의 미래를 기대하며

장정일은 경계를 위반하고 질서를 전복하려는 충동을 아낌없이 드러낸 작가였다. 한때 사람들을 열광하게 했던 위반과 전복은 그러나 이제는 식상한 문화적 기호가 되었다. 그다지 불온하지 않은 위반과 위험하지 않은 전복이 문화 상품의 탈을 쓰고 경쟁적으로 유통된 탓이다. 우리는 산산이 깨어질 각오를 하고 거대한 세계에 부딪히기보다 그 세계의 문법과 논리를 착실하게 학습하고 그 학습으로부터 얻어낸 세계의 맹점과 빈틈에서 치부의 기회를 노리는 모습에 더욱 익숙하다. 하지만 그 현실이 만들어내는 허무와 공허, 부대낌과 고통은 동전의 뒷면처럼 우리 곁에 음지식물처럼 자라고 있다. 그 허무와 공허, 부대낌과 고통을 승화시킬 언어와 행동, 관념과 사유, 관계와 실천이 나날이 빈곤해지고 있는 세계에서 장정일이 보여준 서사적 모험은 단지 지나간 과거를 추억하는데 머물지 않고 현실의 억압과 폭력에 새롭게 맞설 수 있는 무기가 되어준다. 그것이 문학의 성자, 장정일의 글이 오늘날에도 갖는 힘이다.

_한영인(문학평론가)

연세대에서 정치외교학을 전공했고, 동대학원 국어국문학과에서 「1970년대 '창작과비평' 민족문학론 연구」로 석사학위를 받았다. 2014년 『자음과모음』에 첫 평론을 발표했고 현재 『창작과비평』 편집위원으로 활동 중이다. 공저로 『이 편지는 제주도로 가는데, 저는 못 가는군요』가 있다.